本色文丛·柳鸣九　主编

春深更著花

——江胜信散文精选

江胜信／著

海天出版社（中国·深圳）

图书在版编目（CIP）数据

春深更著花：江胜信散文精选 / 江胜信著. —深
圳：海天出版社，2017.7
（本色文丛）
ISBN 978-7-5507-2011-4

Ⅰ.①春… Ⅱ.①江… Ⅲ.①散文集－中国－当代
Ⅳ.①I267

中国版本图书馆CIP数据核字（2017）第120654号

春 深 更 著 花
CHUNSHENGENGZHUHUA

深圳出版发行集团
海天出版社

出 品 人　聂雄前
责任编辑　陈　嫣
责任技编　蔡梅琴
装帧设计　深圳斯迈德设计 Smart 0755-83144228

出版发行　海天出版社
地　　址　深圳市彩田南路海天大厦（518033）
网　　址　www.htph.com.cn
订购电话　0755-83460397（批发）　0755-83460397（邮购）
印　　刷　深圳市新联美术印刷有限公司
开　　本　787mm×1092mm　1/32
印　　张　12.5
字　　数　208千
版　　次　2017年7月第1版
印　　次　2017年7月第1次
定　　价　39.00元

江胜信，江苏江阴人。1998年毕业于上海复旦大学新闻学院。现任上海《文汇报》首席记者，高级记者。中国作协会员。

多年从事人物报告文学写作。作品《情洒昆仑，梦回浦江》获首届全国短篇报告文学奖三等奖；作品《方永刚：真情传播真理》获中国新闻奖一等奖；作品《回荡大巴山的呼唤》获上海新闻奖一等奖；作品《诗词，滋养心灵的沃土——记中国古典诗词专家叶嘉莹》入选2015年度中国报告文学优秀作品十佳排行榜。

获全国三八红旗手、全国优秀新闻工作者、上海市文化新人、上海市新长征突击手等荣誉称号。2009年4月，上海市记协、市新闻学会、文新集团、《文汇报》社联合举办江胜信新闻作品研讨会。

出版作品集《风景人生》。

总序：学者散文漫议

◎ 柳鸣九

　　"本色文丛"现已出版三辑，共二十四种书，在不远的将来，将出齐五辑共四十种书。作为一个散文随笔文化项目，已经达到了一定的规模，也大致上形成了自己的特色：一是以"有作家文笔的学者"与"有学者底蕴的作家"为邀约对象，而由于我个人的局限性，似乎又以"有作家文笔的学者"为数更多；二是力图弘扬知性散文、文化散文、学识散文，这几者似乎可统称为"学者散文"。

　　前一个特点，完全可以成立，不在话下，你们邀哪些人相聚，以文会友，这是你们自家的事，你们完全可以采取任何的称呼，只要言之有据即可。何况，看起来的确似乎是那么回事。

　　但关于第二个特点，提出"学者散文"这个概念本身就是易于带来若干复杂性的问题，要说明清楚本就不容易，要论证确切更为麻烦，而且说不定还会有若干纠缠需要澄清。所有这些，就不是你们自己的事，而是大家关心的事了。

　　在这里，首先就有一个定义与正名的问题：究竟何谓"学者散文"？在局外人看来，从最简单化的字面上的含义来说，"学者散文"大概就是学者写的散文吧，而不是生活中被称为"作家"的那些爬格子者、敲键盘者所写的散文。

然而实际上，在散文这个广大无垠的疆土上活动着的人，主要还是被称为作家的这一个写作群体，而不是学者。再一个明显的实际情况就是，在当代中国散文的疆域里，铺天盖地、遍野开花的毕竟是作家这一个写作者群体所写的散文。

那么，把涓涓细流的"学者散文"汇入这个主流，统称为散文不就得了嘛，何必另立旗号？难道你还奢望喧宾夺主不成？进一步说，既然提出了"学者散文"之谓，那么，写作者主流群体所写的散文究竟又叫什么散文呢？虽然在中外古典文学史中，甚至在20世纪前50年的中国文学界中，写散文的作家，大多数都同时兼为学者、学问家，或至少具有学者、学问家的素质与底蕴。只是在近半个多世纪以来的中国文学界中，同一个人身上作家身份与学者身份互相剥离，作家技艺与学者底蕴不同在、不共存的这种倾向才越来越明显。我们注意到这种现实，我们尊重这种现实，那么，且把近半个多世纪以来由纯粹的作家（即非复合型的写作者）创作的遍地开花的散文作品，称为"艺术散文"，可乎？

似乎这样还说得过去，因为，纯粹意义上的作家，都是致力于创作的，而创作的核心就是一个"艺"字。因此，纯粹意义上的作家，就是以艺术创作为业的人，而不是以"学"为业的人，把他们的散文称为艺术散文，既是一种应该，也是一种尊重。

话不妨说回去，在我的概念中，"学者散文"一词其实是从写作者的素质与条件这个意义而言的。"素质与条件"，简而言之，就是具有学养底蕴、学识功底。凡是具有这种特点、条件的人，所写出的具有知性价值、文化品位与学识功底的散文，皆可称"学者散文"。并非强调写作者具有什么样的身份，在什么领域中活动，从事哪个职业行当，供职于哪个部门……

以上说的都是外围性的问题，对于外围性的问题，事情再复杂，似乎还是说得清楚的，但要往问题的内核再深入一步，对学者散文做进一步的说明，似乎就比较难了。具体来说，究竟何为"学者散文"？"学者散文"究竟具有什么特点？持着什么文化态度？表现出什么风格姿态？敝人既然闯入了这个文艺白虎堂，而且受托张罗"本色文丛"这个门面，那也就只好硬着头皮，提供若干思索，以就教于文坛名士才俊、鸿儒大家了。

说到为文构章，我想起了卞之琳先生的一句精彩评语，那时我刚调进外文所，作为他的助手，我有机会听到卞公对文章进行评议时的高论妙语。有一次他谈到一位年轻笔者的时候，用幽默调侃的语言评价说："他很善于表达，可惜没什么可表达的。"说话风趣幽默，针砭入木三分。不论此评语是否完全准确，但他短短一语毕竟道出了为文成章的两大真谛：一是要有可供表达、值得表达的内容，二是要有善于表达的文笔。两者缺一不可，如果两者具备，定是珠联璧合的佳作。这个道理，看起来很简单、很朴素，甚至看起来算不上什么道理，但的的确确可谓为文成章的"普世真理"、当然之道。对散文写作，亦不例外。

就这两个方面来说，有不同素养的人、有不同优势与长处的人，各自在不同的方面肯定是有不同表现的，所出的文字，自然会有不同的特点与风格。一般来说，艺术创作型的写作者，即一般所谓的作家，在如何表达方面无一不具有一定的实力与较熟练的技巧。且不说小说、诗歌与戏剧，只以散文随笔而言，这一类型的写作者，在语言方面，其词汇量也更多更大，甚至还能进而追求某种语境、某种色彩、某种意味；在谋篇布局方面，烘托铺垫、起承转合、舒展伸延、跌宕起伏、统筹安排、井然有序。所有这些，在中华文章之道中本有悠久传统、丰富经验，如今更是轻车熟路，掌握自如；在描写与叙述方面，不论是描写客观的对象还是自我，哪怕只是描写一个细小的客观对象，或者描写自我的某一段平常而普通的感受，也力求栩栩如生、细致入微，点染铺陈，提高升华，不怕你不受感染，不怕你不被感动；在行文上，则力求行云流水、妙笔生花，文采斐然，轻灵跃动；在阅读效应上，也更善于追求感染力效应的最大化，宣传教育效应的最大化，美学鉴赏效应的最大化。总而言之，读这一种类型的散文是会有色彩缤纷感的，是会有美感的，是会有愉悦感的，而且还能引发同感共鸣，或同喜或同悲，甚至同慷慨激昂、同心潮澎湃……

我以上这些浅薄认识与粗略概括是就当代与学者散文有所不同的主流艺术散文而言的，也就是指生活中所谓的纯粹作家的作品而言的。我有资格做这种概括吗？说实话，心里有些发虚，因为我对当代的散文，可以说是没有多少研究，仅限于肤表的认识。

在这里，我不得不对自己在散文阅读与研习方面的基础，做出如实的交待：实事求是地说，20世纪前50年的散文我还算读过不少，鲁迅、茅盾、谢冰心、沈从文、朱自清、俞平伯、老舍、徐志摩、郁达夫、凌叔华、胡适、林语堂、周作人等人的散文作品，虽然我读得很不全，但名篇、代表作都读过一些。这点文学基础是我从中学教科书、街上的书铺、学校的图书馆，以至后来在北大修王瑶的中国现代文学史期间完成的。在大学，念的是西语系，后又干外国文化研究这个行当，从此，不得不把功夫都用在读外国名家名作上面去了。就散文作品而言，本专业的法国作家作品当然是必读的：从蒙田、帕斯卡尔、笛卡尔、伏尔泰、狄德罗、卢梭，到夏多布里盎、雨果、都德，直到20世纪的马尔罗、萨特、加缪等。其他专业的作家如英国的培根、德国的海涅、美国的爱默生、俄国的屠格涅夫等人的作品，也都有所涉猎。但我对中国20世纪50年代以后的半个多世纪以来的散文随笔就读得少之又少了，几乎是一穷二白。承深圳海天出版社的信任，张罗"本色文丛"，这对我来说，实在是"专业不对口"，只是为了把工作做得还像个样子，才开始拜读当代文坛名士高手的散文随笔作品。有不少作家的确使我很钦佩，他们在艺术上的讲究是颇多的，技艺水平也相当高，手段也不少，应用得也很熟练，读起来很舒服，很有愉悦感，很有美感。

不过，由于我所读的中国现代文学中的散文名家，以及外国文学中的散文作家，绝大部分都是创作者与学者两身份相结合型的，要么是作家兼学者，要么就是我所说的"有学者底蕴的作家"，"近朱者赤近墨者黑"，耳濡目染，自然形成我对散文随笔中思想底蕴、学识修养、精神内容这些成分的重视，这样，不免对当代某些纯粹写作型的散文随笔作家，多少会有若干不满足感、欠缺感。具体来说，有些作家的艺术感以及技艺能力、细腻的体验感受，固然使人钦佩，但是往往欠于思想底气、学养底蕴、学识储蓄，更缺隽永见识、深邃思想、本色精神、人格力量，这些对散文随笔而言，恰巧是至关重要的东西。当然，任何一篇散文作品是不可能没有思想，不可能不发表见解的，但在一些作家那里，却往往缺少深度、力度、隽永与独特性。更令人失望的是，有些思想、话语、见识往往只属于套话、俗话甚至是官话的性质，这在一个官本位文化盛行的社会里是自然的、必然的。总而言之，往往缺少一种独立的、特定的、本色的精气神，缺乏一种真正特立独行而又具有普遍意义的人文精神。

以上这种情况已经露出了不妙的苗头，还有更帮倒忙的是艺术手段、表现技艺的喧宾夺主，甚至是技艺的泛滥。表现手段本来是件好事，但如果没有什么可表现的，或者表现的东西本身没有多少价值，没有什么力度与深度，甚至流于凡俗、庸俗、低俗的话，那么这种表现手段所起的作用就恰好适得其反了。反倒造成装腔作势、矫揉造作、粉饰作态、弄虚作假的结果。应该说，技艺的讲究本身没有错，特别是在小说作品中，乃至在戏剧作品中，是完全适用的，也是应该的，但偏偏对于散文这样一种直叙其事、直抒胸臆的文体来说，是不甚相宜的。若把这些技艺都用在散文中间的话，在我们的眼前，全是丰盛的美的辞藻，全是绵延不断、绝美动人的文句，全是至美极雅的感受，全是绝美崇高的情感……在我看来，美得有点过头，美得叫人应接不暇，美得叫人透不过气来，美得使人有点发腻。对此，我们虽然不能说这就是"善于表现，可惜没有什么好表现的"，但至少是"善于表现"与"可表现的"两者之间的不平衡，甚至是严重失衡。

平衡是万物相处共存的自然法则，每个物种、每个存在物都有各自的特点，既有优也有劣，既有长也有短，文学的类别亦不例外。艺术散文有它的长处，也必然有与其长处相关联的软肋。对我们现在要说道说道的学者散文，情形也是这样。学者散文与艺术散文，当然有相当大的不同，即使说不上是泾渭分明，至少也可以说是各有不同的个性。我想至少有这么两点：其一，艺术散文在艺术性上，一般的来说，要多于高于学者散文。在这一点上，学者散文是一个弱点，但不可否认，也是学者散文的一个特点。显而易见，在语言上，学者散文的词汇量，一般的来说，要少于艺术散文。至于其色彩缤纷、有声有色、精细入微的程度，学者散文显然要比艺术散文稍逊一筹；在艺术构思上，虽然天下散文的结构相对都比较简单，但学者散文也不如艺术散文那么有若干讲究；在艺术手段上，学者散文不如艺术散文那样多种多样、花样翻新；在阅读效果上，学者散文也往往不如艺术散文那么有感染力，能引起读者的悦读享受感，甚至引起共鸣的喜怒哀乐。其二，这两个文学品种，之所以在表现与效应上不一样，恐怕是取决于各自的写作目的、写作驱动力的差异。艺术散文首先是要追求美感，进而使人感染、感动，甚至同喜怒；学者散文更多的则是追求知性，进而使人得到启迪、受到启蒙、趋于明智。

这就是它们各自的特点，也是它们各自的长处与短处。这就是文学物种的平衡，这就是老天爷的公道。

讲清楚以上这些问题之后，我们再专门来说说学者散文，也许就会比较顺当了，我们挺一挺学者散文，也许就不会有较多的顾虑了。那么，学者散文有哪些地方可以挺一挺呢？

近几年来，我多多少少给人以"力挺学者散文"的印象。是的，我也的确是有目的地在"力挺学者散文"，这是因为我自己涂鸦涂鸦出来的散文，也被人归入学者散文之列，我自己当然也不敢妄自菲薄，这是我自己基于对文学史和文学实际状况的认知。

从文学史的发展来看，无论是中外，散文这一古老的文学物种，一开始就不是出于一种唯美的追求，甚至不是出于一种对愉悦感的追求；也不是为了纯粹抒情性、审美性的需要，而往往是由于实用的目的、认知的目的。中国最古老的散文往往是出于祭祀、记述历史，甚至是发布公告等社会生活的需要，如果不是带有很大的实用性，就是带有很大的启示性、宣告性。

在这里，请容许我扯虎皮当大旗，且把中国最早的散文文集《左传》也列为学者散文型类，来为拙说张本。《左传》中的散文几乎都是叙事：记载历史、总结经验、表示见解，而最后呈现出心智的结晶。如《曹刿论战》，从叙述历史背景到描写战争形式以及战役的过程，颇花了一些笔墨，最终就是要说明一个道理："夫战，勇气也。一鼓作气、再而衰、三而竭。"我不敢说曹刿就是个学者，或者是陆逊式的书生，但至少是个儒将。同样，《子产论政宽猛》也是叙述了历史背景、政治形势之后，致力于宣传这一高级形态的政治主张："政宽则民慢、慢则纠之以猛、猛则民残、残则施之以宽。宽以济猛、猛之济宽、政是以和。"此一政治智慧乃出自仲尼之口，想必不会有人怀疑仲尼不是学者，而记述这一段历史事实与政治智慧的《左传》的作者，不论是传说中的左丘明也好，还是妄猜中的杜预、刘歆也罢，这三人无一不是学者，而且就是儒家学者。

再看外国的文学史，我们遵照大政治家、大学者、大诗人毛泽东先生的不要"言必称希腊"遗训，且不谈柏拉图与亚里士多德，仅从近代"文艺复兴"的曙光开始照射这个世界的历史时期说起，以欧美散文的祖师爷、开拓者，并实际上开辟了一个辉煌的散文时代的几位大师为例，英国的培根，法国的蒙田，以及美国的爱默生，无一不是纯粹而又纯粹的学者。说他们仅是"学者散文"的祖师爷是不够的，他们干脆就是近代整个散文的祖师爷，几乎世界所有的散文作者都是在步他们的后尘。只是后来由于各种复杂的历史原因，到了我们的现实生活里，才有艺术散文与学者散文的不同支流与风格。

这几位近代散文的开山祖师爷，他们写作散文的目的都很明确，不是为了抒情，不是为了休闲，不是为了自得其乐，而都是致力于说明问题、促进认知。培根与蒙田都是生活在欧洲历史的转变期、转型期，社会矛盾重重，现实状态极其复杂。在思想领域里，以宗教世界观为主体的传统意识形态已经逐渐失去其权威，"文艺复兴"的人文主义思潮与宗教改革的要求，正冲击着旧的意识形态体系，推动着历史的发展。他们都是以破旧立新的思想者的姿态出现的，他们的目标很明确，都是力图修正与改造旧思想观念，复兴人类人文主义的历史传统，建立全新的认知与知识体系。培根打破偶像，破除教条，颠覆经院哲学思想，提倡对客观世界的直接观察与以实验为基础的科学方法，他的散文几乎无不致力于说明与阐释，致力于改变人们的认知角度、认知方法，充实人们的认知内容，提高人们的认知水平。仅从其散文名篇的标题，即可看出其思想性、学术性与文化性，如《论真理》《论学习》《论革新》《论消费》《论友谊》《论死亡》《论人之本心》《论美》《说园林》《论愤怒》《论虚荣》，等等。他所表述所宣示的都是出自他自我深刻体会、深刻认知的真知灼见，而且，凝聚结晶为语言精练、意蕴隽永、脍炙人口的格言警句，这便是培根警句式、格言式的散文形式与风格。

蒙田的整个散文写作，也几乎是完全围绕着"认知"这个问题打转，他致力于打开"认知"这道门、开辟"认知"这一条路，提供方方面面、林林总总的"认知"的真知灼见。他把"认知"这个问题强调到这样一种高度，似乎"认知"就是人存在的最大必要性，最主要的存在内容，最首要的存在需求。他提出了一个警句式的名言："我知道什么呢？"在法文中，这句话只有三个字，如此简短，但含义无穷无尽。他以怀疑主义的态度提出了一个对自我来说带有根本意义的问题：对自我"知"的有无，对自我"知"的广度、深度和力度，提出了根本性的质疑；对自我"知"的满足，对自我"知"的权威，对自我"知"的武断、专横、粗暴、强加于人，提出了文质彬彬、谦逊礼让，但坚韧无比、尖锐异常的挑战。如果认为这种质疑和挑战只是针对自我的、个人的蒙昧无知、混沌愚蠢、武断粗暴的话，那就太小看蒙田了，他的终极指向是占统治地位的宗教世界观、经院哲学，以及一切陈旧的意识形态。如此发力，可见法国人的智慧、机灵、巧妙、幽默、软里带硬、灵气十足，这样一个软绵绵的、谦让的姿态，在当时，实际上是颠覆旧时代意识形态权威的一种宣示、一种口号，对以后几个世纪，则是对人类求知启蒙的启示与推动。直到 20 世纪，"Que sais－je"这三个简单的法文字，仍然带有号召求知的寓意，在法国就被一套很有名的、以传播知识为宗旨的丛书，当作自己的旗号与标示。

在散文写作上，蒙田如果与培根有所不同，就在于他是把散文写作归依为"我知道什么呢？"这样一个哲理命题，收归在这面怀疑主义的大旗下，而不像培根旗帜鲜明地以打破偶像、破除教条为旗帜，以极力提倡一种直观世界、以科学实验为基础的认知论。但两人的不同，实际上不过是殊途同归而已，两人的"同"则是主要的、第一位的。致力于"认知"，提倡"认知"便是他们散文创作态度的根本相同点。值得注意的是，在他们的笔下，散文无一不是写身边琐事，花木鱼虫、风花雪月、游山玩水，以及种种生活现象；无一不是"说""论""谈"。而谈说的对象则是客观现实、社会事态、生活习俗、历史史实，以及学问、哲理、文化、艺术、人性、人情、处世、行事、心理、趣味、时尚等，是自我审视、自我剖析、自我表述，只不过在把所有这些认知转化为散文形式的时候，培根的特点是警句格言化，而蒙田的方式是论说与语态的哲理化。

从中外文学史最早的散文经典不难看出，散文写作的最初宗旨，就是认识、认知。这种散文只可能出自学者之手，只可能出自有学养的人之手。如果这是学者散文在写作者的主观条件方面所必有的特点的话，那么学者散文作为成品、作为产物，其最根本的本质特点、存在形态是什么呢？简而言之，就是"言之有物"，而不是"言之无物"。这个"物"就是值得表现的内容，而不是不值得表现的内容，或者表现价值不多的内容，更不是那种不知愁滋味而强说愁的虚无。总之，这"物"该是实而不虚、真而不假、厚而不浅、力而不弱，是感受的结晶，是认知的精髓，是人生的积淀，是客观世界、历史过程、社会生活的至理。

既然我们把"言之有物"视为学者散文基本的存在形态，那就不能不对"言之有物"做更多一点的说明。特别应该说明的是，"言之有物"不是偏狭的概念，而是有广容性的概念；这里的"物"，不是指单一的具体事物或单一的具体事件，它绝非具体、偏狭、单一的，而是容量巨大、范围延伸的：

就客观现实而言，"言之有物"，既可是现实生活内容，也可是历史的真实；

就具体感受而言，"言之有物"，是言之由具象引发出来的实感，是渗透着主体个性的实感，是情境交融的实感，特定际遇中的实感，有丰富内涵的实感，有独特角度的实感，真切动人的实感，足以产生共鸣的实感；

就主体的情感反应而言，"言之有物"，是言之有真挚之情，哪怕是原始的生发之情。是朴素实在之情，而不是粉饰、装点、美化、拔高之情；

就主体的认知而言，"言之有物"，首先是所言、所关注的对象无限定、无疆界、无禁区，凡社会百业、人间万物，无一不可关注，无一不应关注，一切都在审视与表述的范围之内。这一点固然重要，但更为重要的是，对关注与表述的对象所持的认知依据与标准尺度，是符合客观实际的，是遵循科学方法的。更更重要的是，要有独特而合理的视角，要有认知的深度与广度，有证实的力度与相对的真理性，有耐久的磨损力，有持久的影响力。这种要求的确不低，因为言者是科学至上的学者，而不是感情用事的人；

就感受认知的质量与水平而言,"言之有物",是要言出真知灼见、独特见解,而非人云亦云、套话假话连篇。"言之有物",是要言出耐回味、有嚼头、有智慧灵光一闪、有思想火光一亮的"硬货",经久隽永的"硬货";

就精神内涵而言,"言之有物",要言之有正气,言之有大气,言之有底气,言之有骨气。总的来说,言之有精、气、神;

最后,"言之有物",还要言得有章法、文采、情趣、风度……你是在写文章,而文章毕竟是要耐读的"千古事"!

以上就是我对"言之有物"的具体理解,也是我对学者散文的存在实质、存在形态的理念。

我们所力挺的散文,是"言之有物"的散文,是朴实自然、真实贴切、素面朝天、真情实感、本色人格、思想隽永、见识卓绝的散文。

我们之所以要力挺这样一种散文,并非为了标新立异、另立旗号,而是因为在当今遍地开花的散文中,艳丽的、娇美的东西已经不少了;轻松的、欢快的、飘浮的东西已经不少了;完美的、理想的东西已经不少了……"凡是存在的,必然是合理的",请不要误会,我不是讲这些东西要不得,我完全尊重所有这些的存在权,我只是说"多了一点"。在我看来,这些东西少一点是无伤大雅、无损胜景、无碍热闹欢腾的。

然而相对来说，我们更需要明智的认知与坚持的定力，而这种生活态度，这种人格力量，只可能来自真实、自然、朴素、扎实、真挚、诚意、见识、学养、隽永、深刻、力度、广博、卓绝、独特、知性、学识等精神素质，而这些精神素质，正是学者散文所心仪的，所乐于承载的。

2016 年 9 月 20 日完稿

目录
CONTENTS

自序：让他们打窗前走过 ┈┈┈┈┈┈┈┈┈┈┈┈┈┈┈ 1

辑一　中流自在行

那一抹天边的余晖
　　——回忆与杨绛先生的交往点滴 ┈┈┈┈┈┈┈┈ 2

架起一座万里长桥
　　——钱锺书《外文笔记》将中国与世界联系在一起 ┈┈ 31

我的选择被世界认可
　　——国际安徒生奖得主曹文轩的文学之路 ┈┈┈┈┈ 49

环球"慢"游
　　——毕淑敏用113天坐船绕地球一圈 ┈┈┈┈┈┈ 66

译道独行侠

　　——翻译巨匠许渊冲的豪言与宏愿 ················ 81

桑烟缭绕

　　——藏族作家、鲁迅文学奖得主次仁罗布的

　　"灵魂叙事" ··························· 97

辑二　谁解其中味

春深更著花

　　——晚年季羡林还想"再行一点雨，再著一点花" ······114

解味道人

　　——红学泰斗周汝昌的"醉红"晚境 ············132

文化是部大书，怎么也读不完

　　——国学家冯其庸情系"红楼"和"西域" ·········146

随缘做去，直道行之

　　——方广锠30多年潜心整理敦煌遗书，为振兴中华

　　文化铺路 ·························163

相期浴火凤凰生

　　——词学大家叶嘉莹在古典诗词里感受

　　"不死之心灵" ······· 197

被历史厚待的学人

　　——李学勤与"清华简"的相遇与初识 ······· 229

辑三　守护有神龙

人鸽情缘

　　——"中国第一玩家"王世襄的未竟之梦 ······· 246

用生命守护最美年画

　　——王树村为中国民间美术撑起风雨不侵的堡垒 ······· 259

把书桌搬到田野

　　——冯骥才守候民间抢救珍遗 ······· 274

"徒有虚名"的收藏家

　　——马未都要把观复博物馆留给社会 ······· 289

辑四 鸟啼花落处

画画从来都是玩儿

　　——"鬼才"黄永玉的特立独行 ················ 304

您信不信，我还没开始呢！

　　——"画疯子"韩美林的艺术激情 ············ 323

妙笔漫画世间百态

　　——方成见证中国百年漫画史 ··············· 338

不老的歌

　　——词作家阎肃"敢问路在何方" ············· 355

自序：让他们打窗前走过

在我珍藏的相册里，有两张和老校长谢希德先生的合影。凝视着老校长慈祥的容颜，我仿佛回到 1995 年 5 月 27 日复旦大学 90 周年校庆那一天。

当时，先生在逸夫楼开会，被我"撞"见。为了给自己主编的

谢希德先生与作者合影。

校团委机关报《复旦青年》增加点儿"料"，我贸然向先生提出采访请求。她不仅没有拒绝，反而让我坐在她左侧的沙发上，和我亲热地聊起来。那是我记忆里第一次和德高望重的老学者交谈，先生的和蔼、亲和、智慧、恬淡给我留下了深刻印象。我曾以为，人老了，就不再美丽。是先生告诉了我，有一种美丽不会老去。

如今，《文汇报》给了我一方更广阔的天地，我采访了很多像谢希德先生一样的"大家"，如季羡林、王世襄、周汝昌、冯其庸、杨绛、叶嘉莹、冯骥才、许渊冲、韩美林、黄永玉、方成等等，他们就像一部部读不完的大书，越读越丰富，越读越厚重。我愿做一个窗口，让他们一一打窗前走过，留下时光冲不走的美丽和感动。

江胜信

2016 年 9 月

辑一　中流自在行

那一抹天边的余晖

——回忆与杨绛先生的交往点滴

2016年5月25日凌晨，105岁的杨绛先生走了。

除了铺天盖地的悼念消息，她曾经生活的空间一切如常，静悄悄的。近年来一直闭门不出的女主人仿佛只是突然出门遛了一趟弯儿。

她踏上了《我们仨》一书中所说的那条"古驿道"，在与女儿、丈夫分别失散19年、18年之后，他们仨又重聚了。

她管这叫"回家"；而她生活了近40年的南沙沟，成了通往天堂的"驿站"。

"驿站"厅堂的条案上，摆着一尊仅10厘米高的锡像，那人手执长矛——堂吉诃德的锡像。

杨先生喜欢堂吉诃德彻头彻尾的理想主义，"眼前的东西他看不见，明明是风车的翅膀，他看见的却是巨人的胳膊。他一个瘦弱老头儿，当然不是敌手，但他竟有胆量和巨人较量，就非常了不起了"。杨先生专门自学了西班牙语来翻译

《堂吉诃德》，译本作为国礼，由邓小平送给了西班牙贵宾。

外表文弱的杨先生也是有点儿堂吉诃德精神的。"文革"中，"牛鬼蛇神"敢于和革命群众大发脾气的，社科院外文所就她一个。她在钱锺书"黑材料"的大字报底下，贴了张小字报来说明真相。红卫兵批斗她时，她跺脚说："就是不是事实！"

她守护的既是丈夫，也是真相。总有些东西，是杨绛先生必须拼力守护的。

比方说 2013 年春，有拍卖公司想要拍卖钱杨书信，杨先生发表声明："我不明白，完全是朋友之间的私人书信，本是最为私密的个人交往，怎么可以公开拍卖？个人隐私、人与人之间的信赖、多年的感情，都可以成为商品去交易吗？"年逾百岁的她拿起法律武器，胜诉获赔的 20 万元人民币全部捐给了清华大学法学院，用于普法讲座。她不图钱，她要守护的是公序良俗。

如今，她在"回家"路上还想守护一样东西——安宁。让自己走得安宁些，也尽量不要打扰到大家。她是趁着夜幕走的，当我们在安稳的睡眠中醒来，注定要面对突如其来的揪心——她给以自己为标志的一个时代画上了完整的句号。

杨绛先生的心意与钱锺书先生的心意，像镜子一样互相映照。80多年前，他们因为"做做学问"的共同志向走到一起；如今，在她与这个世界告别时，她用的和钱先生一样的告别方式：不设灵堂，不举行遗体告别仪式，不留骨灰……安安静静"回家"，是这位世纪老人的最后心愿。

三只千纸鹤、两支红玫瑰、一袭白毯洒满白色花瓣，几个目送她的人，这就是杨先生身旁的最后人间。她穿着过去穿过的灰色羊绒大衣，系着过去戴过的深蓝色丝巾，静静躺着。2016年5月27日10时半许，她和它们，化为一缕直奔天堂的青烟。

在她灵魂上升之时，我拾起零星回忆。杨先生晚年避世，我却有幸成为她的"小友"，数度探访。

那是她百岁前后一段无比安详的时光。这时光，仿佛挂在天边的最后一抹余晖。

"《洗澡》是我的试作"
"我可从来不会涂那么多胭脂"

2009年中秋节前夕，应朋友之托，我前往南沙沟杨先生家，为她送去上海产的"杏花楼"月饼。那是我第一次见先生。

我走进客厅时，写字台前的杨先生迎了上来。几句之后，她知道我也是无锡人，便拉着我坐到长沙发上，用家乡话与我聊天。杨先生乡音未改，前几日红学家冯其庸先生来访时，他俩也是说无锡话。

杨先生已近百岁，眼明心亮，听力渐失，既"清"又"静"。她有个助听器，但没有调试好，每次佩戴，总觉得哪里不对，有时干脆放置一边。她倾着身子，我对着她耳朵喊话，她要是还听不清，我就把想说的在纸上写下来。

杨先生走路虽慢，但稳稳当当，用不着拐杖。她领我参观居室，水泥地、白粉墙、裸露的水管和电线……30多年前住进来是什么样，现在还是什么样。厨房里的擦手巾破了，但洗得白白的；卧房内，单人床边放张躺椅，夜里睡床，下午睡躺椅；书房的书桌上，摆着砚台和稿纸，还有一面边缘生锈的放大镜。我拿起瞧了瞧，问："您用的吗？"先生回答："我用来当镇纸。"书房的墙上，挂着冯其庸画的卧梅图。

书房偏暗，客厅亮堂，杨先生白天在客厅看书，晚上在书房写字。我那会儿并不知道她刚刚开始中篇小说《洗澡之后》的写作，但我们聊到了她的《洗澡》。

《洗澡》是杨先生1988年出版的长篇小说，被文学家施蛰存评价为"半部《红楼梦》加上半部《儒林外史》"，杨先生却自谦道："《洗澡》是我的试作，我想试试自己能不能写小说。"从散文、翻译到剧本、小说，"试"是一种从容不迫的平常心，没有一丝跳着跑着争名夺利的浮躁。

这天，我和先生聊起了《洗澡》中的幽默片段，比如施妮娜的一双眼睛"似蹙非蹙"，先生笑了："哦，那个'大河马'啊！"

先生从厅堂的条案上取了一本书——吴学昭写的《听杨绛谈往事》。吴学昭是吴宓之女，吴宓是钱锺书先生的老师，吴学昭这本《听杨绛谈往事》，是唯一经得杨先生本人认可的传记。杨先生指着书里的一张配图，有点儿不好意思地说："我可从来不会涂那么多胭脂。"我一看，那其实是后来拿到影楼染色的黑白相片，两团粉粉的胭脂敷在她年轻秀美的脸颊上。在彩色相片技术面世之前，染色可以使黑白相片略具彩色效果。书里夹着卡片、书签等旧物。杨先生翻到一处，突然自言自语："这个不看了，伤心。"我瞥见是个相片袋子，猜到这也许和钱先生有关，只觉心口一紧。

杨先生把书重新放回条案，返身时就已经调整好了情绪，指着我的裤子说："真好看。"那是一条民族风裤子，中缝处有一些绣花。保姆吴大姐在一旁打趣："你们都是无锡人，是两个无锡美女。"先生甜甜糯糯地说："我就知道你又讨我喜欢。"我在一旁起哄："大姐没说错，您是大美女，我是小美女。"我们都笑了起来。在轻松愉悦的氛围中，我随吴大姐一起，管杨先生叫"奶奶"。

临走前，先生在我带去的两本书上签名，《我们仨》用的是"存览"的字眼，而《走到人生边上》用的是"览正"。她专门指出后一本书为什么用"览正"："我在里头提到了'鬼神'、'灵魂'等话题，你有什么不同意见可以跟我讲。"

《走到人生边上》是杨先生在 2007 年出版的散文单行本，其间夹杂着大量玄幻、命理等内容，沉静诙谐的文字有着雍容优雅的气派，那是锋芒内敛后的不动声色，有种静穆超然的中和之美。

"悲痛是不能对抗的，只能逃避"
"这个病'干脆'"

再去时是 2009 年末，元旦前夕。

这天，杨先生午觉睡得略晚，我 15 时到她家时，她还没醒。吴大姐同我在客厅随意扯扯家常。我们不必压低声音，任何声音，包括电话铃声、敲门声，都不会打扰到耳背的杨先生。大姐讲，有一次，她出门忘了带钥匙，"往家里打一百个电话，奶奶都不接，敲门、砸门，里头都没动静"，最后只能让物业叫来开锁的人。门开了，杨先生从书桌前抬起头，纳闷为什么进来了几个陌生人。

大姐是 1996 年起跟着杨先生的。那年，先生 85 岁，身体却远没有现在好，"很瘦，走路颤颤巍巍，得扶着墙"，心力交瘁奔波于一西一东两家医院，医院里有她病重的女儿和丈夫。两年后，女儿和丈夫先后离去，受到致命打击的杨先生陷入重度失眠，夜里需要吃两次安眠药。先吃两颗安定，睡到半夜又醒，再吃一次，接着睡。

杨先生说过："悲痛是不能对抗的，只能逃避。"杨先生的逃避方式便是埋头翻译柏拉图的《斐多》。书中，相信灵魂不死的苏格拉底在就义前从容不惧地与门徒讨论生死问题。这一幕深深打动了杨先生，给了她一个人生活下去的勇气。

她开始"打扫现场"：女儿生前想写的《我们仨》，她来写；丈夫生前积累的 7 万多页手稿，她来整理。2004 年，杨先生在一次久病痊愈后起笔《走到人生边上》，这时的她越来越释然，身体渐渐好转。吴大姐说："奶奶生活很有规律，爱清静，过年也不喜热闹，常常是我们两个人过。我跟奶奶的13 年里，只有一年春节是回家过的。"平时，吴大姐一周回家一次，一天内来回，提前烧好饭菜，杨先生自己热了吃。

先生一日三餐吃得很固定：早饭吃得最多，一起床，先喝两杯白开水，再来一勺蜂蜜，接着再喝几口白开水。稍歇，吃个苹果，随后是一大碗牛奶麦片粥，加一颗煮鸡蛋。上午看书之余练一会儿八段锦。中午，吃一点点米饭，菜是一小段清蒸的鱼，一份绿颜色的蔬菜，再吃一碟用大棒骨肉冻化开后热拌的黑木耳，撒上香菜和香油。午觉睡醒后吃点儿水果。晚上，喝好几种杂粮熬成的粥。

吴大姐曾指着电视里的烹饪节目诱惑先生："您馋不馋哪？"先生摇摇头："以前都享受过，还是清淡的东西最好。"先生对饮食的自控力非常强，数年内，仅有一次因为多嗑了几颗松子而肠胃不适。她的自控力让我想起钱锺书先生写过一篇叫《吃饭》的杂文，文中对满足口腹之欲而让肠胃受罪的做法甚是不齿。

快16时了，杨先生还没睡醒。我说："不着急，让奶奶自然醒多好。"大姐说："她该起了，要不影响晚上睡觉。"

我随大姐一起去杨先生的卧室。只见先生躺在床边的躺椅上，没有脱鞋的脚搁在接出来的凳子上，被子蒙住脸。大姐轻轻碰碰先生，先生就醒了，揭开被子，看到我，拉住我的手，笑意从她的眉眼里、嘴角边浮出来。大姐拿了件墨绿的外套，问："穿这件吗？还是穿黑条绒的？"先生说："黑条绒的吧，漂亮一些。"我乐了："奶奶本来就好看。"先生接口："奴奴生得丑，驴见踢，马见走，骆驼见了翻跟斗……"

她说："别人是绝代佳人，我是'绝代丑人'，'绝代'是指我没有后代了。"

我在纸上写下一段话："你们俩留下了很多传世的作品，还拥有一群像我这样叫您'奶奶'的读者。"她点点头："这是最让我安慰的了。"

午觉过后，是杨先生的水果时间，吃的是猕猴桃。先生用不太标准的普通话说："我的心是酸的。"我没听懂，她又说了一遍，我这才明白她说的是"心衰"。原来，2008年生日过后，先生在体检时查出心血管不好，她的第一反应是，这太好了呀！我问："为什么这么说？""心血管不好有四个好处。"先生特别有条理地一一陈述，"一是这个病不传染；二是这个病不是什么外伤或炎症，不脏；三是这个病不是脑血管出问题，不会影响脑子；四是这个病'干脆'（意思是要'走'的时候就那么一下子，不痛苦，不拖累人）。"

这是我第一次和先生触碰到生死话题，全然没有我想象中的沉重，仿佛我们只是继续聊着家常。

"男的都来了，水里就有沙子了"
"活着的时候风光，死了不把你当回事，也是一种悲凉"

2010年春节之前，我又去看望杨先生。洗完手进客厅，发现吴大姐正在摆弄杨先生的助听器，原来，先生装电池装反了，电池盖卡住了。我接过助听器，用拇指和食指的指甲盖用力一拨，拨出了电池盖。大姐重新装好电池，把助听器给杨先生戴上，然后像哄小孩一样对先生说："奶奶，以后装电池（钮扣电池）时，大头靠里，小头靠外……"先生"哦"了一声，有点害羞地笑了。

我挨着先生坐下，说："奶奶，过了年，您就100岁（虚岁）了，我送您一件小礼物。"便掏出亲手为奶奶编织的袜套，"奶奶，上次我看您在躺椅上睡午觉时穿着鞋，把脚搁在方椅上，怕您不舒服。以后您睡午觉时，或者晚上洗完脚后，可以套上这个，又暖和又透气。"先生爱不释手地抚摩着袜套，看了又看，问："你从哪里起头的？"我就告诉她，"从袜口织，袜跟处来回挂针，先收针后放针，袜尖缝合，一根线到底。"先生不停地应着，点着头。先生善编织，曾给钱先生及女儿钱瑗打过很多毛衣。

先生脱了鞋，要试一试。一试果然合适，她欢喜地说："多好啊！""那我下次按这尺寸再给您编一双，轮换着穿。"她点点头，就像个享受儿孙们孝敬的幸福老太太。

收起袜套，我问先生最近看些什么书。她起身拿来一本，是苏州十中校长柳袁照写的《我在"最中国"的学校》。

苏州十中的前身是振华女中——杨绛先生的母校。这本书是杨先生介绍给出版社出的，不过，她并不完全同意书中的说法。在她看来，"最中国"这三个字是和创办振华女中的老校长王季玉联系在一起的。后来，"学校收归了公有，改了名，男的女的都可以念了，水平也不那么整齐了，就不好再说'最中国'了"。

我笑问："振华女校变成了苏州十中，您有意见了啊？现在不都是男女一同入学的嘛。"先生叹口气："男的都来了，水里就有沙子了。""您这个观点怎么和《红楼梦》里一样，男人是泥、女人是水。您读振华时，费孝通是女校里的唯一男生，他难道也是沙子？"

杨先生也笑了："不不，费孝通不是沙子。"接着便回忆起她和费孝通在振华同学一年的趣事：费孝通是由振华附小升上来的。附小是男女同学，但中学只收女生。他母亲与振华女中校长是朋友，怕他受大男孩欺负，就让上女中。费孝通与杨绛同班，算术顶灵光，杨绛演算四则题常"吊黑板"，老师就让他解答。上体操课时，岁数小（虚岁 13 岁）、个头小的杨绛排在队尾，费孝通因为自己是男孩，排在最后。老师教大家跳土风舞，双人跳的时候需挽着舞伴的胳膊转圈，费孝通不肯跳，杨绛就说："你比我高，排前面去。"他答说："女生。"杨绛说："我们全都是女生，你来干什么？"费孝通大概觉得混在女生中间别扭，在振华女中只念了一年级就转到东吴附中去了。费孝通结婚后告诉太太，杨绛小时候跟他同学，欺负他。费太太第一次和杨绛见面就"兴师问罪"："你们女生好凶啊！"……

杨先生翻着《我在"最中国"的学校》，跟我讲书里的照片：这是校门……这是西花园……这是闻道廊……她又隐隐遗憾："王季玉老校长的雕像一点都不像她"，"很多楼是后来盖的，我根本没住过，有幢楼却被叫作'季康楼'（杨绛原名杨季康）……"

杨先生谈老校长的时候很动情，说一辈子单身的王季玉守着学校的一间陋室，用半个世纪的光阴全心扑在学校、学生身上，只当是"嫁给了振华"。可就是这样一位把教育事业当作爱情甚至生命的女人，却在新中国成立后的"洗澡"运动中被迫离开了教育岗位。当老校长后来再来到校门口，抚摸门前的石狮子，想到世事无奈，该有多么心酸！

杨先生是用哽咽的语调回忆这段往事的。日军侵华期间，振华女中迁址上海办振华分校时，王季玉聘请得意门生杨绛担任校长。杨先生对恩师的感情，是经历最悠远时间而仍旧舍不下化不开的。

我们很自然由王季玉校长的命运聊到以那个年代为背景的小说《洗澡》。杨先生告诉我，胡乔木曾经向翻译家梅益推荐："你一定要看看杨绛的《洗澡》。"梅益便向杨先生讨要该书。杨先生给了，给的时候心里嘀咕："他怎么不去买一本呢，或者，把他翻译的《钢铁是怎样炼成的》回赠我一本？"后来又一次见面的时候，杨先生大胆问："你把《洗澡》拿了去，也该把你翻的《钢铁是怎样炼成的》送我一本吧？"梅益这才回赠。

杨先生感叹，梅益去世后，《钢铁是怎样炼成的》就不用他翻的英译版了，改用别人翻的俄译版，这样更忠于原著。"活着的时候风光，死了不把你当回事，也是一种悲凉。"

我接口："这种悲凉，比起另一种总要好一些，像凡·高，穷困潦倒而死，死后才名声大振。不过，奶奶您对阴阳生死肉身灵魂的说法是半信半疑的（见她晚年的随笔《走到人生边上》），到底哪种悲凉更悲，也就不好说了。"杨先生也一阵沉默。

先生平时很少出门，但对窗外事，她还是很关心的，主要的渠道是报纸。先生告诉我，2004年12月，《财经》杂志探望她时，她说自己最想不通的就是利息税："利息为什么要征税呢？老百姓存钱很不容易的。"《财经》随即刊出文章，称杨绛呼吁取消利息税。2007年全国"两会"时，经济学家吴敬琏提议取消利息税，并说这一想法最早是由杨绛提出的。吴敬琏后来见到杨先生，笑道："您向我们经济学界开炮啦！"

2010年是杨先生百岁虚岁。这个大寿怎么庆祝，已有很多人前来或者来电商量方案了。社科院提议办个生日庆祝会，并纪念钱锺书逝世10周年。杨先生婉拒了，理由是钱先生生前表示过，不要为他举办任何纪念会，她不能违背他的心意。但又不能不让人纪念，于是杨先生想了个折中的办法，可以出版一本纪念钱先生的文集，"用文学的、安静的方式来纪念，他应该是同意的"。

至于杨先生本人的生日，她不希望大家前来为她祝寿。一是因为她喜清静，二是因为那时候是大热天，人来人往，主客都容易疲劳，且她不宜吹空调，客人恐怕会不太方便。她也想了一个两厢方便的好办法——要为她祝寿的人，就在自家吃碗面，"汤面炒面捞面、面上放什么浇头，完全根据自己的口味，那碗面，就算是为我祝寿的；我呢，也在家吃面，自己给自己庆祝。这不是很好吗？"

不知不觉中，杨先生与我聊了一个半小时。我怕先生太累，起身告辞。先生为我演示了八段锦中弯腰扶足的动作，活络活络筋骨。走之前，我借了那本《我在"最中国"的学

2010年3月，杨绛先生与作者合影。

校》打算年后再去还。告别时，先生竟主动提议："下次我和你照几张相。"接下来的好些天，因为她的这个提议，我的心情一直处于美好状态。

"我织衣服时像台自动机器"
"拿笔拿习惯了，就很难放下来"

2010年3月底，我把上次借的《我在"最中国"的学校》还给杨先生，又给她带去新织的另一副袜套。先生说："上次你给我的，我穿了几次，老是舍不得，怕穿坏了。"她一手拿着袜套，一手挥动着包袜套的小丝巾，在厅里转了两圈——我还是第一次看到杨先生的"舞姿"呢！

杨先生让吴大姐从柜子里拿出一件毛衣，那是先生年轻时织的。单元宝花样的墨绿色对襟毛衣，那针脚可真叫一个整齐。那时候的绒线多有断头，但毛衣反面竟看不出接线的痕迹。先生说："我织衣服时像台自动机器。"把一本书放在写字桌上，拿镇纸压住，她坐椅子上看，膝上放着正在打的毛衣，两只手忙碌地挑针绕线，眼睛只管看书，根本不用看手，书看好了，毛衣也织了一大截。粗毛线一个星期就可以打出一件，细毛线要两个星期。但有一个条件，必须是简单的花样，平针、元宝针之类，这样不走脑子，脑子可以专心看书。她女儿钱瑗喜欢织花，眼睛得盯着，杨先生颇感心疼："那多浪费时间啊，还怎么看书啊。"先生不仅会织毛衣，还无师自通会裁剪衣服。买块布，在自己身上比一比，就裁起来，第二天，一件新旗袍就穿出去了。杨先生的女红全部是在去五七干校之前做的；干校回来后，就没有精力再做了。

这天，我给杨先生带去一篇打印好的读后感，内容如下：

"2月24日文汇报笔会头条刊发了杨绛先生的《魔鬼夜访杨绛》。一看题目，就想起钱锺书先生也写过与'魔鬼'的对话。读过后，忍不住翻出钱先生写的《魔鬼夜访钱锺书先生》。对比着看，还是颇有意味的。

"他们两个人的文字，都曾在阴阳两界的语境中穿梭，钱文如上述文章和《论快乐》等，杨文如上述文章和《"遇仙"记》、《我们仨》、《走到人生边上》等。借着和鬼神的对话及冥冥之中的意象，或针砭时弊表陈好恶，或用更沉静的方式倾诉对某人某物某事的爱和怀念、用更性灵的方式完成通灵，或审视对神灵的敬畏、来完成某种心理暗示……"

杨先生拿着这篇读后感，问："这谁写的呢？"我答："我写的啊。"先生美滋滋地笑。她说："常动动笔，对脑子好。知识分子是'不拿枪的战士'，笔就是枪，拿笔拿习惯了，就很难放下来。"

先生和我聊起了鬼神的话题。《魔鬼夜访杨绛》的开头和结尾是真实的，中间则是想象的，通过和鬼神的对话来讲出自己的心里话。虽无科学证据，但杨先生认为阴阳两界是有感应的。"比如，当初我家阿瑗刚刚咽气的时候，钱锺书躺床上（在另一家医院），突然睁开眼对我讲：'阿瑗回家了。'他说的回家就是说去了'那头'。"杨先生又聊起春秋时期的伯有，为人凶悍而遭到暗杀，死后成为厉鬼，附在仇人身上，想叫谁死谁就得死。杨先生说她一生没干过啥亏心事，也不怕鬼。想当初，读中学的时候，就是因为她的一句"我不怕鬼"，才发生了之后她所写《"遇仙"记》里所讲述的故事。用尘世间的道理无法解释，但即使梦游一遭天府地国，她也是心里坦荡不惊不扰。

"我不仅不退化，还进化了呢"
"我管孩子可有一套了"

7月17日是杨先生生日。她不喜大家上门祝寿，所以我特意避开这个日子，只在之前或之后一段时间去看她。2010年6月12日和7月28日，我又分别去了两趟，带去一面水晶相架，那是先生与我的合影；还带去一个亲手钩的手袋，以及一坛八宝豆豉。

杨先生端详着合影中的她，说"太胖了"，并指指自己的脖子。我知道她的意思，她是说脖子上的皮肤松弛了，看上去像双下巴。同一张照片，我们关注的是她灿烂的笑，她的健康和精神状态，她介意的是脖子上的细节，岁月刻在外表上的痕迹。平时尽管大门不出二门不迈，但先生的头发梳得顺顺溜溜，衣服干净整洁。

我把手袋交给吴大姐，说："您买菜时可以装装钱包、钥匙什么的。"杨先生耳背，但眼尖，接过手袋，以为是我送她的。先生擅长棒针而非钩针，因而对我在手袋上双线错花的钩法颇为赞叹。她关照吴大姐："把我的眼镜、我的药都放里边，再也不会到处找啦。"我和吴大姐相视一笑。先生觉得我和大姐笑得诡异，打趣道："别说我坏话啊，我可都听得清。"这让我和大姐更乐了。

那一坛豆豉，商标是四个字的行草。我和大姐辨识着："沂蒙红——"最后一个字太草，我俩都认不出来。杨先生很果断地说，"那是'沂蒙红烧'！""红烧？"我和大姐都纳闷了，"最后一个字是火字旁吗？"先生指指商标下的一行小字，那是生产厂家，写的是"沂蒙红嫂"。杨先生的普通话不够标准，该翘舌的不翘舌，不该翘舌的翘了舌，愣把"红嫂"说成了"红烧"。

杨先生有意无意的幽默一波接着一波，她说："可今天来是个绿嫂。"说的是我，我正好穿了一身绿裙子。"瞎逗！"大姐笑，"您把她说成嫂，不怕把她说大了？"杨先生略一思量，"那就叫绿娘吧。哦，也不对，应该叫——"我会意，和先生同声说道："绿——姑！"

先生说："我晚上喝粥，就点儿'绿姑'带的'红嫂'吧。"杨先生饮食节制，尽管近年来不再下楼遛弯，活动量大大减少，但依旧保持着清瘦的体形。她不认为这归功于自控力，而是她真的对任何食物没有兴趣了，"没有好吃和难吃的分别，只有什么应该吃，什么不应该吃"。

但先生那些天对吃蒜很感兴趣，原因是吃蒜可以保护心脏，而且杀菌；一顿不多吃，也不直接吃，而是拌了黄瓜吃。先生回忆起在干校劳动的时光："那会儿，馒头随便吃，吃了就是赚了。一手拿馒头，另一手拿一瓣儿蒜，啃一口馒头，咬一口蒜。"先生是南方人，但长期在北方生活也让她习惯了北方的吃法，吃大蒜，吃大葱，都很在行。她说："像北京烤鸭，卷烤鸭卷的时候，必须放几根大葱才有那个味道。"我问："您这会儿说北京烤鸭，难道一点都不馋吗？""不馋，都'食'贯满盈了。"

前些天，吴大姐买蒜时，几头几头地买。杨先生建议，买一鞭吧，挂着，慢慢吃。大姐应了一声。过些日子，先生看大姐还没买，又建议了一次。我去的时候，先生向我"告状"："我想要一大鞭子蒜，她老不给买。"大姐在一旁乐："奶奶不知道外面正在'蒜你狠'，等便宜些，我就给买回来。"

大姐劝杨先生少吃点蒜，吃多了胸闷，也容易眼花。说到眼睛，先生是很骄傲的："很多人年纪大了眼睛会退化，我不仅不退化，还进化了呢。"原来，2005年前后，在一次体检中，杨先生一只眼睛0.8，一只眼睛0.7，被医生诊断为轻微白内障，建议一年后做手术。一年后再去看医生，白内障消失了，两只眼睛都 1.0 了。眼明心亮对杨先生而言，真是福分。对于把大部分生活乐趣寄托在书海里的她，上帝在对她剥夺听力还是视力的选择中，还是仁慈的。

这次过生日，杨先生给吴大姐包了个红包。吴大姐逗她：“下个生日您是 100 周岁，到时候还得给赏钱的哦。”先生故意噘起嘴，扭过头：“哼！我不给！”吴大姐说，先生偶尔装作非常财迷，其实对钱并不在意，从来不查账、不猜疑、不管头管脚。先生自己也说：“我对保姆阿姨是很好的。”几十年间，先生用的保姆加起来不超过 10 个，保姆一待就是好几年甚至十几年，后来都是因为自家有婚丧嫁娶之类的事情，不得不离开的。其中也有不尽如人意的保姆：有的不爱整洁，厨房有油烟了，就拿新报纸一糊，再有油烟，再糊一张，几年下来，厨房墙壁厚出来一层；也有的克扣买菜的钱，叫“篮口”。杨先生对鱼的品种、菜的重量和价格一概迷糊，只知道有个保姆每次寄回去的钱是工资的几倍，由此推断她的“篮口”一定可观，但先生装糊涂。先生几乎给每个保姆都写过回忆文章，有一些啼笑皆非的细节，有对人性的挖掘，更有对生活的感恩和对世事的宽容。

但先生还没给吴大姐写过。吴大姐说：“她只给过去的保姆写，我陪她到老，她是没机会写我了。"先生故作委屈道：
"我现在老了，她可以虐待我了。"我说："十多年前大姐刚
来的时候，您走路都得扶着墙，她要虐待您，您今天能那么
精神吗？奶奶您放心，要是大姐欺负您，您告诉我，我来接
班。"先生就用无锡口音嗲嗲地说："那我可不敢啊，我当你
的阿姨还怕不够格呀。"我和大姐又被先生逗乐了。

吴大姐为了照顾杨先生，自己的家照顾不到，大姐说：
"我们全家都为奶奶服务。"吴大姐的儿孙们也都见过先生，
管她叫"奶奶"、"太奶奶"。我问先生："孩子们都听您话
么？""听啊，我管孩子可有一套了。"先生教过三年小学。那
时候的老师，大都是师范毕业，或者来自教育系统，杨先生都
不是，但就数她教得最好。"称呼很有讲究，不能称学生'小
朋友'，必须直接叫他们的名字，一叫名字，就把他们给镇住
了。"杨先生颇为自得地介绍她的"教书经"，"我能用三堂课
把全班所有孩子的名字都记住，第一拨记住的，是最调皮捣蛋
让人头疼的孩子，第二个'三分之一'，记住最听话、读书最
好的孩子，最后一拨，是中不溜的，不怎么显眼的孩子。"

我们聊天的时候，重庆台正播着电视连续剧《还珠格
格》。我很好奇："奶奶，您看这个？"

先生答："看啊！我听不见，但可以看字幕啊。"吴大姐

手持遥控器，让先生选台，先生突然兴奋了："那不是陈道明嘛！"陈道明是钱杨夫妇的老朋友，他在饰演《围城》里的方鸿渐之前，还专门去拜访了夫妇俩。

"不见记者"

"趁我还健在，把故事结束了吧"

2011 年年中，杨先生胖了些。

先生撩起手腕："瞧，我的手腕变粗了，以前戴表，表带松松的可以转动，现在没法转了。"

"是什么把您养胖了呀？"我问。

吴大姐回答："她馋油焖笋。我不让她吃，她硬要吃。"

先生做个鬼脸："油焖笋不油，油都吸到笋里了。"

我乐了："您吃了笋，可不就把笋里的油一齐吃进肚子里了么。"

这年年尾，先生又瘦了回来。我开玩笑道："奶奶，之前您的肚子像是'五个月'的样子，这回又下去了。"

先生机灵，接着我的玩笑话，"我打胎了。"在这间夕阳斜照的厅堂里，先生的幽默让我们笑声不断。

我发现先生换了副助听器。原来的那副，被先生不小心掉进了凡士林。先生赶紧"抢救"——用热水把油烫掉，再放到太阳底下晒晒，"我希望它能'活'过来"，可惜"抢救"失败。得知此情的故友莫芝宜佳便给先生从德国寄来一副。莫芝宜佳是《围城》德文版译者，波恩大学汉学家，正在帮助杨先生整理钱锺书先生留下的数万页外文笔记。莫芝宜佳寄来的这副耳机，是她99岁亡故的母亲生前使用的。杨先生请人重新调试好，让它继续发挥作用。

我给先生带去一本《风景人生》，那是我个人的作品集，写的是数十位文化名家和热点人物。先生饶有兴致翻看着目录，边看边说："你写的都是时髦人啊——冯其庸是我老乡；韩美林，我有他的画，他寄我的；罗哲文，梁思成和林徽因的学生；王世襄、周汝昌、冯骥才，我都认识；金一南，我总在电视里看到他；周南写诗的，是我顶熟的人，后来跑香港去了，现在回北京了，他好像得了胃癌……"

我纠正："不是胃癌，是个良性的大瘤子，手术后，贲门不紧，食物容易倒流，睡觉时上半身要垫高10厘米。我5年前采访他的。"

"你采访他？哦哦哦——"先生恍然大悟，"你是一位记者！"

"奶奶，您才想起来啊。"

自2001年9月在母校清华大学设立"好读书奖学金"以

后，先生给自己立下规矩："不见记者"。2011年先生百岁生日时，有多家媒体记者前来碰运气，最后只能在楼下举起摄像机，拍拍三层阳台上的花花草草。

先生抚着我的手："你是例外。你不是以记者身份来的，我对你放心。"

先生的话没错：我是先生信任、喜爱的"小友"，先生则是我尊重、爱戴、维护的文化大家和长辈。我尽管早在2011年6月12日就知道先生新写完一部中篇小说，但一直按先生要求，"先不要说出去"。

先生将该小说暂时定名为《学习"图书馆学"之后》，是《洗澡》的续集。在《洗澡》结尾部分，女主人公姚宓正打算去读"图书馆学"，她和男主人公许彦成的感情陷入进退两难的境地。

我说出了藏在我心中的一个疑问："我看《洗澡》，感觉许彦成和姚宓的感情非常纯洁，可我在网上看到另有一篇文章说，姚宓很虚伪，是个自私、缺乏道德和同情、心计深远的狠毒的小女人。这怎么回事啊？难道是我理解错了吗？"

"我就要让他俩成一对儿。"先生并没有直接回答我的问题。但我听明白了——《洗澡》，我是读懂了的。

先生在年过八十之后，曾毁掉一部已经写了20章的长篇小说《软红尘里》，讲到毁掉的原因，她用了四个字"大彻大悟"，并决意不再写小说。可她为什么又写了《学习"图书馆学"之后》呢，我没有追问。

2014年夏，《学习"图书馆学"之后》更名《洗澡之后》，收入9卷本《杨绛全集》并推出了单行本。我获得独家专题报道权。杨先生为《洗澡之后》撰写的前言解答了我3年前的疑问："《洗澡》结尾，姚太太为许彦成、杜丽琳送行，请吃晚饭……有读者写信问我：那次宴会是否乌龟宴。我莫名其妙，请教朋友。朋友笑说：'那人心地肮脏，认为姚宓和许彦成在姚家那间小书房里偷情了。'我很嫌恶。我特意要写姚宓和许彦成之间那份纯洁的友情，却被人这般糟蹋。假如我去世以后，有人擅写续集，我就麻烦了。现在趁我还健在，把故事结束了吧……"先生续写《洗澡》，为的是捍卫纯洁。

《洗澡之后》更像一部爱情小说，而且是非常理想化的爱情小说——要让许彦成和姚宓终成眷属，就得让许彦成先变为自由身。那杜丽琳怎么办呢？她爱慕丈夫，维护丈夫，只是有点俗，但她没有错啊，所以得给杜丽琳"找一个"。杨先生"让"杜丽琳去干校劳动，"让"她和一同下到干校的叶丹相互爱慕，这样，杜丽琳就先提出了离婚。那么罗厚怎么办呢，他一直敬重、守护姚宓，这好办，把姚宓的同学"介绍"给他……总而言之，《洗澡之后》撮成了三对儿，事事圆满，看得让人好欢喜哟！

我在《杨绛全集》和《洗澡之后》的专题报道中写了如下几段话——

"她不仅令人敬佩——杨先生绝大部分的创作和翻译，包括译作《堂吉诃德》、《小癞子》，散文集《干校六记》、《将饮茶》、《丙午丁未年纪事》、《杂忆与杂写》，长篇小说《洗澡》，都是 60 岁以后完成的。

"她更是令人感佩——杨先生 86 岁和 87 岁那年，女儿和丈夫先后离去。她不仅没被击垮，反而在接下来的 16 年间，翻译了《斐多》，写了散文集《我们仨》、《走到人生边上——自问自答》和中篇小说《洗澡之后》，整理了《钱锺书手稿集·容安馆札记》、《钱锺书手稿集·中文笔记》和《钱锺书手稿集·外文笔记》。

"她是一个能量场，让枯草泛青，让暮色消融，让悲欢沉淀，让时间不忍流淌。

"她是一个未知数，明天醒来，又会有什么触动她柔软的心，聚成新的创作冲动？

"那就为她铺陈一张纸吧——就像《杨绛全集》的封面设

计，简单到只有一枚空白的信笺——去等待那些新的、荡涤灵魂的文字。"

从 2014 年夏出版《杨绛全集》至 2016 年 5 月驾鹤西去，我们果然等来了"那些新的、涤荡灵魂的文字"，那是她最后的两部作品——

其一是商务印书馆的《走到人生边上》增补本。2007 年初版的《走到人生边上》已是第 27 次印刷，发行量超过 66 万册，此次增补，添入了 2011 年 7 月 8 日发表于文汇报上的《坐在人生的边上——杨绛先生百岁答问》等相关文章和照片。杨先生虽然没来得及看到增补本的最后模样，但之前就对增补的内容做好了审定。

其二是人民文学出版社 2016 年 6 月出版的《名利场》。《名利场》是英国批判现实主义作家威廉·梅克比斯·萨克雷的代表作，杨绛最小的妹妹杨必将此译成中文，于 1957 年由人民文学出版社推出初版。杨绛杨必姐妹情深，杨必 46 岁韶华早逝，杨绛将绵长的痛和思念糅进对此书一遍遍的阅读中。正是这几十年间数不清次数的阅读以及语言本身所经历时代变迁，让杨先生发现此书译文可以进一步完善之处，于是，她开始为妹妹的《名利场》"点烦"。所谓"点烦"，就是在翻译时删掉不必要的字句，使译文更加精简。"杨绛点烦本"、"杨必译",人文社新版《名利场》将这对隔开48年的姐妹又拉到了一起。

不管是与妹妹杨必隔开48年,还是与女儿钱瑗隔开19年,与丈夫钱锺书隔开18年,如今,他们不会再失去彼此。

"仙童好静",杨绛孩提时,老师为她写下如是评语。与生俱来、愈炼愈纯的仙气和静气,拿来吹散或沉淀人间苦难,当她回归天堂时,不怨不哀。

先生去的,正是向往之地。仙灵之境,家人永聚,光阴静好。

架起一座万里长桥
——钱锺书《外文笔记》将中国与世界联系在一起

"古驿道上相失"，杨绛先生在《我们仨》一书中，用这样的梦境来形容 1998 年末与丈夫钱锺书的阴阳两隔。

不留骨灰，不建墓碑，相失的钱先生遁影何方？

整理完钱先生留下的 211 本外文笔记，德国汉学家莫芝宜佳女士在心底为他树起一座碑，墓志铭她都想好了，取自外文笔记中一句英文："Without you, heaven would be too dull to bear/And hell will not be hell if you are there！（没有你，天堂无聊至极；有了你，地狱不再是地狱！）"

细想这句英文，或有两层意思吧：一是生者的倾诉；二是逝者的自语。那个比天堂或地狱都重要的"你"，对钱先生来说，不就是书么？

书香弥漫处，灵魂栖息乡。

钱先生一生读过多少书？

都说钱先生是书痴，他一生读过多少书，可有谁知？

我们只能从他留下的读书笔记中略觅踪迹：1.5 万页中文笔记摘记了 3000 余种书籍，3.5 万页外文笔记摘记了 4000 余种书籍，多卷本文集仅算作"一种"，读而未摘的书则无法考证了。一个人一生中，怎么可以读这么多书！

有两张照片将我们拉回这些读书笔记开始的时间和地方。照片上横跨着英国牛津的一座桥，波光粼粼的河水旁，静立着一对年轻的伴侣。杨绛先生用娟秀的钢笔字写上注解："一九三六年冬，钱锺韩（钱锺书堂弟）来牛津小住，为我俩摄于牛津大学公园的桥上和桥下。"

牛津大学的博德利图书馆（Bodleian Library），被钱锺书先生戏称为"饱蠹楼"，意为书虫大快朵颐之地。"饱蠹楼"的图书不外借，到那里读书，只能携带纸笔，书上不准留下任何痕迹。在"饱蠹楼读书记"第一册上，钱先生写道："廿五年（一九三六年）二月起，与绛约间日赴大学图书馆读书，各携笔札，露钞雪纂，聊补三箧之无，铁画银钩，虚说千毫之秃，是为引。"第二册题词如下："心如椰子纳群书，金匮青箱总不如，提要勾玄留指爪，忘筌他日并无鱼。"

第一册、第二册……集腋成裘，直至20世纪90年代钱先生病重住院，60年间，仅外文笔记就"露钞雪纂"达211册之多。数量上虽不及万卷藏书，但句句是经过提纯的精华。这样的"三箧"，就算是"金匮青箱"也比不上。

凭一己之力，钱先生竟然建起一座个性十足的"图书馆"！

以笔记为原矿，钱先生写了800多则被称作"日札"的读书心得和《谈艺录》、《管锥编》、《七缀集》等学术专著。仅《管锥编》就引用了2000多种古籍的数万条书证，对《周易》、《毛诗》、《左传》、《史记》、《太平广记》、《老子》、《列子》、《焦氏易林》、《楚辞》等进行了详尽而缜密的考释。如此蔚为大观，在钱先生看来，却只是"锥指管窥"。"管锥"二字可溯至《庄子·秋水》，"用管窥天，用锥指地也，不亦小乎？"面对书籍的"天地"之大，钱先生感叹"瞥观疏记，识小积多，学焉未能，老之已至"。他对杨绛说："我至少还想写一篇《韩愈》、一篇《杜甫》。"后因"多病意懒"，没能遂愿。

重病住院之前，钱先生曾在报上撰文："理想、节操、科学、艺术皆具有非商化的特质。""强求人类的文化精粹，去符合某种市场价值价格规则，那只会使科学和文艺都'市侩化'，丧失其真正进步的可能和希望。"20世纪90年代初的

钱锺书在"饱蠹楼读书记"第一册上写道："廿五年（一九三六年）二月起，与绛约间日赴大学图书馆读书，各携笔札，露钞雪纂，聊补三箧之无，铁画银钩，虚说千毫之秃，是为引。"（商务印书馆资料照片）

中国，经济涨潮，网络初兴，人心浮躁，价值观激荡，还有谁会沉下心来像他这样"做做学问"？时代之筛网得住金币，还能不能网得住文字？他即将离去，她业已衰老，曾陪伴他俩度过幸福时光和艰难岁月的数百本笔记，还有用吗？

"这些没有用了。"钱先生淡淡说道。

怎么会没有用呢，杨先生不信。"他一生孜孜矻矻积聚的知识，对于研究他的学问和中外文化的人，总该是一份有用的遗产。"

杨先生"打扫现场"

"锺书逃走了，我也想逃走。但是逃到哪里去呢？我压根儿不能逃，得留在人世间，打扫现场，尽我应尽的责任。"钱先生走后，年近九旬的杨先生开始整理钱先生留下的数万页手稿。

她将手稿分为三类。

第一类是日札，包含800多则读书心得。日札始于"思想改造"运动，钱先生为日札题上各种名称，如"容安馆日札"、"容安室日札"、"容安斋日札"（均在狭促居室内写成，"容安"两字，引自陶渊明《归去来辞》"审容膝之易安"），署名也多种多样，如"容安馆主"、"容安斋居士"、"槐聚居士"等等。不论古今中外，从博雅精深的历代经典名著，到通俗的小说院本，以至村谣俚语，他都互相参考引证，融会贯通，心有所得。2003年，商务印书馆将这些日札汇集成3册《钱锺书手稿集·容安馆札记》。

第二类是中文笔记，多达1.5万页，涵盖的书超过3000种，经、史、子、集无所不包。其中既有经籍，如《论语》、《左传》；也有史书，如《史记》、《汉书》；更有大量的诗文集，如《全唐诗》、《全唐文》；还有小说，如《红楼梦》、《醒世姻缘传》；以及大量的古代戏曲，如《元曲选》、《六十种曲》；另有一些野史笔记、日记，如晚清曾纪泽的《使西日记》等。2011年，20册《钱锺书手稿集·中文笔记》由商务印书馆出版。

第三类是外文笔记，多达3.5万页，是容量最庞大的一类。外文笔记是钱锺书先生循序攻读英语、法语、德语、意大利语、西班牙语、拉丁语、希腊语等七种语言的历代书籍所做的笔记，所涉题材包括哲学、语言学、文学、文学批评、文艺理论、心理学、人类学等诸多领域。杨先生不懂德文、意大利文和拉丁文，她该如何整理呢？

杨先生想到了《围城》德文版译者、波恩大学教授莫芝宜佳，她和丈夫莫律祺掌握多门语言，正好可以解决钱先生外文笔记的所有语言问题。杨先生给莫芝宜佳发出充满诱惑的邀请：我想 make your mouth water（让你们垂涎欲滴），它们都是 golden lines（锦言妙句）。

1999 年夏天，也就是钱先生逝世半年之后，莫芝宜佳第一次看到了这些笔记。"叹为观止的西方文学全貌展现在我眼前。"莫芝宜佳回忆道："杨先生很细心地把笔记存放在五个大纸盒子里。她已经把笔记分成了两组。一组是手写的笔记本，通常都有钱先生自己写的目录。第二组是厚厚的档案袋，里面是钱先生亲手用打字机打好的散页。有些档案袋有扉页还有目录，有点儿像要出版的样子。有的，杨先生在扉页或封皮上写下相关出处或短短几个字的评语。"

"有点儿像要出版的样子"，莫芝宜佳的猜测应该是有点道理的。早在 1949 年，钱锺书先生就亲自编排了用打字机打好的 1000 页笔记，还加上了扉页和目录。"看得出，他不但有出版的念头，还有具体行动。"莫芝宜佳透露，"钱先生考虑了两个标题，一个有些诙谐，另一个实实在在。"诙谐的那个叫"CHOP-SUEY"（炒杂碎札记簿），实实在在的那个叫"TABLETS OF MEMORY"（纪念简札）。

莫芝宜佳在 1999 年和 2000 年用两个夏天整理出了大致的目录。2012 年《外文笔记》出版工程启动时，她又整理出更为详细的目录，并按两种不同的划分标准将全部外文笔记分为六辑：其一，按年代先后和钱先生生活中的转捩点分出前四辑，分别为"钱锺书在欧洲"、"年轻的作者和学者"、"生活在新中国"和"国内外名人"；其二，再将打字稿散页整理成第五辑，把以期刊为摘录对象的笔记本整理成第六辑。《钱锺书手稿集·外文笔记》全6辑共48册外加一册总索引，于2015年底由商务印书馆推出。至此，历经15年、涵盖72卷册的《钱锺书手稿集》终成完璧。

杨绛先生在生命的最后几年中，曾数次表达对《钱锺书手稿集·外文笔记》的期待：2011年，百岁生日前夕，她通过文汇报笔会说出心愿，"私心期盼有生之年还能亲见《钱锺书手稿集·外文笔记》出版，不知是否奢望"。其时，《钱锺书手稿集·中文笔记》刚刚出齐，《外文笔记》未及启动；2014年5月，《外文笔记》推出了第一辑前三册，杨先生一段录音在出版座谈会上播放，徐缓的话音里透着喜悦，"全书问世也指日可待了"。

2016年猴年春节之前，商务印书馆编辑陈洁将《外文笔记》最后几册的新书带给杨先生。陈洁后来撰文回忆，先生"白皙的面庞上流露出淡淡的笑意，犹如冬日的暖阳一般"，"偶尔，她靠在沙发背上闭目养神，那么的放松，如释重负……""她打算把皇皇72卷巨制码放在客厅的矮柜上，旁边是钱先生的相片。'他准是又高兴，又得意，又惭愧，又感激。'杨先生曾说，'我是他的老伴儿，能体会他的心意。'"

这是梦圆时分的喜悦，是临行之前的释然。杨先生在《钱锺书手稿集》的序言中写道："我相信公之于众是最妥善的保存，但愿我这办法，'死者如生，生者无愧'。"无论在人间还是天堂，心意相通的钱先生和杨先生始终是"如生相伴，无愧相随"。

打通古今　打通中西　打通学科

在"打扫现场"的过程中，杨先生找到一份钱先生抄写得工工整整的稿子，但没头没尾。该文后来以《欧洲文学里的中国》为题，发在《中国学术》2003年第1期。杨先生在按语里写道："几位'年轻'人（当时我们称'年轻'人，如今年纪都已不轻）看到这几页未完的稿子，叹恨没有下文。连声说：'太遗憾了！太遗憾了！'我心上隐隐作痛。他们哪里知道钱锺书的遗憾还大着呢！这不过是一份资料而已。"

虽说只是一份资料，却在"有些重要著作一时在北京借不到"的情况下，将钱先生驳杂、深广的知识储备展露出冰山一角。他从希腊、罗马写到文艺复兴，以数十位欧洲作者、数十部外文作品的上百条书证，点染中国的风土和人情，描摹西方世界对中国的猜惧和向往。由此可见，《欧洲文学里的中国》已是一篇成熟的比较文学之作。

但钱先生本人并不给自己张贴"比较文学"的标签。20世纪 80 年代，钱先生曾在一封给友人的信中说："弟之方法并非比较文学，而是求打通，以打通拈出新意。"他又在学术活动中多次说过："打通"分三个层次，即"打通古今、打通中西、打通人文各学科"。

从这个意义上说，钱锺书是架桥人。《欧洲文学里的中国》是桥，《谈艺录》是桥，《管锥编》是桥，《七缀集》是桥……

1948 年出版的《谈艺录》采用诗话的体式，以中国传统文论为母题，从大量具体的文学现象的鉴赏和比较入手，中西诗学互证互补互释，总结出了中西诗学在创作心理、接受心理、艺术方法、风格意境等方面一系列具有普遍意义的诗学规律，从而赋予中国传统文论以现代意义和世界意义。

1979 年出版的《管锥编》围绕《周易正义》、《毛诗正义》等中国 10 部重要典籍，引用 800 多位外国学者的 1400 多种著作，结合 3000 多位古今中外作家的创作，进行深入的比较研究，在中西理论双向比较方面做出了更令人瞩目的成就。该书以寻求中西共同的"诗心"和"文心"为旨归，资料的旁征博引不仅突破了中西之界限，而且突破了学科界限，以探索那些"隐于针锋粟颗，放而成河山大地"的文艺规律。

20世纪80年代的《七缀集》是比较文学论集。收入书中的七篇研究文章被钱先生自谑为"半中不西、半洋不古"：其中，《中国诗与中国画》借助西方文艺理论，阐明中国传统批评对于诗和画的比较估价，同时纠正外国人对中国诗与中国画的许多误解；《读〈拉奥孔〉》是通过考究中国古代美学来阐发西方文艺中关于诗歌与绘画的功能区别的理论；《通感》提出并探讨了一种古代批评家和修辞学家都没有理解或认识的中国诗文描写手法；《林纾的翻译》则是借以探讨翻译艺术的一些基本问题。

钱锺书还想架设一座桥：在《管锥编》中，是以中国文化为中心，外国文化为镜子；那么，是不是可以反过来，以外国文化为中心，以中国文化为镜子，用英文书写，再推一部《〈管锥编〉外编》呢？《管锥编》的雏形来自钱锺书中文笔记，而对于期冀中的《〈管锥编〉外编》，外文笔记必定是原矿。心愿未了，斯人已去。我们只能从新出版的《外文笔记》中看出"桥"的雏形。

在法国文学翻译家郭宏安眼里，这座"桥"已选好"木石砖瓦"——钱锺书在《读〈拉奥孔〉》中写道:"我们不妨回顾一下思想史罢。许多严密周全的思想和哲学系统经不起时间的推排销蚀,在整体上都垮塌了,但是它们的一些个别见解还为后世所采取而未失去时效。好比庞大的建筑物已遭破坏,住不得人,也吓不得人了,而构成它的一些木石砖瓦仍然不失为可资利用的好材料。往往整个理论系统剩下来的有价值东西只是一些片段思想。脱离了系统而遗留的片段思想和萌发而未构成系统的片段思想,两者同样是零碎的。眼里只有长篇大论,瞧不起片言只语,甚至陶醉于数量,重视废话一吨,轻视微言一克,那是浅薄庸俗的看法——假使不是懒惰粗浮的借口。"郭宏安认为,20 世纪以来,黑格尔式的庞大体系不再是学者追逐的目标,钱锺书先生无意中做了一位引领潮流的学者。郭宏安感慨道:"长篇大论,纵使一吨,也是废话,必须弃;片言只语,纵使一克,也是微言,必须留;弃一吨,留一克,这是只有大学者才敢做的事。钱锺书先生的《外文笔记》好似在已毁的建筑物内爬梳,寻找尚可利用的木石砖瓦……这无疑是为那些急于建立'体系'的学者敲响了警钟,也为天下的读书人树立了榜样。"郭宏安将钱先生的《外文笔记》视为一座宝库,"研究外国文学的人入宝山是不会空手而归的"。

在社科院外文所研究员赵一凡眼里,这座"桥"架在一幅文化地图之上——"若要追随钱氏足迹，我们当从荷马、柏拉图、亚里士多德开始，经由维科、薄伽丘、拉伯雷、伏尔泰、卢梭，一路拜会过康德、黑格尔、尼采、弗洛伊德，直至遭遇胡塞尔、海德格尔。"赵一凡认为，钱先生的"打通"并非无根之木，该是受教于陈寅恪和吴宓两位导师。陈寅恪曾说"中体西用资循诱"，吴宓曾说"择善而从，比较出新"。钱先生自清华求学之始，就达成通学志向。以多种外语为翅膀，钱先生的"打通"可谓上天入地，穿越时空，纵横驰骋。赵一凡举例道："胡塞尔、海德格尔这两位德国现象学宗师，颇似《红楼梦》里的癞和尚、跛道士。钱锺书与之暗通款曲，引为知己。到了《谈艺录》中，竟是同登一叶扁舟，携手飘然而去。"

据赵一凡观察，钱先生留学三年最感兴趣的书籍是西洋思想史，包含三大重点：一是以拉丁文为主的古希腊哲学及文论；二是以意大利文为主的文艺复兴经典；三是以法德文为主的欧洲启蒙与现代思想。归国后，钱锺书在西南联大教书，当时的学生、后来成为语言学家的许国璋回忆：钱先生在联大开课三门，分别是欧洲文艺复兴、当代文学、大一英文。"其时大学讲文艺复兴，多讲英国。钱师则自意大利与法国始，尤喜法国拉伯雷……所讲文学史，实是思想史。"许国璋又说："师讲课，既语句洒脱，又无取冗长。学生听到会神处，往往停笔默诵。盖一次讲课，即是一篇好文章，一次美的感受。课堂板书，师喜用英国伊丽莎白朝之意大利体。字体大而密，挺拔有致。凡板书，多为整段引语，拉丁语、古法语、意大利语。钱师，中国之大儒，今世之通人也。"许国璋的回忆或可印证赵一凡的观察。他俩都谈到了钱先生对西方思想史的关注，谈到了他的"通"。这样的"通"不仅是钱先生个体的追求，也做到了上承和下传。

在德国汉学家莫芝宜佳眼里，《钱锺书手稿集·外文笔记》本身就像一座"万里长桥"——"古时候有'七大奇迹'，像巴比伦的'空中花园'、埃及的吉萨'金字塔'，菲迪亚斯在希腊奥林匹亚的宙斯神像……《外文笔记》也是一项前所未有的'世界奇迹'。它不是把中国与世界分隔开，而是像一座'万里长桥'，把中国与世界联系在一起。"通过整理钱先生留下的笔记，莫芝宜佳看到了先生的阅读路径，"钱先生研究西方文学从经典出发，也就是最先开拓语言的作品。创造语言的大作家，在英国是乔叟和莎士比亚，在法国是拉伯雷和蒙田，在意大利是但丁和薄伽丘，在西班牙是塞万提斯和洛佩·德·维加，德国是艾克哈特大师。从这些开端开始，钱先生一直读到当代文学。从文学史和比较两个角度出发，钱先生喜欢与这两方面有关的作品……他重视的是发展过程，独特、巧妙的新现象。他探讨古典主义、浪漫主义、现实主义、现代文学等。此外，他还致力于语言学问题，哲学和心理学等。他偏爱风趣的比喻、妙语、幽默。"

钱锺书不仅"打通"中西，还"打通"西西。莫芝宜佳举了一例："钱先生把康德作品的英文和德文版进行比较，钱先生证明，英文版比德文版客观得多。后者为了给康德戴上'道德模范'的光环，干脆删掉了某些有违背道德之嫌的地方。"

在将钱先生外文笔记与西方世界的各类摘记作品比如蒙田的《随笔录》、叔本华的《附录与补遗》、伯顿的《忧郁的解剖》进行比较时，莫芝宜佳认为"钱先生更向前迈进了一步"，"在早期笔记本里，摘录、心得和议论混杂在一起。但渐渐地，把摘录内容和自己的想法清楚地分开发展成他的独门绝技。他掌握摘录技巧的能力，其他人难以相比……原本分开的引文构成新的关联，形成天衣无缝、可以通顺阅读的文章。虽然是逐字逐句的引文，经过钱先生的选择和综述概观，成为他自己的新作品。"

做一个"古之学者"

读书做笔记，客观上是因为居无定所、住处狭促、无法藏书，主观上是因为钱锺书先生深谙"书非借不能读也"的道理。"有书就赶紧读，读完总做笔记。无数的书在我家流进流出，存留的只是笔记。"杨先生在《钱锺书手稿集》总序中写道，"从国内到国外，从上海到北京，从一个宿舍到另一个宿舍，从铁箱、木箱、纸箱，以至麻袋、枕套里出出进进，几经折磨，有部分笔记本已字迹模糊，纸张破损。锺书每天总爱翻阅一两册中文或外文笔记，常把精彩的片段读给我听。"

按照杨先生的排序，钱先生"最好的是英文，第二是法文，第三是德文，然后是意大利文"，"他有一个规矩，中文、英文每天都看的。一、三、五看法文、德文、意大利文。"并非边读边记，而是读过一两遍，甚至三四遍以后再记，钱先生说："最精彩的句子，要读几遍之后才发现。"他对于各种类型的书都表现出近乎贪婪的探知欲，杨先生笑称："极俗的书他也能看得哈哈大笑。精微深奥的哲学美学，他像小儿吃零食那样，一本本渐次吃完。"

这样的读书状态，随意而执着，闲适而忙碌。他曾为读书给国家领导人写信。当年在社科院学术秘书室工作的马靖云回忆：20世纪50年代初，文学所刚刚建立就承担了国家赋予的繁重编写任务，但是图书资源却极其稀缺。于是，钱先生代所里拟写信函递交国家领导人，函中写道："所内工作需用的书籍极为短缺，而尤以外文书为甚，限于外汇经费，添补极少。"并建议"如果将这批书刊拨给其他藏书丰富的单位，则是'锦上添花'的重复存储，不如'雪中送炭'拨给我所，以应急需"。在信的最后还作了声明，我们打扰总理是因为"曾屡次向有关部门请求没有得到答复……我们实无他法，只有写此信以求解决"。这封信发出后不久，一批急需的图书便顺利调拨给了文学所。此外，钱先生还经常为图书馆提供国内外图书出版信息，并建议采购人员及时收集图书资源，使得文学所的藏书日益丰富。此后，当各项政治运动让文化荒漠渐渐蔓延时，文学所的图书室却保住了一方难得的绿洲。

钱先生的外文笔记奇迹般在"文革"中保留了下来。钱先生在干校搓草绳、烧开水、当信差，但只要有机会，他就会拿出一本笔记来翻阅，每一次翻阅相当于多一次反刍。正是这样的苦功夫，钱先生才练就了别人眼里的"一目十行，过目成诵"。社科院外文所的薛鸿时回忆道："20世纪80至90年代，我替他借书，时常是我把一大摞书放在他面前，他一边与我谈话，一边翻阅，等我告辞时，他就让我统统带走，说是已经用完了。原来他只是在核对他即将发表的著作中的引文，而这些引文都在他的笔记里，并且多年来早已烂熟于心。"

2010年钱锺书百年诞辰时，社科院外文所研究员朱虹写了篇题为《两位文化巨人的相会》的纪念文章。文中记载了一件逸事：以高傲和博学著称的哈佛大学英美文学与比较文学教授哈里·莱文，曾在20世纪80年代初与钱锺书见面论学，两人相会，不待寒暄，立即在世界文化历史的版图上纵横驰骋，外国人提到的典籍，中国人钱锺书没有不熟读的，不管英文、法文、德文、意大利文、拉丁文，书中的精华、警策，都能大段大段地背诵，以资参观对比。这位洋教授出门后，对朱虹说："I'm humbled！"（我自惭形秽！）因为他知道，不但西方学问他自愧不如，而且还有一个汉文典籍的世界，钱锺书同样精通，而他却连边儿都沾不上！

钱锺书先生曾说："大抵学问是荒江野老屋中两三素心人商量培养之事。"孔子曾说："古之学者为己，今之学者为人。"连2500多年前的孔子都在叹息学者不古，今天又哪里去找"荒江"，哪里去怀"素心"？钱先生的"素心"却一直根植在心间，无论何时何地，无论顺境逆境，书香足以滋养"素心"，他或把斗室称作"容安斋"，或在市中心的南沙沟"万人如海一身藏"，这不都是"素心"么？钱先生，显然是要做一名"古之学者"。

我的选择被世界认可

——国际安徒生奖得主曹文轩的文学之路

"假如你吃了一个鸡蛋，觉得味道不错，何必要去看那只下蛋的母鸡呢？"这句自谑被钱锺书先生用作"挡箭牌"，推掉了读者的拜访。

2016年4月4日，当素有"小诺贝尔奖"之称的国际安徒生奖60年来首次将桂冠献给中国儿童文学作家时，曹文轩注定躲不开聚光灯的追逐。

不妨先把聚光灯扫过"一枚味道不错的鸡蛋"。

这便是曹文轩创作的绘本《小野父子去哪儿了》——有个小村庄共有八户人家，家家都很穷，最穷的是小野家，家里就小野和父亲两个人。有天夜里，小野父子俩和他们家的一头毛驴突然消失了，过了几天仍不见回来。他们去哪儿了呢？村里人纷纷猜测，得出一致的结论：他们欠了七户人家那么多粮食，拿什么还？跑了！可实际情况是，小野父子俩赶着毛驴，去千里之外的姑姑家借粮食去了。姑姑那儿是富庶之地，他们借到了两大袋上等的麦子。在返回家乡的路上，遭遇洪水、大火、强盗……小野父子俩不惜以生命保护这两大袋麦子。一天深夜，他们终于回到了村庄。第二天早晨去还粮食时，发现七户人家的门上全挂着锁，邻村有人告诉他们："你们走后不久，大家都逃荒去了。"小野父子离开村子时是秋末初冬，回来时是春天。他们先把自家的地耕了，正要播种，发现其他七户人家的地全荒着。下面的情景是：毛驴拉着犁，小野的父亲扶着犁，还剩下最后一块地的时候，毛驴累倒了。再下面的情景是：小野的父亲拉着犁，小野扶着犁，耕完了最后一块地。直起腰，小野的父亲说："季节不等人，我替你们做主啦。"上等的麦子、一流的种子，撒在地里，天降好雨。雨地里，小野父子俩守望着那八块地。麦子抽穗的时候，村里人陆陆续续都回来了……

"小野父子"的故事，曹文轩曾在某个书展上讲过。"在场的所有人都被这个故事震住了。我告诉他们，这就是你们一个同胞写的，此时此刻正拿着话筒跟你们说话。"面对书商热衷推广国外绘本而很少关注同胞作品的做法，温文尔雅的曹文轩说了句"刻薄"的话："不要光点洋烛，中国有中国的灯火。"

当这样的不平与自信在胸中日渐累积，如今收入囊中的国际安徒生奖对曹文轩来讲便成了一粒安慰药。"我不兴奋，但很欣慰，这佐证了我对中国儿童文学的判断。我们最优秀的作品就是国际水准的作品，难道不是吗？"

珍藏故事

2015年9月15日初稿，2016年3月11日定稿，《人民文学》第6期首发，7月1日单行本推出，《蜻蜓眼》诞生于曹文轩获得"安奖"之前，面世于获奖之后。新书封面上，"国际安徒生奖得主曹文轩获奖后首部长篇力作"一行字赫然在目。乘着"安奖"东风，《蜻蜓眼》销售量直线飙升，仅一个月就突破20万册。

读者发现，曹文轩笔下的故事，这次又换了新地方。他早期的长篇，如《草房子》、《青铜葵花》、《细米》、《根鸟》……从苏北故乡的河塘里一一打捞，带着湿漉漉的水汽；去年的《火印》，突然刮来张北草原的粗犷气息；《蜻蜓眼》竟又将视线越过重洋，投向法国马赛——在那里，中国丝绸商之子杜梅溪偶遇法国女子奥莎妮，两人情定终身。二战期间，杜梅溪、奥莎妮夫妇带着四个儿女回到上海定居。此后，奥莎妮从少女到老妇，渐渐融入中国生活，但她的异国血统，却在特殊年月中为家庭带来了灾难……

虽说这些故事换了新地方，但终究只归属于这座村庄或那座城市，而曹文轩正在酝酿中的另一部长篇，则要把故事发生的"点"拉成"线"——在外打工的爸爸妈妈最大的心愿就是盖一幢小楼，过体面日子，而两个孩子是奶奶带大的。多少年过去了，奶奶老了，得了痴呆症。可盖房的钱还是没有挣够，爸爸妈妈再一次出发。临走前，爸爸对男孩讲，一定要照顾好奶奶。奶奶后来走失了，男孩要去找奶奶。那妹妹怎么办？得把妹妹带着。家里的一只羊、一只鹅怎么办？也得把这只羊、这只鹅带着。他们寻找了一路，故事便像豆荚一般，挂在路旁。

"这20年来，您的创作是分阶段的么？水乡的故事写得差不多了吗？所以，开始写别的地方了？"我的猜测被曹文轩果断否了，"不分阶段，我从来只写熟悉的故事。"

张北草原，是他节假日常去的地方，那里的沟沟梁梁，他都叫得出名字；上海，他小时候曾在那里住过很长时间，此后几十年也常去，小洋楼里的腔调和石库门里的市井，像电影胶片一样移过眼前。

"蜻蜓眼"的故事，便是那斑驳胶片上最为珍贵的一节。30多年前，曹文轩在某次文学讲座之后的饭局上，邂逅《蜻蜓眼》中小孙女阿梅的原型——一位长相特别的女士。曹

曹文轩近影。（王悦 摄）

文轩问："你们家谁是洋人？"女士笑而不答。饭后的闲聊中，曹文轩与女士建立了信任，女士告诉他："我奶奶是法国人。"女士的家族故事，如涓涓细流，流入曹文轩创作的蓄水池。他在《蜻蜓眼》的序中写道："我将与它的相遇看成是我一生中最美好的时刻，看成是天意——命运之神眷顾我，让我与它相遇。当初，一接触到它时，我就已经知道它的宝贵，'价值连城'四字就在心头轰然作响。"

但曹文轩并不急于将它推至笔端，他喜欢珍藏故事。岁月的阳光，经验的风雨，知识的甘露，无声地照拂它，滋养它。它像树一样生长，枝繁叶茂，直至浓荫匝地。终于有一天，这棵树不再是树，而从植物变成了动物，任何栅栏都不能阻拦它了。它冲将出来，成了《蜻蜓眼》。

30多年前存储的好故事，曹文轩手里至少还有10个。

他不需要为这一个个故事建立档案，甚至不需要特意照料它们。"它们的面孔不是非常清晰，不像在阳光下，更像在月光下。"曹文轩说，"因为某个特别的语境，这个它或那个它会突然在你面前闪现一下。哇！好漂亮啊！但我那会儿可能正在琢磨别的事情，所以对它就不是特别留恋，也不去观望它的背影。它像受到冷落一样走了。"

这是迟钝吗？我看不是。正是不刻意追逐、沉溺，才能全身放松、心窍洞开、天然敏感。拿时间的恩泽来灌溉故事之树，他只消稍稍一抬头，便知道它又爆出哪些新芽，抽出哪些新枝。

这些树，最初也许只是一粒种子。它混杂在石子儿和草籽中间，曹文轩能用毒辣的眼睛一下子把它挑拣出来。前些天随作家代表团赴南海采风，曹文轩对刘亮程说："亮程啊，我经常从你的散文中寻找灵感。"刘亮程问："此话怎讲？""比如，我读过你的一句，'风吹着吹着就累了'，当时就记住了。几年以后写图画书，我把你这句话变成了一本书，《风吹到乌镇时累了》。"

把一句话变成一本书，《火印》也是如此。萧红短篇小说《旷野的呼喊》中的那句"一抬头看见两匹大马和一匹小白马从西边跑来……他想要把它们拦住而抓住它，当他一伸手，他就把手缩回来，他看见马身上盖着的圆的日本军营里的火印"，牵出了曹文轩的灵感。于是便有了日军侵华战争背景下，一匹叫雪儿的马和它的主人坡娃之间的壮阔故事。

曹文轩说："我有个很好的本领，在我眼前划过的有价值的东西，我能一把抓住。先把你'关'起来，'你就不要走了'，但我不会立即把你变成作品。"

我问："您是不是还有一个很好的本领。我记得您说过，小学同学聚会，他们对小时候的很多故事都没有印象了，但您却记得很清楚。"

"不是'记得'那么清楚，而是因为有了知识的亮光，亮光照亮了那些故事。不是我记忆力好，而是我发现了过去。在非常深邃的来路上，有忽闪忽闪的信号，我能接收到，他们接收不到。我并没有去驾驭自己的发现能力，而是那个能力自己在回头看。"

曹文轩轻轻拨动的只是手边这根弦儿，他知道遥远的记忆里，还有一根同频的弦儿会自动震颤，两弦共鸣。

这共鸣的两弦，当然是指隔着时空的两件事。但，是不是也可以指轻轻唱和的两代人？当他把感动他的生离死别、悲悯情怀，厄运中的相扶、孤独中的理解，亲情、友情、爱情……——投进孩子们的心湖，圈圈涟漪泛起。

"炮手"

捕捉有用信息的能力和接收幽微信号的能力，固然是一种禀赋，但也与独特的阅读经历有关。"上小学时，没合适的书看，我就读鲁迅；上大学时，很多书不能看，我就读马恩。"在那个图书极度匮乏的年代，"饥渴"的曹文轩拿到书就"啃"。

读过《草房子》的人都知道，书里的油麻地小学校长叫桑乔，他的儿子叫桑桑。桑桑的原型就是曹文轩。尽管是乡村小学，但总还有一些上头拨下来的书籍，当校长的父亲偶尔也买书。让曹文轩印象最深的，是鲁迅的一套单行本，包括《野草》、《彷徨》、《呐喊》、《故事新编》……这显然超出了一个小孩子的领悟能力，他一遍看不懂，就看两遍三遍。

1974 年，曹文轩进入北大中文系读书。师生们用小推车，把学校老图书馆的书往新图书馆搬。"这个世界上原来有这么多书！"他被深深震撼，但同时又感到纳闷和遗憾，这么多书都被封存起来了，是不让看的。他和同学们来到大兴天堂河开荒种地，宿营地居然搭起一座军用帐篷，里面放几排书架，摆上那个年代能看的书：马克思的《黑格尔法哲学批判》、《关于费尔巴哈的提纲》，恩格斯的《自然辩证法》、

《反杜林论》、《路德维希·费尔巴哈和德国古典哲学的终结》，列宁的《哲学笔记》……既然没别的书看，那就看它们吧。看着看着，居然看进去了。从那会儿起，曹文轩的哲学阅读延续了 15 年之久。

曹文轩说："我的文学路之所以走到今天，与鲁迅有关，与 15 年的哲学阅读有关。"

与鲁迅、与哲学的关联，曹文轩在文学作品中埋得很巧妙。比如《草房子》几乎通篇在讲"转折"：秃鹤从被人捉弄到获得尊严，杜小康从"富二代"变成读不起书的孩子，细马本想离开油麻地却又回来了，死守着那块地的秦大奶奶后来主动把地交出来了……他为这些"转折"设置了颇让人信服的内在逻辑。在绘本文本的创作中，他有意无意植入哲学命题，比如《远方》讲的是"人生不只有眼前的苟且，还有诗和远方"，《羽毛》追问的是"我是谁"，《我不想做一只小老鼠》探讨的是大自然的相克相生以及每个物种在其中的角色和使命。

写小说时，润物细无声，但当他阐述儿童文学理念时，却像一个炮手，从"炮弹"的火光和烟幕中，能看到鲁迅和哲学的影子。曹文轩认为，"文革"之后中国当代儿童文学的发展和繁荣可以从一个又一个会议中寻见轨迹。20 世纪八九十年代及新世纪初，会议的主办方通常会"利用"曹文轩的血气方刚，安排他做个发言，相当于去扔一颗"炮弹"。

比如，20世纪80年代中期，曹文轩提出"儿童文学作品是未来民族性格的塑造者"，他进一步阐明，这种"塑造"是"重塑"，只有"重塑"，国家和民族才有未来和希望。不久，他又从"国家和民族"扩及"人类"，指出"儿童文学将为人类提供良好的人性基础"。在那个顺从的、姓资姓社泾渭分明的年代，曹文轩的"重塑"说和"人类"视角可谓对传统的挑战。80年代末，他喊出"儿童文学是文学"，颠覆了当时"儿童文学是教育"的普遍认识。1986年中青年儿童文学作家庐山会议之后，曹文轩主编了新潮儿童文学丛书，他在总序中旗帜鲜明地主张，儿童文学要"从艺术的歧路回归艺术的正道"，要"尊重艺术个性"，要"变法"，新的美学原则在儿童文学领域崛起。90年代初，他攻破了传统意义上儿童文学难以涉足的禁区，比如爱情、死亡，甚至适度的性，开辟"成长小说"这一新天地，并系统阐述了"成长小说"与"儿童文学"之间的关系。

新世纪以来，曹文轩多次强调一个看法，即"中国最优秀的儿童文学就是世界儿童文学的水准"。他认为，这并不是狂妄的、过于自尊的判断，而是理性的、学者的判断。中国有一支超级巨大的翻译大军，这让他对英国、美国、德国、法国等各个国家的儿童文学非常了解，他发现，我们最优秀的部分和他们最优秀的部分是并驾齐驱的，"我不比你弱，不比你小，不比你矮"。有些批评家不以为然，曹文轩要回应的是："当我们谈论一个国家文学水准时，千万不要做错误的比较——你拿全世界最优秀的东西和一个国家的东西打拼，这怎么行？我们要单练，一个对一个，不能打群架。你们合伙对付我一个，我当然打不过了，这是最简单的道理。"

曹文轩固执甚至傲慢地认为，好的文学必须固守"道义、审美、悲悯情怀"三重维度。"文学不在进化论的范畴，今天的人写的诗，难道比200年前的人写的诗好吗？徐志摩比李白好吗？""文学的标准其实从《诗经》、《楚辞》就延续下来了，一直没变，我不可以来改变文学，我只能沿着先人的路去走。"所以他的作品里嗅不出"先锋"和"实验"的气味，没有花花绿绿的招揽，只是很虔诚地、规规矩矩讲着故事。

曹文轩讲的故事，很多都是悲伤的、痛苦的。他认为，儿童文学不能只带来快乐，而是要带来快感，快感既包括喜剧快感，也包括悲剧快感。追求快乐无可非议，但如果一味追求快乐而忘却苦难，那就成了享乐主义，而不是乐观主义。乐观主义是一种深刻认识苦难之后的快乐，那才是真正的、有质量的快乐。他说："孩子们要学会和苦难结伴而行，培养对苦难的风度，就像美丽的宝石必经熔岩的冶炼与物质的爆炸。如果忽视苦难的必然性，就会忽视苦难对于我们生命的价值，当苦难来临时，就会变得叫苦连天、手足无措、不堪一击。"

此次"安奖"，评委们高度一致地把票投给了曹文轩，颁奖词为："曹文轩的作品读起来很美，书写了关于悲伤和苦痛的童年生活，树立了孩子们面对艰难生活挑战的榜样，能够赢得广泛的儿童读者的喜爱。"曹文轩证明了自己。当然，还会有人说"这证明不了什么"，那他想反问一句，"你还有什么更好的方法来证明吗？"

非典型

这种证明带有双重性，不仅是对他观点的证明，也是对他创作的证明，因为曹文轩本身就是双重的，既在儿童文学理论上有所建树，同时也是一个实践者。"我这个人肯定是和中国儿童文学史有密切关系的。"说这话的时候，他底气足足的。今天，关于他的作品，读者已越来越熟悉，本文不必再去加炭添薪，而更想去寻访他的"来路"。

曹文轩的"引路人"有两个。从读书得间的角度，是鲁迅，上文中已有提及；从耳提面命的角度，是"非著名"作家李有干，今年86岁。

1974年进入北大读书之前，曹文轩在家乡盐城面朝黄土背朝天，同时又惦记着"诗和远方"，他是县文化馆馆员李有干对口辅导的农村业余作者。李老师偏爱儿童文学，这便决定了曹文轩最初的创作方向。曹文轩的处女作是《小白鸽遇险记》，讲的是一个小男孩捡到一只受伤的小白鸽，从鸽子的脚环可以判断，它是只军鸽，男孩给小白鸽精心治疗，让它重新飞回蓝天，这个故事契合了军民一家亲的时代主题。

当曹文轩从故乡的芦苇荡来到首都北京，当他看到更宽广的世界，读到更丰富的书籍，当他走上大学讲台，侃侃而谈各种文学流派……这一切并没有把儿童文学推远，他对它反倒有了更多的认同和亲近。"准确说，并不是我选择了儿童文学，而是我选择了儿童视角。"一旦他从这个视角看待世界，世界就是他喜欢的样子，世界观和美学观的双重满足，令他笔意流畅、身心愉悦。

曹文轩是个推崇经典的人，可当他用儿童视角投向真实世界，他的作品又似乎"不太像"儿童作品。拿他自己的话说："发在成人文学杂志上，就是成人文学；发在儿童文学杂志上，就是儿童文学。"很多人原来概念里的儿童文学，或许是《夏洛的网》，或许是《时代广场的蟋蟀》。曹文轩的作品和它们显然不同，是"非典型"的。"但儿童文学一定得写小猪、小蟋蟀、小猫、小狗、小兔吗？"曹文轩是自信的，他不盲从。

他说："在创作上，我用两种方式做事。"

一是开创——当周围的人还没开始的时候，他先来做，比如，写图画书，一本接一本，一发而不可收。获得"安奖"之后他创作的第一部作品，就是图画书《雨露麻》——布店老板年轻时想当画家，他把未完成的梦想寄托在女儿身上。女儿极有天赋，越画越好，一看就是未来大画家。某天，爸爸对女儿说，"你可以画自画像了。"便带着女儿去美术用品商店选购画布。一连走了好几家，都没买到合适的。最后来到一家，售货员说，这里有块雨露麻。女孩笑了，因为她的名字就叫雨露。售货员告诉父女俩，这块雨露麻是西窗先生订的，今天本是他取布的日子，可惜他前天去世了。就这样，本属于著名画家西窗先生的上好画布雨露麻，铺陈到了女孩雨露的画笔之下。女孩画得特别好，妈妈说："跟雨露长得一模一样。"爸爸说："比雨露更好看。"谁知，自画像竟在一夜间化作流动的油彩。女孩给油彩覆上新色，再画一幅，但再美的画也留不到第二天。女孩对雨露麻不离不弃，天天在上面精心作画，画完便拿爸爸布店的零布盖上，不去琢磨它为什么总是变成流动的油彩。爸爸对画布恨恨地说："我知道你瞧不上我闺女，你心里只有西窗先生。"妈妈趁女儿不注意，把雨露麻扔了出去……究竟要经历怎样的相守，雨露麻才能与雨露心意相通，把她最美的容颜留在自己身上呢？

二是收尾——别人做了很久很久了，比如幻想文学，他一看，"路子不对啊，只有幻想，没有文学。"干脆自己来，写了《大王书》，让幻想在文学的框架内完成。

他接下来要做的事，我说不好到底是"开创"呢还是"收尾"——在创作者对短篇小说普遍轻视时，他想反其道而行之，在此间发力，连续推出十来个短篇。在他看来，短篇相比于长篇，"更加精致，容不得半点注水"，也更符合儿童的阅读习惯，他没有理由轻视它们。那么好，我们什么时候能等来他的这些短篇呢？"安奖"已把读者的胃口吊起，光有《蜻蜓眼》和《雨露麻》似乎填不饱。

最好的阅读是把心打开

随"安奖"一齐带给曹文轩的，有赞誉，有期待，也有质疑。最集中的质疑莫过于认为他的女性观很落后，理由是他作品中的女孩子很多都脸色苍白，声音细弱，不能主宰自己的命运。曹文轩对读者以新的理路来解读文学作品的做法是认同的，但对他们的结论无法认同。"你不能因为我写了一个纸月，就得出这样的结论啊。《草房子》里的女教师温幼菊，启发桑桑一步步成长，《细米》里的女知青梅纹，让细米变成了坚强的小男子汉，这难道不是女人在引领男人吗？退一万步讲，就算我喜欢的女孩子一笑起来很好看，说话很轻柔，这难道就证明我是男权主义吗？"

他前些日子和瑞典新闻界的朋友交流："在瑞典，女人的地位是非常高的。当他们得知我的书受到这样的质疑，都觉得难以理解。"朋友用三个例子来支持曹文轩：一是《青铜葵花》里，坚强的葵花不仅守护着哥哥，还勇敢地去江南捡银杏，赚钱给奶奶治病。二是葵花的奶奶多么坚韧，是全家人的精神脊梁，一说到这位奶奶，瑞典人幽了一默，问，"奶奶是女的吗？"三是《火印》中的那匹忠诚而坚毅的母马雪儿，瑞典人的解读是，"也许曹先生您自己都没有意识到，但我们看出来了，您是把它作为女性形象来描写的。"

另有一些质疑文章，似把过多的责任强加给了曹文轩：比如，有人认为《草房子》里，秦大奶奶的房子是私产，曹文轩应该为她撑腰；还有，有人认为文中一提到农村妇女，应该连名带姓以示尊重，而不该以"谁谁的娘"、"谁谁家的"来代替。但曹文轩毕竟写的几十年前农村的历史，在文学创作尤其是小说写作中，他追求的是历史的真实，至于今天对历史真实的价值观评判，留给社会学家等研究者来做，是不是更合适呢？

曹文轩不回避各种质疑，他愿意和读者朋友进行学术上的探讨。"但你不能在阅读之前，就先把作品设定为对立物，否则吃亏吃大了，会把自己搞得很难受。"曹文轩认为，最好的阅读是把心打开，让书里的风景和感动全都进来。

曹文轩是自信的，但并不是骄傲的、膨胀的。每部作品面世前，他都会把初稿交给十来个朋友，请他们提意见，他们总是会帮他把作品变得更好。

他明白文不厌精的道理。这样的精，不仅在创作中，还在创作的两头。《蜻蜓眼》动笔之前，他沿着苏州河走到黄浦江，又沿着外白渡桥走到十六铺码头。这些路，是书中阿梅、哥哥、爷爷、奶奶走的路。曹文轩得先走一趟，估算着要走过多少路口，每一段要花去多长时间，这排凳子到那个垃圾桶有多远……"这样，你才能获得一种心态，当你坐下来时，不会有一点点发虚。"

环球"慢"游
——毕淑敏用113天坐船绕地球一圈

我和她陷在咖啡座的沙发里，咖啡杯上绵延的香雾把时间拉长；

她语速徐缓，像是慢过了脉动；

她把环球航海经历和航海归来后依然鲜活的感动，变成了咖啡杯旁边的新书《蓝色天堂》……

毕淑敏正在和我聊"慢"游。从2008年5月14日至9月3日，她乘坐一艘"慢"船，用113天绕了地球一圈。

分享她的"慢"游，你也许会发现：带着相机走，留下的是照片；带着心灵走，留下的是感悟；步履匆匆，山水掠过眼睛；驻足凝神，山水潜入生命。

用半辈子积蓄去圆一个儿时梦

"你为什么要旅游？"基于好奇心和职业素养，兼为作家和心理咨询师的毕淑敏常常会问这样的问题。

　　她把朋友们林林总总的回答归纳出了 33 个理由：为了看不同的风景和不同的文化；为了购物、品美食；为了卸下桎梏，跳出窠臼；为了花掉年假或者某张特价机票；为了"到此一游"，炫耀资本；为了梦中的橄榄树……

　　各取所需，你不能说哪一个理由好，哪一个理由不好。但显然，毕淑敏更倾向于从内心出发的理由。不只为愉悦视觉、释放心情，更不为增加谈资，她想让内心更丰润一些。这样的旅游不急不躁，脑细胞富含氧气，山水和人文可以轻而易举触动它们，闪出灵光。到了同样的疆界，让你见识到不一样的美。

　　毕淑敏的环球航行，起源于存放心底的童年梦想。小学时，她看了凡尔纳的科幻小说《80 天环游世界》，讲了一个叫福格的英国人为了赢得 2 万英镑赌注，1872 年从伦敦出发，用整整 80 天绕行地球一周，最后回到伦敦。"这多么有趣啊！"乖乖女小毕淑敏忍不住想，"如果有机会，我也要绕地球一圈！"

　　这个机会在她年过半百的时候突然降临了。那天，她偶然看到报纸上的广告："你想环游世界吗？"当时的感觉就像一只被射中的大雁，笔直坠落，眼冒金星。在又惊又喜又慌中，童年的梦想蠢蠢欲动，喷薄欲出。

按照船期，这艘名为"和平号"的游轮，将于 2008 年 5 月 14 日从日本横滨出发，向西途经越南、新加坡、阿曼、约旦、地中海诸国，然后向北途经法国、荷兰、挪威、冰岛、格陵兰岛，再掉头向南抵达美国、委内瑞拉，穿过巴拿马运河之后沿太平洋东岸航行，最后横渡太平洋于 8 月 25 日回到横滨（实际行程因修船等意外延长 9 天，达到 113 天）。

这一路，价格不菲，叫人纠结。用半辈子积蓄去圆一个儿时梦，值吗？如果说人生的最大收获是体验，而体验的机会对于身体渐衰的望老之人只会越来越少，那么，此行不去更待何时？

有一个疑惑一闪念：虽然《80 天环游世界》是科幻小说，但里面提到的交通手段都是可行的，用马车、雪橇、蒸汽轮船和蒸汽火车，就可以 80 天绕地球一圈，现在的交通工具更发达了，怎么反倒需要 100 多天了呢？哦，小说里的福格是为了赶路，她毕淑敏是为了体验。既然是体验，而且是美好的体验，把日头放慢一些，拉长一些，不是更好么。

她带着儿子芦淼登上了"和平号"。毕淑敏意外发现，在千余位游客中，来自中国大陆的只有 6 位，他们将是乘坐游轮完成环球旅行的首批大陆公民。

一直向西，向西……但 5 月 23 日那一天，她从新加坡下船了，祖国正在经历 5·12 汶川地震的剧痛，她打算结束旅行。

她带着船上募集的赈灾捐款来到北川中学的孩子们中间。孩子们说，全国人民都在关心我们，你不用留下，继续航行吧，把经历写下来告诉我们。

毕淑敏懂了。那一刻起，环球不再只是她的心愿。她怀揣着一个又一个小小的心愿，在西班牙重新登上游轮，继续穿越太平洋、印度洋、阿拉伯海、加勒比海……

发呆是一种修行

发呆，有人说是一种奢侈，一种享受，也有人说是无聊时的排遣，对时间的犯罪。

你听过发呆是一种修行么？

毕淑敏年轻时，在西藏阿里戍边 11 年。如今回想起来，记忆里最深刻的画面就是对着雪山发呆。思维是停滞的，时间也是停滞的。大山在日月间永恒，生命却在朝夕间摇摆。她在洞穴里见过曼陀罗，外圆内方的图案层层套叠，那是佛教对世界的解释。她问一位老同志："我们此刻是在圆的里边还是方的里边呢？"老同志答不上来。她继续发呆。

后来，有一位上师知道了毕淑敏这段经历，说："哦，那是在修行。"

修行？毕淑敏不敢这样说。但她知道，有种东西像根一样扎进心田了，哪怕穿越繁街闹市，也能听见西部有一座山在虎啸龙吟。

离开阿里之后的第 28 年，当她站在"和平号"甲板上，曾经的感觉又回来了。同样的发呆。不同的是，面对雪山换成了面对大海，发呆的人走过了青春正走向花甲。

她形容那日复一日、海天一色的蓝，"蓝得让人灵魂出窍，有一种催眠的效果。"

被催眠的头脑想必很奇特，一方面几乎丧失思索能力变得极其单纯，一方面用潜意识领受着生命大道若简的意义，变得无比透彻。曾经的悲欢和欲念，都像被船桨切碎的海草，漂浮而去。灵魂就安放在甲板之上，那是此岸的宁静吗？还是冲破风暴之后彼岸的宁静？总之，是宁静。

只听见风，风在风中；还看见浪，浪在浪中。那么，人呢？毕淑敏面对大海的问，一如她当年面对曼陀罗的问。

人有皮肤，皮肤之里，是自我。皮肤之外，是同类。自我加同类，不就是人类么？人，在人类中。自我可以消亡，人类还将生生不息。

毕淑敏说，在大海上，充沛爱意会像三级跳远，快步腾挪而去，从"一己"跨越到"星球"。以前，她给自己的最大定义是"中国人",现在是"地球人"。

对着大海发呆,心情渐次明亮,眼界愈加开阔,这算不算修行呢?

瑰丽的风光是看不完的,不可贪得无厌

环球航海是两种节奏的切换。航行时,整天对着看熟了的大海和看熟了的同伴,似乎总也望不到岸。停靠时,船长告知游客重新起航的时间,有时隔几天,有时隔数个小时,过时不候。这段时间你可在陆上参团,也可自助游,每一分钟都要精打细算,紧赶慢赶。

这就要面临选择:选哪一条线路?走多远?逗留多久?它不全由感情来做决定,在无法松动的时间里,感情往往屈从于理智。比如"和平号"给你的岸上时间是 8 小时,那你最多只能走到 4 小时车程的地方,预留同样多的返程时间,不管远方还有多么大的诱惑。

自认为对诱惑颇具免疫力的毕淑敏,却由于一次"心软",在冰岛之行中差点铸成大错。

那天,看过蓝湖、火山口、间歇泉,毕淑敏和儿子芦淼开着租来的车,走在返回雷克雅未克港口的路上。偶一抬头,发现一座旷世孑遗的冰川,似在不很远的天际。

儿子大喜："咱们能开到那里吗？"

"不成！你没听说过'望山跑死马'吗？"毕淑敏蛮冷静。

"那我们往冰川开半个小时，然后返到这里，行不行呢？"保险起见，他们预先多留了一个小时的机动时间，儿子打起了这段时间的主意。冰川真是叫人神往，毕淑敏投降了。

车子没走正规公路，而是直接开往冰川。25分钟后，冰舌几乎就要舔到鼻尖。芦淼一脚油门，驱车奔上高地。从高处看，冰川一定更加壮美。

母子俩兴奋地走下车，才发现祸事已经酿成——汽车前轮驶过时，将一大块石头碾得站立起来，卡在前后轮底盘之间，数次发动都无济于事，抛锚了。

报警吗？如何说得清具体的地方？已近傍晚，山风凛冽，如果走不了，误船算小事，可能还会冻死。

毕淑敏不愧是心理咨询师，关键时刻稳住了自己，提醒儿子从后备厢找工具，用千斤顶一点一点把车顶起来。总共用了15分钟。

在这15分钟里，她帮不上什么忙，索性走到一边凝望冰川，还注意到身边一朵花瓣皱缩的小雏菊。她也在反思，瑰丽的风光是看不完的，不可贪得无厌，得陇望蜀……

儿子从车肚子里搬走石头，松了一口气的他这才注意到母亲竟在如此闲适地观光。"哈哈！"他笑了，"干脆，我给你照一张像。"

接下来，芦森把车开得风驰电掣，母子俩在最后一刻登上了已经点火、准备起锚的"和平号"。

这个有惊无险的故事，也许大多是在谈"快"，而不是"慢"。但我更留意的，是那 15 分钟的"慢"——"快"中的"慢"，这是一种突临大事的静气，心里有底、有条不紊的从容，听从天意、及时行乐的洒脱，以及权衡取舍、反观内心的思考。

领会这样的"慢"，也许真的就可以走得慢一些。

有一种"忙碌"叫休闲

有一种理由大概是所有旅游的共性——休闲。

只不过，有些人脚步太快，欲"休"不得"闲"，但更多的人，总还是可以借着旅游放松身心。

毕淑敏当然也要休闲。她泡在冰岛蓝湖里数星星，漂在死海上看报纸，闲坐在阿罕布拉宫的广场上看兜售舞蹈用品的老人跳弗拉门戈舞……

但你有没有想过，有一种休闲，可以在一种自找的、不太麻烦的、很享受的"忙碌"中诞生呢？

登陆参团的游客们在大西洋边开车旅行，路过某家超市，毕淑敏招呼停车，买了两袋子湿淋淋的鱼虾。

同伴们很纳闷："你这是要干什么啊？"

"煮着吃啊。"

"谁给你做啊？"

"自己！"

"没有锅，没有调料，怎么做啊？"

"我自有办法。你们就等着吃吧。"

当晚到了宾馆，毕淑敏拿出开水壶。"鲜虾洗干净，把滚烫的水浇上去，虾子们就争先恐后红了脸和身子，用盐一蘸，相当美味。至于鱼，更好办了，洗干净，丢到开水壶里，一会儿工夫浓郁的鲜气就飘荡起来。"毕淑敏慌忙关掉中央空调的按钮，生怕鲜气被抽了去。鱼熟后，她裁开一袋方便面，把调料撒进汤里，水煮鱼就大功告成。一部分送给同伴，大获好评。

小忙过后的白灼虾和水煮鱼，让味蕾和肠胃舒服的同时，也让旅游多了一番好滋味。

藏宝洞背后的殖民史

把脚步放慢，可以看到更多风景、更多文化，邂逅更多的人、更多的观点。

如果再放慢呢？也许还可以探寻。

"和平号"驶往巴拿马运河，这里排着长长的船队。运河通行能力极差，两天之后才能轮到"和平号"过闸，旅客们因此有了充足的逗留时间。

船长建议大家留在船上，说是当地治安非常糟糕。更有一种可怕的说法是，如果你在巴拿马下船，那么，你将有可能看到"你的包拎在你的手里，'跑'在你的前面"（此话有点拗口，看下面就明白）——巴拿马的"砍手党"嫌偷包的速度不够快，干脆用上了锋利的砍刀……

毕淑敏从船舱往外看，越看越不明白：外面的风景和之前路过的美国佛罗里达几乎一样，气候也差不多，可为什么在同样的地理条件下，一个是人间天堂，另一个却相差悬殊呢？

毕淑敏不敢带包，往衣兜里塞了100美元，约了几个胆大的同伴，打算下船探一探。

黑车司机把他们带到一处海军要塞，叫人纳闷的是，大炮的炮口不是对着大海，而是对着陆地，难道，它要防的不是来自海上的攻打，而是岸上的讨伐？

这是荒废了的圣洛伦索要塞，1597年由西班牙殖民者修建，里面有个半地下的巨大石窟。踩着雨水积聚、蜥蜴漫游

毕淑敏环球"慢"游途经加勒比海。

的杂草堆，毕淑敏走进石窟，"它是做什么用的呢？"

"是个藏宝洞。"黑车司机说。

这么大的藏宝洞，那得存放多少金子啊！巴拿马也没有这么多金子啊？突然，毕淑敏全明白了。

其实，这里藏的是中南美洲的黄金白银，侵略者抢来后，先存到这里，再用大货轮运回西班牙。当地人若想把自己国家的财富留下来，从陆地攻打要塞，那么炮口对着他们就要"一显身手"了。

回到船上，毕淑敏上网查资料：殖民者当年开采金银矿山，穷凶极恶。印第安人互相之间被铁链拴着，常年在矿井中超负荷劳作，总共有808万名矿工葬身矿井，死亡率高达70%。西班牙殖民者从美洲总共榨取了250万公斤黄金和1亿公斤白银……

毕淑敏无法平静，她又站在甲板上看海。巴拿马运河连着大西洋和太平洋，她除了知道它们名字不同，看不出两边的海水有任何不同。

两年后，她在《蓝色天堂》一书的前言中写下："你祸害了中南美的森林，你就是糟蹋了自家的后院。你掠夺了亚洲的财富，就是亲手把船凿下一块板。你喷出越来越多的二氧化碳，是在自家放火，屋顶已经烧出了一个洞……大自然大智若愚，它什么也不说，只是把你们紧紧地连接在一起。有难同当，有福同享。那种以为靠着掠夺他国人民，以维持自家超级繁荣的美梦，有些人已经醺然不觉地做了好多个世纪。如今，21世纪刺眼的光照，不客气地把他们唤醒。"

身体停下来等等灵魂

用113天时间和半辈子积蓄绕地球一圈，毕淑敏却说她骨子里不是特别热爱旅游的人。"我想是不是因为年轻时候老去西藏，路途辛苦，对长途旅行本能会抵触。但有时候又实在心痒痒，心想这趟出去是不是很好玩啊？当作家也有这个职责，行万里路读万卷书是作家的职业修为，我觉得应该去做。"

毕淑敏去尼泊尔的时候，和一个尼泊尔小伙子聊天。小伙子说，中国的节奏越来越快，中国人到尼泊尔去，一开始很不习惯尼泊尔的慢节奏，慢慢待下来，就觉得这种节奏很舒服，适合人的身体。

大自然不也是这样的么？毕淑敏感慨道：你看，凡是美好的东西，都是缓慢的——太阳一点点升起，一点点落下；花一朵朵开，一瓣瓣落下；稻谷成熟，也得 100 多天；一个孩子要长大，时间更长；睡觉的过程也很慢，睡足了才能休息过来。而那些快得让人猝不及防的往往是灾难，比如火山喷发、暴风骤雨、海啸……

毕淑敏还举了个例子："我有个朋友的女儿结婚了，我正想送结婚礼物，她妈妈说，别送了，已经离婚了。离婚的很大一个原因，竟然是小两口谁都不愿意刷碗。男人说：刷碗天生是女人的事。女人说，时代不同了，凭什么我刷。过去的婚姻，无法说散就散，两口子更多的是想办法去沟通，去调试，去磨合，去包容，去发现对方别的长处，去珍惜。而现在呢，闪婚闪离，由着性子，他们真正幸福了吗？我看不见得。人活在关系里，关系的培养，很慢很慢，而关系的毁坏，一眨眼间，这有点像做碗和摔碗。"

既然好的东西都那么慢，那为什么我们不试着慢一些呢？

但我们总是慢不下来，好像被什么东西裹挟住了，不得不快。毕淑敏也会面临出版社的催稿，但她不喜欢熬夜赶稿，她对出版社说："我在规定时间里写不完。理由一，写作本身常常需要停下来思考，如果不行就要推倒重来，当然也有一挥而就的时候，但那也积累了很长时间，从最初考虑到落笔，是个很缓慢的过程，不能催不能赶。理由二，如果我硬是为了赶进度赶出一个坏的东西，那你要不要？"

很多事情是不能随波逐流的。毕淑敏自问自答："父母、祖父母、曾祖父母的经验是，饭来了使劲吃，在物质条件极其丰富的今天，如果我们还这样使劲吃，行吗？现在有车了，有电梯了，我们的活动量越来越少了，如果不设法多运动，行吗？一些疾病就会找上来。今天，人类可以不再日出而作日落而息，因为有了电灯，亮得跟白天一样，但我们能夜以继日工作吗？当然也不行。"

作为一名心理咨询师，毕淑敏给大家的告诫是：必须有意识地控制饮食，增加运动，放慢节奏。古代印第安人的智慧是：身体走得太快的时候，要停下来等等灵魂。这说明身体和灵魂的分裂古而有之。我们也得想想，自己身体的速度，灵魂能不能跟住。如果我们任由自己绑在一个下滑的轮子上，只会越滚越快，身心俱疲。

那么，不如暂时放下手边的事，开始一段"慢"游吧。未必登上那艘"和平号"，几个驴友相约徒步、露营，同样可以"慢"游。毕淑敏认为，在保证安全的前提下，驴友的"慢"游对调动生命激情很有好处。"当到达一个和现实生活有很大反差的地方，你的五官和所有神经末梢就开动起来，古老的生存法则就被动但是很强大地开始运作。比如说抢着吃饭，说实话，饥饿对很多人来说已经非常陌生，但饥饿其实能调动身体的内分泌系统积极工作，而不是像先前一样一潭死水。"

译道独行侠

——翻译巨匠许渊冲的豪言与宏愿

95岁的翻译家许渊冲是个"异数"——时间好像忘了把他变成老人。

傍晚，北大畅春园，他总要独自骑着自行车，遛上个把小时。骑车是他退而求其次的健身项目，游泳才是最爱。两年前，游泳馆的工作人员看他都90多岁了，再也不敢放行。

爱人照君想陪他一起骑，他不肯。许渊冲一向喜欢独行。78年前的1939年1月20日，正在西南联大读一年级的他在日记里写道："我过去喜欢一个人走我的路；现在也喜欢一个人走我的路，将来还要一个人走自己的路。"

他后来走上翻译之路，提倡音美、形美、意美"三美理论"、"以创补失"等翻译之道。译界争鸣，他时常遭反驳，甚至被贴上"文坛遗少"、"提倡乱译的千古罪人"等恶名。许渊冲崇尚勇士精神，好比试。一部外国名著动辄数十种译本，比如《红与黑》就先后有赵瑞蕻、罗玉君、郝运、闻家骊、许渊冲、郭宏安、罗新璋、张冠尧等二三十人译过，不同译本孰优孰劣？在旁人的评价语系中，"各有千秋"、"见仁见智"是常用词。许渊冲较真，不喜欢这些词儿，"总得有个高下的嘛！"干脆，他来比较，他来下结论，结论是，他比别人译得好。有人背后笑他："王婆卖瓜，自卖自夸。"许渊冲一脸不屑："那也要看我的瓜到底甜不甜！"

"瓜"到底甜不甜呢？他近两年收获了三枚非常硬气、足够牛气的"鉴定章"：一是国际翻译家联盟的 2014 年"北极光"杰出文学翻译奖，许渊冲成为该奖项自 1999 年设立以来首位获此殊荣的亚洲翻译家；二是国家汉办、北京大学共同设立的"国际汉学翻译大雅奖"；三是由文化部等单位评选的 2015 年"中华之光——传播中华文化年度人物"。

这些大奖又将印上他的新名片了吧？他向来喜欢在名片上自我推介，比如"书销中外六十本、诗译英法惟一人"，"遗欧赠美千首诗，不是院士胜院士"。去拜访他的这天，我看到他那间简陋而拥挤的书房、卧房兼会客室内，墙边那个若干年前从二手市场 15 元淘来的书架上塞满了旧著新作。一问，已达 120 多本，我便开了句玩笑："那您又得修改名片了吧？改成'书销中外百廿本'吧！""哦——哈哈！这你都知道呀！"他欢快得像个小孩儿。"我是狂，但我狂而不妄，句句实话。是 120 本就是 120 本，我绝不说成 200 本。"许渊冲将毛泽东的"谦虚使人进步，骄傲使人落后"改成"自豪使人进步，自卑使人落后"，认为"我们中国人，就应该自信，就应该有点狂的精神"。他声如洪钟，表情激越，一双青筋凸出的大手在空中比划着，不时朝自己竖起大拇指。

尽管业界对他张扬的个性颇有微词，对他的翻译之道也不尽认同，但他在中英法三种文字之间互译之创举及业绩之丰硕确无可辩驳。在 1999 年为陈占元、许渊冲、郑永慧、管震湖、齐香、桂裕芳等译界"六长老"举办的半世纪译著业绩回顾座谈会上，时任法国文学研究会会长的柳鸣九先生如是评价许先生："在中译外这个高手才能入场的领域，他是成就最高的一人……他的自评（指"诗译英法惟一人"）并没有任何水分，没有任何浮夸，既当之无愧，何不当仁不让？"

"我是'当之无愧，当仁不让'，这 8 个字可不是我自己说的。"许渊冲很强调这一点。但你们不觉得么，这 8 个字其实在任何人说出口之前就早已经嵌入他的内心。他以内心为指引，译道上纵然独行，也从未迟疑。

赶路时，他选择轻装上阵，名声之重暂时卸下，一如橱顶那蒙尘的"北极光"奖牌。夜间 10 时至次日凌晨 4 时，夜幕之下，携着轻盈灵感，他在莎士比亚名著中恣意神游。忘掉年龄，忘掉 2007 年因罹患直肠癌"最多只能活 7 年"的医学判断，许渊冲在"北极光"盛誉之后立下一个大志向："我要把莎士比亚翻完！"

年逾九旬挑战莎翁全集

莎士比亚可不是那么容易翻完的。莎翁一生创作了 37 部剧本（另一说是 38 部）和 3 部诗歌，共计 40 部作品。广为人知的有《哈姆雷特》、《奥赛罗》、《麦克白》、《李尔王》四大悲剧和《威尼斯商人》、《仲夏夜之梦》、《皆大欢喜》、《第十二夜》四大喜剧。

凭一己之力翻译莎士比亚全集，是一块让人望而生畏的硬骨头：一是量大；二是莎士比亚时期的英语太过古典，今天读起来很费劲；三是双关语多，如何做到像原著一样隐隐约约又传情达意，这对译者功力是极大考验。

在中国，第一个"吃螃蟹"的是梁实秋，1931 年至 1968 年，他用整整 38 年才译出莎士比亚全集，该套全集的文字风格是早期白话体，在"信、达、雅"翻译标准中，他首要遵循的是"信"；第二位立此宏愿的是朱生豪，在 1944 年 12 月病逝之前，他用近 10 年时间呕心译出莎翁剧本 31 部半，准确说，朱生豪留给今人的是一套莎士比亚"准"全集，这套

许渊冲和夫人照君近影。（江胜信 摄）

散文体的"准"全集译得相当精心，用词遣句讲究平仄、押韵、节奏，处处流淌着音乐美；第三位是方平，他从20世纪50年代就开始了对莎剧《亨利五世》的翻译，无奈六七十年代的政治运动使翻译计划停滞，此后才得以接续，一直译到2008年去世，至此译完莎翁三分之二作品，2014年，方平驾鹤西归6年之后，上海译文出版社推出了由他主译的诗体版莎士比亚全集。

翻译莎士比亚全集的种种艰辛令人唏嘘。今天，许渊冲——这位九旬老人，怎敢放此豪言？

许渊冲自有他的路数——化整为零，只看脚下。"我不去管它到底是 37 部还是 38 部，我就一部接一部翻，一直翻下去。"而每一部，他又化解为每一页、每一句。一天至少译出 1000 字，否则不睡觉。

如此聚沙成塔，就有了让人吃惊的成果。2016 年 4 月 12 日，在 45 届伦敦书展开幕式上，许渊冲翻译的《莎士比亚悲剧六种》由中国国际出版集团、海豚出版社共同推出。该丛书包括四大悲剧及《罗密欧与朱丽叶》、《安东尼与克柳芭》。翻开《李尔王》，子女见钱眼开的那一段，许渊冲的版本是"父亲穿破衣，子女就不理。父亲有了钱，子女露笑脸。命运是娼妇，嫌贫又爱富"，而此前广为流传的朱生豪的版本是"老父衣百结，儿女不相识；老父满囊金，儿女尽孝心。命运如娼妓，贫贱遭遗弃"。

在伦敦书展上同时推出的还有许渊冲中译英的汤显祖《牡丹亭》。1616 年，莎翁和汤公先后逝世。400 年后的伦敦书展上，这两位中西方戏剧巨擘因为许渊冲的"牵线"，竟有了一次跨越语言、跨越时空的"相遇"。

就在莎翁和汤公"相遇"时，许渊冲转身离开，继续他和文字的约会。他接着翻译了莎士比亚的《威尼斯商人》和

《如愿》。《如愿》即《皆大欢喜》，许渊冲认为把书名译成"如愿"更为妥当，因为"有些恶人并不欢喜"。

"中和之道"和"以理化情"

他怎么可以如此高产呢？许渊冲以"习惯"二字轻巧作答。

《谈习惯》，这是西南联大《大一英文读本》选编的课文，作者是美国心理学之父威廉·詹姆斯，讲的是"种下一种行为，收获一种习惯；种下一种习惯，收获一种性格；种下一种性格，收获一种命运"。许渊冲的很多习惯已经持续经年甚至是大半辈子：比如从高中起天天记日记；从大学起每天起床后译一首诗；从退休起20多年来夜夜工作五六个小时……年年如日，既是习惯，也是定力与信仰。

为许渊冲的定力和信仰增加过沉甸甸砝码的一个人，是哲学家冯友兰。1939年8月2日，许渊冲在联大听了冯友兰一堂关于"中和之道"的讲演，并做下摘记："一个人可以吃三碗饭，只吃一碗半，大家就说他'中'，其实要吃三碗才算'中'。'中'就是恰好的分量，四碗太多，两碗太少……"许渊冲曾以为，事情做到一半就是"中"，听了冯先生的讲演才明白中和之道是有一分热发一分热，有一分光发一分光。

每天翻译1000字，既能保证翻译进度，又不耽误吃饭睡觉，这便是许渊冲践行的"中和"。

许渊冲又为冯友兰的另一篇讲演做了摘记："看见某甲打某乙，我们愤愤不平，但事后也就算了；如某甲打的是我，事后还是会愤愤不平的，这就是为情所累。应用哲学就要学会'以理化情'，这样才能有情而不为情所累。"这话对许渊冲可谓"对症下药"。

许渊冲爱生气，好争论，有人干脆送他绰号"许大炮"。他和赵瑞蕻辩论《红与黑》"谁红谁黑"的问题，同许钧讨论等值翻译和再创翻译的问题，对冯亦代反驳陈词滥调的问题，向韩石山回击自信与自负的问题，与江枫、陆谷孙、王佐良等激起"形似"与"神似"的论战……

每次口舌相争或笔墨相伐，许渊冲均是一副愤愤不平的样子，一旦喷完写完，他又用冯友兰的"以理化情"成功疏解情绪。这时，他就天真到心无芥蒂以至"敌友"不分了。比如，许渊冲在出版《追忆逝水年华》回忆录之后，毫不避嫌、乐乐呵呵给老同学赵瑞蕻赠书，并在扉页题字，"五十年来《红与黑》，谁红谁黑谁明白。"再比如，写完对韩石山的回击文章之后，许渊冲一时找不到发表的地方，竟一个电话打给韩石山，说想发表在韩主编的《山西文学》上，韩也不是俗人，欣然应允，两人成了忘年交。

我本来不大理解许渊冲小孩子般的天真。那次去他家，我突然理解了。机缘是我对许渊冲说了句："您的军功章有照君老师的一半哪。"他不干了："怎么可能！我出了那么多书，难道她占了五六十本？"一番振振有词，大意是尽管爱人把他照顾得蛮好，但和出书扯不上关系。我们认为不需要扯明白的，他都得扯明白，何消说那些他认为一定要扯明白的事呢！对他而言，较真是必须的，但较真之后该怎么过日子还怎么过日子——爱人还是爱人，老同学还是老同学，"不打不成交"还是"不打不成交"……

中国译者能使中国文化走向世界

这不，许渊冲又生气了。由头是他看到2016年4月22日《文汇报》上发表了一篇关于《汤显祖戏剧全集》中译英的特别报道，报道比较了外国人白之（Birch）和中国人汪榕培的译文，结论是"两个译本各有特色，但明显可以看出译者对中国传统文化在理解和感受上的深浅之别"。这让许渊冲联想到《英语世界》2015年第三期的一篇文章，该文提到了美国汉学家宇文所安的一个观点："中国正在花钱把中文典籍翻译成英语，但这项工作绝不可能奏效，没有人会读这些英文译本……译者始终都应该把外语翻译成自己的母语,绝不该把母语翻译成外语。"能够中译英、英译中、中译法、法译中恰恰是许渊冲的得意之举,他被宇文所安触怒了。

和宇文所安持上述同样观点的,还有英国汉学家葛瑞汉。许渊冲质问:"葛瑞汉英文 10 分,中文 5 分,我英文 8 分,但中文 10 分,算下来哪个更好?"他又略带讥诮地反问:"你说没有人读这些英文译本,那你干嘛读我的译本呢?"

他又"搬出"了冯友兰,冯友兰曾说"了解越多,意义越大"。对中国古典诗词的了解,中国人自然比外国人多得多,许渊冲因而认为,中国人的译本要比外国人的译本强。他拿李商隐的《无题》举例,里头有两句:"金蟾啮锁烧香入,玉虎牵丝汲井回。"葛瑞汉英译的大致意思是:"一只金蛤蟆咬着锁,开锁烧香吧;一只玉虎拉着井绳,打上井水逃走吧。"对此,许渊冲的评判是:"葛瑞汉对诗毫无了解,所以译文毫无意义。"这两句诗,恰恰描述了诗人和富家小姐的幽会——金蛤蟆是唐代富贵人家大门上的门环,咬住锁表示晚上锁门了;早晚烧香是唐代人的风俗,为的是祈天敬神;玉虎是辘轳上的装饰品;"牵丝"是拉起井绳的意思;"汲井"即打起井水,唐代人都是天一亮就打水,以备全天之用;"入"和"回"之前省略的主语是"我"。所以中国人译本的意思是："天晚烧香锁门的时候，诗人进门了；早晨拉井绳打水的时候，诗人回家了。"诗人为什么要这么做呢？因为他和富家小姐是偷偷约会，怕人发现。原诗中"烧香"的"香"和"相"同音，"牵丝"的"丝"和"思"同音，"香"和"丝"暗示"相思"。"葛瑞汉哪懂这些。"许渊冲说，"难怪他翻译得很可笑。"

许渊冲又给宇文所安纠错："他译杜甫《江汉》'古来存老马，不必取长途'，把'老马'译成了'年老的官员'，其实原意是老马有识途的智慧，而不必取其体力；他又把李白《月下独酌》的'行乐须及春'翻成 The joy I find will surely last till spring（我发现的快乐肯定会延长到春天），把'趁着美好春光及时行乐'的意思理解错了。"

因此，《文汇报》上的那篇特别报道就上升到了"中国译者能不能使中国文化走向世界，中国人能不能实现中国梦的大是大非问题"。许渊冲专门写了篇《文学翻译与中国梦》的文章，向宇文所安发起挑战。

许渊冲只会打字，不会上网，他爱人照君便给我打电话："许先生新写了篇文章，要和美国那个自以为是的汉学家辩一辩，你能来拿一下吗？"我去拿的时候，许渊冲对宇文所安的怒气已经消了，想必又是得益于冯友兰的"以理化情"。

该文我后来推荐给了《文汇报》"笔会"，于2016年5月28日刊出。

六经注我，内心强大

别看许渊冲总是推崇冯友兰，但他真正推崇的其实是可用于佐证自身的观点。他不迷信任何人，永远只取他认为对的那部分。

——对鲁迅，许渊冲不赞成他倡导的直译，却将他《自文字至文章》一文中的"其在文章……遂具三美：意美以感心，一也；音美以感耳，二也；形美以感目，三也"拿来，提出了自己在翻译领域的"三美理论"；

——对钱锺书，许渊冲多次提到钱师的勉励，比如钱曾在回信中夸他"译稿成就很大，戴着音韵和节奏的镣铐跳舞，跳得灵活自如，令人惊奇"，但钱认同罗伯特·弗罗斯特提出的"诗是在翻译中失掉的东西"，许不这么看，他认为译诗不是"有失无得"，而是"有得有失"，如果能像蒲柏用英文翻译希腊文《荷马史诗》一样"以创补失"，那就是"得多失少"；

——对朱光潜，许渊冲觉得朱师说的"'从心所欲，不逾矩'是一切艺术的成熟境界"很有道理，翻译不也是这样的么，"不逾矩"求的是真，"从心所欲"求的是美，合起来便是"在不违反求真的前提下尽量求美"，但"不逾矩"是消极的表述，许渊冲骨子里更赞同贝多芬所说的"为了更美，没有什么规律是不可以打破的"。

…………

各路名家的观点就这样被许渊冲自由采撷，颇有点"六经注我"的意思。他像说绕口令一样阐述着自己对老子"道可道，非常道"的理解："道理是可以知道的，但不一定是大家常常知道的那个道理。翻译之道是可以知道的，但并不是直译之道。"

能够"六经注我"的人必然有颗无比强大的内心。杨振宁曾为许渊冲的《追忆逝水年华》写序："我发现他对什么事都像从前一样冲劲十足——如果不是更足的话，就和60年前我们在一起读大学一年级的时候差不多……"能够让许渊冲的天性在数十载光阴中不被磨损，爱人照君功不可没。

照君是个有故事的奇女子。她原名赵军。1948年，15岁的赵军来到西柏坡，从事密电码工作。第一次见毛主席时，主席问她叫什么，她答"赵军"。主席说："昭君是要出塞的嘛！"从此，她将名字更改为"照君"。新中国成立后，解放前就参加革命的照君前途光明，"什么工作都任我选"，但她选择了读书，因而认识了从巴黎学成归来教书的许渊冲，两人于 1959 年结成伉俪。

近 60 年来，无论是逆境顺境，无论是爱人被造反派打板子还是成为出版社的香饽饽，照君对许渊冲的崇拜与爱慕像恒星一样永放光芒。许先生耳背，我每回给他家打电话都是照君老师接，她总是用最饱满的情绪、最华美的辞藻，热切赞美着自己的"男神"："他太不简单了！""他真是一个奇迹啊！""你想想，他做的事还有别人能替代吗？！"……上天是如此眷顾许渊冲，让他品尝到事业和爱情的极致滋味。许渊冲本来就是一个自信、张扬的人，再加上这 60 年被爱人捧着、护着、信着、敬着、赞着，他的感觉岂不好极了。90 多岁敢向莎士比亚全集发起挑战，这绝对是需要舍我其谁、睥睨群雄的豪气的！

创"三美理论"，饮彤霞晓露

照君还有个旁人一眼能看出的特点——美。

这一点是极符合许渊冲口味的。许渊冲在回忆西南联大生活时，毫不避讳自己对好几个美丽女同学的爱慕之情。一次，他和朋友吴琼、何国基、陈梅、万兆凤步行去黑龙潭，一路上谈起选择爱人的标准，大家提议用 26 条标准，每条用不同的英文字母开头，比如"能力、美丽、性格、学业、平等、家世"等。许渊冲最看重"美丽"，为此和更看重"性格"的万兆凤、何国基争论不休。

许渊冲对美的偏爱应是他"三美理论"的发端。在他家书桌的正上方，悬挂着一幅老友写给他的字，"译古今诗词，翻世界名著，创三美理论，饮彤霞晓露。"

对音美、形美、意美的追求，许渊冲从未游移过。许渊冲说："钱（锺书）先生在《林纾的翻译》里面谈过，读林纾的译本，觉得有吸引力，甚至好过其他一些比较'忠实'的译本。这说明钱先生理智上求'真'，情感上爱'美'，这就是他的矛盾。但我不矛盾。"钱锺书感叹"美丽的妻子不忠实，忠实的妻子不美丽"，将许渊冲的译文称作"不忠实的美人"。

"不忠实"的原因，是许渊冲很强调翻译的"再创"。例如《诗经·采薇》中的"昔我往矣，杨柳依依。今我来思，雨雪霏霏"，许渊冲看到前人将"依依"译成"softly sway"（微微摇摆），把"霏霏"译成"fly"（飞扬），总觉得"在辞藻意境上同散文没有区别"。自己动手的时候，他把"依依"理解为依依不舍流下眼泪，而恰巧"垂柳"的英文是"weeping willow"，法文是"saule pleureur"，都有流泪的意思；他又把"霏霏"译作"大雪压弯树枝"，使读者能看到士兵战后回家的形象。许渊冲的再创翻译有人叫绝，有人责难。许渊冲的解释说："西方的翻译讲究对等，一个字对一个字，它们主要文字的词汇有 90% 是对等的。中文与其他文字不同，只有一半对等。对等虽然不违背客观规律，却没有发挥主观能动性。在不歪曲作者意思的情况下，翻译一定要把一个民族文化的味道、精髓、灵魂体现出来。"许渊冲难得谦虚地表示："人无完人，金无足赤，'三美理论'是个理想状态，我愿意朝着它努力。"

老同学杨振宁感慨道："他特别尽力使译出的诗句富有音韵美和节奏感，从本质上说，这几乎是一件不可能做到的事，但他并没有打退堂鼓。"许渊冲不仅没有打退堂鼓，更是对翻译从"知之"、"好之"上升到了"乐之"的境界。他陆续把《诗经》、《楚辞》、唐诗宋词、《西厢记》、《牡丹亭》等译成英文或法文，既追求工整押韵，又追求境界全出，把中国创造的美，转化为全世界的美。叔本华说过："最高级的善就是美，最高级的乐趣就是美的创造。"许渊冲每天享有的，不正是最高级的乐趣么？

桑烟缭绕

——藏族作家、鲁迅文学奖得主次仁罗布的"灵魂叙事"

《民族文学》主编叶梅曾评价藏族作家次仁罗布:"不仅是文字的书写,更是灵魂的翱翔。"那究竟是怎样一种文字,怎样一位作家呢?

2011年5月,次仁罗布去西安参加"中韩作家会议"。我从北京同时飞赴西安,约他一个专访。

在此之前,我对他的所有了解仅限于他的小说。他创作了中短篇小说《杀手》、《界》、《阿米日嘎》、《神授》等。短篇小说《放生羊》获第五届鲁迅文学奖。

约见这天,他竟然躬身为我送上雪白的哈达。

要说也不意外,眼前的他,和他的文字一样谦逊、慈悲。放低的身段、轻缓的声调和谦恭的微笑,皆由心生,源自对藏传佛教和藏族文化怀有的虔诚与敬畏。

次仁罗布1965年出生于西藏。带着虔诚与敬畏,每天清晨,他会为神灵呈上第一道圣水;初八和十五,他常常来到布达拉宫或大昭寺，袅袅的桑烟和喃喃的祷告声随风吹入心房，把心房打扫得干干净净，又吹入眼底，把眼底打扫得透透亮亮。

当他把眼睛投射的、心灵领会的事物变成文字，变成《罗孜的船夫》、《阿米日嘎》、《放生羊》、《神授》等一篇又一篇小说，我相信，他的笔端也有桑烟缭绕，能吹进读者的心房和眼底。

土壤与根

"如果你到过西藏，却没有去过拉萨，那就不算到过西藏；如果你到了拉萨，却没有去过八廓街，那就不算到过拉萨。"这句话经常挂在导游的嘴边。

出生、成长在八廓街，该是造化对次仁罗布的多大恩赐啊。

这个曾经啃着土豆在八廓街晃悠的小淘气，一直把脚下的泥土路走成了石板路。这个曾经被阿姨牵着手去转经的小信徒，耳边偶尔飘来的诵经声如今变成了溢满街道的祥和乐音。这个曾经把八廓街大昭寺门口那棵公主柳幻想成文成公主美丽长发的小小男子汉，今天正在用藏族作家的担当，穿梭于历史和现实，努力书写配得上藏族精神气质、在时间册

作家次仁罗布。摄于 2003 年。

页里不会泛黄的文字。

　　也许正是因为他的每一个细胞都浸染着八廓街的气息，因为他的很多个暇日都消磨在甜茶馆，因为每一次转经都能让心里敞亮，因为他每天说着藏语……总之因为日常经历，他笔下的八廓街才有了活泼泼的风情，那些发生在甜茶馆的故事才裹上了香扑扑的茶味儿，我们才能透过文字，看到信徒们举手投足间的无比虔诚、藏族风俗的色彩斑斓和藏族谚语的生动深刻。这些文字不加粉饰，信手拈来，看不清有丝毫用力，大概就像说唱艺人在犹如亲见的幻象中不由自主地说唱一样，他写那些不同命运的人物时是不是也分不清自己和笔下的他呢。

而他作为藏族作家的得天独厚的优势，又不仅仅在于他的生活环境。他曾在西藏大学学了好几年藏文，成为一名藏文文学作品翻译家。对藏文纯熟的掌握，加上对宗教源流、《诗镜》、因明学、声明学的系统学习，使他对原汁原味的藏族文化有了更深刻的领悟。比如，他能品出藏戏的神韵："特有味儿。一旦用汉语讲解出来，韵味就会打折。"被誉为藏文化"活化石"的藏戏，用一个个古老的神话传说折射佛教教义的精髓，用高亢雄浑宛若天界的声音点化心智。藏戏和神是那么的近，甚至可以说，藏戏就是神的旨意。领会藏戏，如同领会神的旨意，此刻再看人间的纷纷扰扰、甜酸苦辣、声色犬马，想必能一眼看清何为草芥，何为仙草。

次仁罗布说："藏文化是我创作的根。"根上开出的花，也有灵性。藏文化离不开这片高原，花也离不开根。

邂逅与警醒

扎根高原的次仁罗布，大学毕业后先是当老师，接着当记者，直到 2005 年年底才调入西藏文联成为一名文学编辑。

土生土长的环境、不同的职业接触面和眼光，很容易让他邂逅可以写入小说的故事。

当我提到他的某部作品中的某个故事时，他常常来一句："您（谦逊的他习惯用敬语）知道吗？真有这样的事。"《界》的故事是真的，西藏火车站附近一座寺庙里就有小说中活佛喜齐土丹丹巴尼玛和童僧多佩的人物原型。《曲郭山上的雪》也是真的，发生在西藏山南地区的偏远农村。

次仁罗布向我讲起随西藏文联采风团，到日喀则地区江孜县紫金乡的一次采风。

村里有位比较富裕的农民，很有致富头脑，他从国外引进一头种牛。用这种牛配种生出的母牛产奶又多又好，牛肉也好，所以村里的养牛户都想找这头种牛给自家的母牛配种。由于种牛刚运来，牛主人担心它不适应高原气候，就暂时拒绝了全村所有人的请求。几天后，种牛突然死了，牛主人报案称，他家的牛肯定是村民出于嫉妒故意毒死的，一时弄得人心惶惶，村民间也失去了往日的和谐与温情。民警断案，这个案件里没有凶手，种牛是自己吃了一种有毒的草被毒死的。

村民们哪里想得到，这件曾被他们议论纷纷的事，一经次仁罗布的艺术加工，竟然成了跻身"2009 年度中国小说排行榜"和"2009 年度《小说选刊》排行榜"的《阿米日嘎》。

次仁罗布另一篇小说《放生羊》围绕西藏人再熟悉不过的转经诵祷、叩长头匍匐于山路、放生祈福等现象，讲述了藏族老人年扎梦见已经去世 12 年的妻子桑姆备受地狱的折磨，为了让她早日转世轮回，年扎每天天不亮就和他买下的放生羊转经、拜佛，为妻子赎罪，渐渐地，老人梦中的桑姆变得安详了。后来老人得了绝症，他没有听从医生的建议住院治疗，他只愿多陪伴他在人世的最后牵挂——放生羊，多朝一天佛，多赎一天罪……《放生羊》之所以后来捧回了第五届鲁迅文学奖，这绝不是情节的制胜，拉萨街头还有很多领着放生羊的信徒，日复一日做着同样的事。在遭遇信仰危机的当下，简单故事里愈久弥坚的信仰已足以打动人心。信仰是《放生羊》故事里的深意。

次仁罗布善于捕捉故事里的深意。他先后邂逅了下面两个故事，其背后的深意带给他创作小说《神授》的冲动。

一是《格萨尔王》史诗的说唱艺人玉梅的经历。格萨尔王的故事是藏族人民世代相传的精神瑰宝，说的是很久以前，雪域高原上的人们受尽了妖魔的迫害和奴役，观世音菩萨为了拯救苦难的众生，与白梵天王商议，派一名神子下凡，解救众生，经过各种比赛，责任落到了最小的神子托巴噶身上，托巴噶投胎到雪域高原，成为创造了英雄史诗的格萨尔王。奇特的是这部伟大的史诗至今也没有完整的版本，几乎全靠民间的口传心授。牧民玉梅幸运地得到神授，虽然她完全不识藏文，但只需坐定凝神，调息片刻，然后双目微睁，格萨尔诗行便能滔滔不绝地从她嘴里流淌出来。随着格萨尔王的故事在民间传播，玉梅的名字也经人口口相传。1983 年，26 岁的玉梅被正式录用为国家干部，从家乡索县来到了拉萨。先后在西藏《格萨尔》抢救办和西藏社科院等单位工作，最主要的任务就是对着录音机说唱。可一切悄然改变了。在草原上的 10 年，"牧民"玉梅可以说唱十八大宗、十八小宗；而在拉萨城的 30 年，"专家"玉梅却只断断续续录下六七部。脑海中原本清晰的天界、人界渐渐模糊，她想靠近，它们却一天天走远。她开始频繁头晕，最终失语。

二是日本在保护民间文化上走的弯路。2004 年，次仁罗布在鲁迅文学院进修时，给学员培训的老师讲到美国人鲁思·本尼迪克特写的《菊与刀》。作者借用日本皇家家徽的菊花和武家文化象征的刀，来剖析日本文化和日本人性格的双重性，比如爱美而又黩武，尚礼而又好斗，喜新而又顽固，服从而又不驯，忠贞而易于叛变，勇敢而又懦弱，保守而又求新。在双重的价值判断之下，为了让民间文化不至于遗失，日本政府就把民间艺人请到城里，要他们在衣食无忧的优越条件下好好光大民间文化，结果却完全相反，在林立的高楼之间，艺人们丢掉了原本身上拥有的文化符号。日本政府开始反省，又让艺人们回到了原生态的生活环境里，政府只是给予必要的物质帮助。

对这两个故事的反思，让次仁罗布的笔下诞生了说唱艺人亚尔杰。亚尔杰经历了玉梅曾经历的彷徨和失语，最终又像日本艺人一样回到带给他神性的色尖草原。只是，这已不是昔日的草原，如今的牧民们更爱看电视而不愿意听说唱。亚尔杰祈求神灵不要抛下他，但神灵还会回来吗？

有些土地，是不能离开的；有些东西，是不能丢下的；有些诱惑，是不能尝试的。次仁罗布用小说《神授》给读者带去些许感悟的同时，也渴望给民间文化的科学保护提供反思。此外，他还借用《神授》警醒自身，让自己记住脚下这片土地的珍贵。

爱与信仰

不少人把次仁罗布的作品归类到灵魂叙事。

《民族文学》主编叶梅说："他的灵魂里有比一般人更多的沉重和轻盈。在我看来，他的小说已经不仅是文字的书写，更是灵魂的翱翔。"中山大学文学博士单昕说："他在极力描摹恪守信仰的虔诚灵魂，这种有着精神体温的讲述，不失为小说走向灵魂叙事的有效捷径。"次仁罗布自己则说："关于灵魂叙事的提法，这是我最初创作时没有想到过的。我的作品中虽然有些'沉重'的东西，但不缺少温暖和希望，正是'沉重'之后显现的温暖和希望，给了读者一些亮光和暖意，他们才觉得愿意接受吧。"

次仁罗布的小说关注爱和信仰，她们就像灵魂的一对翅膀，拥抱肉身，传递精神体温，给我们一些暖意。他常常用故事携着读者的思维不紧不慢往前跑，就当思维快要产生惯性的时候，冷不防来一个优雅的转弯，让你见识到拐角处奇异的人性之美。

·关于"救赎"

"很多人认为，宗教是宗教，文化是文化。藏族不是这样的。"次仁罗布告诉我，"藏族的文化之花都绽放在宗教的土壤上。"

他的每一部小说因此散发着浓浓的宗教气息。里面有因果报应，但绝没有快意恩仇。心中的佛念能慰藉最最不幸的人生，能涤荡最最邪恶的欲念，能宽恕最最深重的仇恨。这也许与世俗的生存之道相悖，可当我们看到小说主人公的另一种为人之道、修行之道，我们依然可以内观自身的善根，并生出良心上的共鸣。

比如他的《杀手》。一心复仇的康巴汉子在流浪了十几年后，终于找到了杀父仇人。只待落刀之际，他却哭着走了——那个被他追赶的仇人在若干年的虔心朝佛之后，已然脱胎换骨，变成了另外一个人。

再比如他的《界》。一个女仆在经历了一连串不幸之后，她唯一的念想——儿子多佩，又被主人送入了寺庙。既然此生无法相守，她干脆就在酸奶里下毒，想带着儿子同去另一个世界。前一夜，观世音显灵，让多佩不要喝酸奶，躲过此劫。多佩却平静地喝下有毒的酸奶，对母亲说："我相信我的死会让你悔恨的，会让你看清自己的罪孽和愚昧。佛祖曾舍身饲虎，为了让你醒悟，难道我还要保全这肉体？"

《杀手》杀死的是仇恨。《界》界明的是六道轮回之苦的"三界"和清净解脱、霞光万道的"法界"。

恩和仇就在一念之间，"三界"和"法界"就在一天之隔。人性的宽容和灵魂的救赎，足可以感恩此生，眺望"法界"。

·关于"光亮"

读次仁罗布的小说，常常会在结尾处看到光亮。

比如《放生羊》。生命将绝的年扎一路磕着长头，他看到："朝阳出来，金光哗啦啦地撒落下来，前面的道路刹时一片金灿灿。你（放生羊）白色的身子移动在这片金光中，显得愈加的纯净和光洁，似一朵盛开的白莲，一尘不染。"

比如《前方有人等她》。前半辈子艰难却夫妻恩爱、后半辈子富足却儿女不孝的夏辜老太婆在离世之前回光返照的那一刻，拔掉了插在鼻孔里的氧气管和输液的针管，在心里说："顿丹（早逝的丈夫），我这就跟你来了。"

再比如《雨季》。在失去爱子、爱妻之后，旺拉又在这个雨季失去了最后一位亲人——老爹。旺拉跪在老爹身旁，不断念经为他超度亡灵。山洪突然爆发，旺拉看到从山顶滚落下的水溅起了浪花，浪花连天的时候，他的眼前是金黄色的油菜花。油菜花纷纷坠落，惟见莲花座上的菩萨凝视着他。"菩萨眼里涌满的泪水滴答滴答溅到他的心头，他把所有的苦难都给忘记了。"

这些小说里的主人公，坦然接受着病痛与劫难，他们在人间最后一眼看到的光亮使他们不害怕死亡。这光亮透过纸面，同样照进读者心间，在善根之上催放洁白的心莲。心莲投映的人世间，多了一点点明亮。

·关于"醉"与"醒"

适者生存法则、拜金主义、对大自然的过度索取、精神荒漠化……这些东西像空气一样笼罩着土地。青藏高原空气稀薄，同样，她也正在倚仗民族文化的精神高度，来稀释、驱散另一类不良的"空气"。

"空气"闻着挺香，让一些人迷惑、沉醉。《罗孜的船夫》里，船夫的女儿抛下荒凉却充满温情的家乡和疼她、念她的日益衰朽的父亲，来到闹哄哄的城市里享受生活；《神授》里，史诗《格萨尔王》的说唱艺人亚尔杰离开了赐他灵性的草原及草原上的乡亲和心上人，来到拉萨，对着录音机说唱，无需奔波也能衣食无忧；《阿米日嘎》里，一头外来种牛的到来和突然死去，让纯朴的族人们各打算盘、相互猜忌；《曲郭山上的雪》里，村民们被美国电影《2012》弄得人心惶惶，以为真的到了世界末日；《焚》里，维色放任情色物欲，却陷入愈加深重的空虚……

但总有人坚守着精神的气场，眉清目澈。"罗孜的船夫"背朝荒山面朝江水，选择在有情有义的家乡结束此生；贡觉大爷从"曲郭山上的雪"中读出了人和自然的感应，随着气候的变暖，雪很快就会消融殆尽，只有人与自然和谐了才不会有这么多的灾难。

有些人在迷惑、沉醉中醒来。在《神授》的结尾，说唱艺人亚尔杰回到草原，祈求神灵的再次眷顾；在《阿米日嘎》的结尾，族人们又找回了过去的温馨。

在醉和醒的陈述中，有灵魂与肉欲的博弈和精神世界与花花世界的较量，谁赢谁输呢？也有人类与自然的感应和共处，要双赢还是双输呢？

故事与人生

我问次仁罗布："哪部作品里的哪个人物最像你？"

"《奔丧》。"他答，"我是小说中'我'的原型。"

他的身世通过小说浮出水面。父亲是1951年进藏解放军十八军中的一员，和当地的女孩成家后，生下二女一男，次仁罗布是最小的弟弟。

但在次仁罗布的成长记忆里，父亲是一张白纸。在儿子还没有记事的时候，父亲就只身回到了平原，夫妻长期分居后最终办理了离婚手续。母亲带着3个孩子艰难生活。

但血缘无法割断。大学毕业找到工作之后，次仁罗布还是去探望了父亲。看着抛妻离子的父亲已显老态，而如今的生活不如人意，怨恨、同情、痛快、怜惜等种种情感一起涌上儿子的心头。

《奔丧》让次仁罗布找到了疗伤和情感宣泄的途径。而从家庭离散的苦涩中酿出来的，不仅仅是这一部短篇小说《奔丧》。2011年的夏初，他正在写作中的第一部长篇小说也在解放军入藏的大背景中展开，带出一个藏族家庭50年的变迁和对生死的感悟。

次仁罗布为我朗诵了这部还未命名的长篇小说的开头：

"你听过鹰笛的声音吗？那声音，能让人的骨头融化，魂飞魄散；

"你读过《度亡经》吗？她能牵引死者的灵魂，走向中阴界，让亡魂不至于迷失，不至于恐惧，不至于孤单，在安详中，去踏上来世的道路；

"你了解秃鹫吗？它在将要老死的时候，预感扑面而来，然后独自离开族群，振翅冲向天际。最后，被太阳的强光焚烧，化成一团火球，灰烬从天际散落到大地上，不留一丝痕迹；

"你听说过我吗？拉萨近郊的帕崩岗天葬台上的一个老僧人，天天在为死者念诵经文，祈祷他们的亡灵有个好的归宿，及早投胎转世。在我的扎玛如鼓声和绵长的诵经声中，一具具尸体被天葬师肢解，喂给饥饿的秃鹫，帮助死者进行今世最后一次布施，以此减轻他们生前的罪孽……"

他的娓娓讲述，渐渐把你带入藏人故事。

4 年以后的 2015 年 8 月，这部长篇小说定名《祭语风中》，由中译出版社推出。次仁罗布寄我一册。封底有作家阿来的一句推荐："这部小说用对宗教生活与义理的谙熟破除了诸多神秘，并道出了他笔下的人物如何要以对善的皈依为自己的救赎之门。"细想一下，这又岂止是笔下人物的自我救赎呢？读它的人也在不知不觉间，将心灵洗过一遍。

辑二 谁解其中味

春深更著花

——晚年季羡林还想"再行一点雨，再著一点花"

季羡林享年 98 岁。

他 90 岁之后，我有缘四次与他"近距离"。

第一次是 2001 年，季老刚满 90 岁。这年秋天，他出现在北京城南琉璃厂某家书店开业典礼上，里三层外三层的人群将他围拢来。我位于"外三层"，隐约听得他在阐述"东方文化一定会在世界文化中占主导地位"的见解。此见解是季老《三十年河东　三十年河西》一书的核心思想。

此后，他因眼疾、皮炎、腿病等原因，几进几出西苑医院和三○一医院，并最终在三○一医院安顿下来。季老所在的高干病房设有门卫、岗亭、服务台三道"关卡"。季老年事已高，免疫力差，出于对他的特别保护，三道"关卡"一天只放一拨探视的客人，后又缩减为一周三次。在如此严格的探视制度下，我疏通关节，竟获得了专访季老的宝贵机会。

那天是 2006 年 11 月 24 日。促我产生专访念头的，是这年 8 月，温家宝总理来到三〇一，为季老祝福九十五寿诞。季老将"天人和谐、人人和谐、个人和谐"娓娓道来，精气神全无老态——这位踩着清朝尾巴尖儿出生的世纪老人，经历、参透、淘沥的，叫做"传奇"。随后数月，我总习惯在临睡前翻翻季老的书：《留德十年》、《牛棚杂忆》、《感悟人生》、《三十年河东　三十年河西》、《病榻杂记》……翻开时尽揽光风霁月、阴霾蔽日、峰回路转、柳暗花明；合上时唯余宁静和温暖。他曾经有言："读我的书，不管怎么样不会做坏事。"他未敢期望：他那流淌在字里行间的洞明、豁达和执着，他那辞去"国学大师"、"学术泰斗"、"国宝"三顶桂冠的恳切、谦逊之谈，令浮躁如我的年轻人如饮醍醐。而亲见他时，他带给我的感觉，又并不像醍醐般自上而下，而像温泉般漫过来，让我浸润其间，身心放松、愉快、享受。

第三次是 2008 年初，季老应我之托，欣然为文汇报成立 70 周年题词："祝文汇报永葆青春。"提笔之前，他幽默地说："我都不觉得老，文汇报还比我年轻 20 多岁，是个小年轻呢，还大有作为！"

第四次是 2009 年 5 月 31 日，季老去世前的第 41 天。同样由我牵线，他为第二年将在上海举行的世博会留下墨宝："祝上海世博会圆满成功。"

如今，他离我们而去已有 8 年。季老儿子季承状告北京大学的季羡林遗产纠纷一案还未落幕。如此波澜，终是季老生前难以预见的。

每当这起旷日持久的官司又出现新的枝枝节节，记忆总将我拉回那间三〇一病房。季老乐呵呵坐在桌前，时间安静到可以停滞，世间所有的纷扰似乎都与他绝缘。他热心做好事，恬淡做好人，勤奋做学术，不争名夺利，不愿意麻烦人。但愿他在天堂时，别再俯瞰此时的人间。

拜望咱家爷爷

很多人写过季老，有张光璘所著《季羡林先生》等数本传记，更有不计其数的单篇文章，作者多为季老同事、弟子、故友及与他有十多年乃至数十年交情的记者。与他们相比，我的"资历"会被打上一个问号，但我没有任何的局促不安，因为我知道：有一名淘粪工人得到过他题写的匾额；钟敬文先生评价他"如同野老话家常"；医院的医护人员都叫他"爷爷"……在爷爷的词典里，找不到"资历"这个词儿。一千个孩子的眼中，投射着爷爷的一千个模样。

2006 年年末，我去三〇一医院拜望咱家爷爷。

爷爷笑眯眯地瞧着我，"呵呵呵"笑出了声。被眼袋和

2006 年底，季羡林先生与作者合影。

笑纹一挤，本来不大的眼睛更加显小，但快活劲儿从小眼睛里喷涌出来，溢满了整张脸庞——瞧！他那两颊红扑扑的，看不到老年人常有的老年斑；白眉毛儿很舒服很自在地招展着，其茂盛程度甚于油亮脑瓜上的稀疏白发。合也合不拢的嘴巴里，下牙床那三颗间距不等的牙儿露出来。当季老在《病榻杂记》中辞去三顶桂冠时，有一位学界的朋友对我说："他辞他的'国宝'，我们依旧当他'国宝'。"我有点调皮地想：绕过学术的角度，我们依旧可以用一组短语将他与

"国宝"联系在一起："国宝"——熊猫——可爱——季老的长相。

爷爷坐在一张单人沙发上，后背垫着一个靠垫和两个枕头，腿上盖一条薄毯，着一件浅灰色的薄毛衣，咧着大大的 V 字领口。他的秘书说："都说老年人怕冷，年轻人火气壮。我跟他是反过来了：我穿厚毛衣，他不穿。"

爷爷的老当益壮还表现在另外两个方面：文思和胃口。前者以《三十年河东　三十年河西》和《病榻杂记》等新著为证。对于后者，也许你会听说他的养生之道"三不主义"：不锻炼（不主张过头的体育锻炼，当然绝不反对适当运动）、不挑食、不嘀咕。不挑食反过来证明胃口好。时任中国现代文学馆馆长的陈建功告诉我：去看季老，总习惯买点三文鱼——好胃口的季老，爱极了这种生鱼片！

爷爷这会儿正吃着啥呢？是苹果，切成小丁儿放在碟子里，插着牙签。好客的他一见到我，就顾不得吃了：一会儿跟我聊天，一会儿为我签名送书，一会儿又听我给他读报。他说话时，不大做手势，憨憨笑着，嘴里时不时蹦出真知灼见。

他爱把双手架在面前的小长桌上，模样跟个正在认真听讲的小学生似的。这双手曾经在数年前长满了被主人谓之"丑类"的水泡，结满黑痂，每次照相，总被藏于身后，严重的皮炎成为爷爷在三年多前来到三〇一医院的主要原因。如今，药到病除，双手又恢复了原本的白净。当我与他握手时，能感受他掌心的宽厚、光滑、温暖。

环顾这间十余平方米的病房，除了作为病房，它还是书房、卧室、办公室三位一体的"家"，喜气和人性，是主人赋予它的特殊味道。

在爷爷"家"里，你恍惚觉得那会儿已是农历春节：房间里放着几盆绿色植物；案几上摆放着一只硕大的瓷制寿桃，边上是一张爷爷十多年前的照片，笑容定格在烂漫的山花之中；书橱里有两个鲜红的柿子，还有一对可爱的唐装娃娃；床头贴一张倒"福"；最为显眼的则是一幅书法中堂，红底黑字，上书一个大大的"寿"字，中堂两侧是一副同样装帧的对联，题有："喜贺即登期颐，同祈二度花甲"，中堂上方悬一"福寿康宁"的横幅。

你可别真以为这些都是为过年布置的。它们大多是三年多来一批批到这里探访祝寿的人们呈上的心意。三〇一医院的管理历来严格，桌面上不许随意摆放书籍、刊物，连看过的隔日报纸，都必须收进抽屉里。与病房相连的晒台上，一二十个塑料整理箱摞得像一面墙，里面分门别类地存放着各种书籍、资料，爷爷可以随时查阅。他一方面遵守着医院的种种规定，又尽可能利用可以利用的空间，去展现客人们的心意。被这样的心意包围着，爷爷幸福而知足："别人看我很劳碌，但我觉得我很享受。6 岁去济南求学以前，我没吃过肉；留德期间，防空洞外炮声隆隆，自己肚中饥肠辘辘；可如今呢，我无非是做了一些学术上的研究，却住上了条件这么好的病房。"

有一些小礼物也许并不太起眼，爷爷却十分珍爱，这就是客人以及医生、护士、保安们送给他的毛绒玩具。床边那个两开门的小书橱不仅摆放着供随手查阅的书籍，还成了"动物们"的乐园，五六只"小狗"、"小猫"、"小熊猫"，有的住在里面，有的蹲坐在书橱顶上。即将到来的 2007 年是爷爷的 96 岁本命年，过些日子，一定会有一些"小猪"们加入这个动物大家庭。

说到动物，兴奋的爷爷突然神伤："我想我的猫了。"在 20 世纪 90 年代，季老的婶母、女儿、夫人、女婿相继离开了他，他哭干了眼泪，是洁白的波斯猫陪伴他度过了艰难的时日。季老住了院，突然不见了朝夕相处的小东西，着实想念，脑海中总浮现小东西对他依依不舍的情景。看到季老神伤，秘书安慰他："在校园里，我总碰见您家的猫，玩得可欢呢！下次我给它拍点相片带过来。""好，好！"季老又乐了。

拜望时间转瞬即逝，我不得不与季老道别。走到楼下，回望这座住院楼，我已在期待下一次的探望。以后的一段时间，我的工作和生活一切照常，但心底深处总好像有块小磁石，微微却有力地吸引着我。这份惦念让我再次翻开已经通读的《感悟人生》，爷爷在书上签名时将我称作"小友"。我还一遍又一遍地端详留影：因为季老双眼做过白内障手术，为保护他的眼睛，拍照时没有打闪光，画面似有模糊；不过，总有些东西不会模糊，而是珍藏在我的记忆里，历久弥新。

再行一点雨 再著一点花

在《病榻杂记》中，季老昭告天下，辞去"国学大师"、"学术泰斗"、"国宝"三项桂冠。

"可总得有几个头衔吧？"我问。

他回答："我是北大教授，东方学者。足够了。"

"学者"是季老守了一辈子的本分，也是季老的事业。非常有趣的是，这个自称"爱情文盲"的老人曾给恋爱中的年轻人指了条路："我并不提倡二人'一见倾心'，立即办理结婚手续。我觉得，两个人必须有一个互相了解的过程，这个过程不必过长，短则半年，多则一年。余出来的时间应当用在刀刃上，搞点事业，为了个人，为了家庭，为了国家，为了世界。"且不论季老的这个认识是否符合爱情规律，但这至少说明一点：在他所理解的生命意义里，事业所占的比重很大很大，而事业的大境界是"为了国家，为了世界"。

因此我们不难理解，为何季老可以做到老骥伏枥、笔耕不辍。他很喜欢顾炎武的两句诗："苍龙日暮还行雨，老树春深更著花。"他谦虚地说："我哪敢自比为苍龙？比作老树，也许还是可以的。不管怎样，我还是想再行一点雨、再著一点花的。"

季老对于寿命的期待，可谓"得寸进尺"："我从未想到我能活这么大岁数，最初我以为只能活四十几岁，像我父母亲的寿限。米寿时，听说巴（金）老和臧（克家）老相期活到茶寿，我说我也入伙。但前些日子，读到一位科学家的文章，论证人的寿限可以到150岁。所以，当人们问到我时，我说我给自己定了一个新目标：活150岁！"

我问："什么叫米寿、茶寿呢？"

季老讲解道："你把'米'字拆开看看，'八十八'，米寿就是88岁；'茶'字在'八十八'上头又加了个'廿'，茶寿就是108岁。"

季老的一位作家朋友曾对我讲起"季老跳窗"的故事："他那个时候都八十多了，想出门参加一个会议，没想到家人出门的时候随手把门反锁上了。季老怕迟到，干脆爬上窗子跳了出去。"我问季老："您一直那么身手矫健吗？"季老笑道："那一跳啊，出了问题。我一瘸一拐去了会场，回来后腿部觉得异常疼痛，去医院一检查，居然骨裂了。唉，不服老不行啊。"

对于生死，季老信奉陶渊明的诗："纵浪大化中，不喜亦不惧。应尽便须尽，无复独多虑。"他在《一个老知识分子的心声》一文中说："眼前有时闪出一个长队的样子，是北大教授按年龄顺序排成的。我还没有站在最前面……这个长队缓慢地向前迈进，目的地是八宝山（墓地）。"他戏说："我得排着队鱼贯而进，不加塞儿不落后……欣逢盛世，活得长自然好，看见了'神五'、'神六'升空，看见了国家越来越强大……"

在医院里，季老把作息时间安排得非常合理。每天上午、下午分别工作两个小时。老人写作有个特点：在吃饭、输氧和休息时，对写作内容先行构思，动笔时一气呵成，基本上不做什么修改。

季老称自己是个'四半'之人——半聋、半瞎、半瘸、半拐，所幸脑子还管用。他在他的"三不主义"（不锻炼、不挑食、不嘀咕）的长寿之道外，又补充了一点——"用脑长寿"。他说："人的衰老主要是脑细胞的死亡。中老年人的脑细胞虽然天天死亡，但人的一生中所启用的脑细胞只占总量的四分之一，而且在活动的情况下，每天还有新的脑细胞产生。只要脑筋的活动不停止，新生细胞比死亡细胞数目还要多。"

季老一直认为自己是个资质平平、中不溜丢的人："如果一定要说优点，我只讲勤奋。"从入院第一天起，季老就把办公室搬到医院来了。凡输液，必伸左手，留下右手写东西。水滴石穿，一部《病榻杂记》就这样渐渐出来了。季老自嘲："出这样一本书，权当证明自己还活着。"但一位常去探望季老的朋友却告诉我："每次去，都能拿到季老所著的不同的书，真可谓著作等身！"

由于眼睛做过手术不适宜看电视，季老特别重视读报，他订阅了13份报纸和若干大学的校报，由秘书或护士念给他听。秘书怕他听的时间太长，累坏了身体，所以总想偷偷跳过一些相对次要的版面，季老先是装作不知道，等到秘书说"读完了"，季老就会去翻报纸："还有这一面还没读呢！"弄得秘书哭笑不得。

季老从小学起就读经书、古文、诗词，坚实的"童子功"令他至今依旧能够流利背诵几百首诗词和几十篇古文。有的时候，季老高兴了，还让秘书跟他对诗，秘书为了考一考季老，故意背错，季老一下子就给指出来了。

季老笑称自己为"杂家"："我对人文社会科学领域内，甚至科技领域内的许多方面都感兴趣。我常说自己是'样样通，样样松'。"对于自己在梵文、佛学、印度学、比较文学、敦煌学、中国传统文化、语言学、中国翻译史、历史学、教育乃至科技领域取得的一些成绩，他是用这种举重若轻、略带调侃的口吻去总结的。

但季老的学生、中国社会科学院学部委员黄宝生知道他的老师很不容易："清晨4点多，老师便起床写作，他家里的灯是北京大学亮得最早的一盏灯。他不怕困难，越是难的东西，他越敢搞。"

于是，我们看到：十年浩劫，季羡林被发落到学生宿舍看大门，在那种状态下，他悄悄翻译了印度闻名世界的史诗《罗摩衍那》，历时十年之久；1983年，古稀之年的季羡林在得到一本新疆出土的古代抄本的残卷之后，将已经几十年没有再接触的吐火罗文再次"拣"起来，最终用十多年时间完成了对残卷——吐火罗文抄写的《弥勒会见记》的破解，为世界吐火罗文研究做出创造性贡献；在他80岁之后，他每天行走七八里路，去北大图书馆翻遍资料，最后写成80万字的巨著《糖史》；20世纪90年代，当一些人急于从西方寻找思想来解决中国现实问题时，当有人任意贬低中国文化时，季羡林却说出了石破天惊的话：21 世纪以中国为主的东方文化一定会在世界文化中占主导地位，中国传统文化的精髓就是"天人合一"，就是和谐。他的相关论述汇成《三十年河东　三十年河西》，如今，和谐已成为我国社会发展的目标……每一个学术成果，考据之艰苦、推敲之细致、观点之新颖、意义之重大，无不令人叹服。

当今时代，节奏加快，诱惑很多，很多人贪图省力、急功近利，而季老为何还能傻傻地保持着纯粹的治学劲头呢？

"人的一生，不应该被困于名缰，被缚于利索。"他向我谈起了他对人生的独到理解："在人类前进的极长的历史过程中，每一代人只是一条链子上的一个环。拿接力赛来作比，每一代人都是从前一代人手中接过接力棒，跑完了一棒，再把棒递给后一代人。这就是人生。人生的意义与价值就在于认真负责地完成自己这一棒的任务。"

每一棒，在传递给下一棒之前，都是冲刺的姿态。季老正在冲刺，他的所有努力，将赋予后人一个更高的起点。

"真""爱"一生

·真

季老曾在《佛山心影》一文中谈到自己喜欢这样的人："质朴、淳厚、诚恳、平易；骨头硬、心肠软；怀真情，讲真话；不阿谀奉承，不背后议论；不人前一面，人后一面；无哗众取宠之意，有实事求是之心；不是丝毫不考虑个人利益，而是多为别人考虑；关键是一个'真'字，是性情中人。"季老还说："'真情、真实、真切'是我做人做事的原则。"

在《留德十年》这部回忆录中，他真诚地披露了自己30岁时一段鲜为人知的情事：在德国时，他和德国姑娘伊姆加德有过一段恋情。季羡林面临抉择：与伊姆加德结合，自己未来的生活或许是幸福美满的，但这样一来就意味着对妻子儿女的背叛，意味着把自己的亲人推向痛苦的深渊。尽管置身于包办婚姻中，季羡林最后决定，为了不伤害或少伤害别人，还是由自己来咽下这枚苦果。他本以为伊姆加德还年轻，以后还会碰到意中人，可没有想到，伊姆加德小姐终身未婚。

季老还以敢讲真话而闻名。早在1986年，他就写了《为胡适说几句话》一文，震惊文坛。当时胡适还是个"反面教员"，人人谈"胡"色变，无人敢涉足这一"禁区"，有朋友劝季老不要写这样的文章，风险太大。季老认为，由于胡适在中国现代学术史上的重要地位，胡适的评价问题就不仅仅是一个人的评价问题，而是一件涉及许多重大学术问题的大事。自己有必要站出来说话，把真相告诉大家，还胡适以真面目。他的文章发表后，得到学界的普遍肯定和响应，开启了重新评价百年学术史的先河。

·爱

季老对他人充满真诚的爱心。他爱生养他的母亲，爱培育他的叔叔婶母，爱难以割舍的儿女，爱教过他的老师，爱童年的伙伴，爱一切爱过他、帮过他的人，爱那些虽不知道姓名，但正直、善良的人……

在三〇一医院，他爱每一位医生、护士、保安，爱每一个去探望他、关心他的人。这里流传着一段佳话：有一天，一位年轻护士说起某报正在连载季老的著作《留德十年》，表示很爱看。季老马上把秘书找来，吩咐多买些书回来，他说"书是给人看的，哪怕有几句话对年轻人有用，也值得"。这一来轰动了全医院，大家都来伸手，还索要签名本。"都给，买去。"

季老发话说，"钱是有价之宝，人家有收益是无价之宝。"最后，一趟一趟买了600本，他也一笔一画地签了600本。

对他人慷慨，对自己却很"吝啬"：对于吃，季老从来没有什么特殊要求；对于穿，他更是俭朴，很多衣服都十年八年或者更长时间才考虑换新的，人们看到他常年穿的是一身蓝色中山装；对于用品，他很不讲究，只要能用，绝不肯轻易丢弃，他用的手提包，是一种最简单的敞口式的，一提就是十几年。

秘书说："季老在做人上，从来都是克制自己，处处替别人着想，照顾他人，虚怀若谷。而且他对人一贯坚持平民立场，与人交往没有等级观念，医院里的勤杂工差不多都与他聊家常。"秘书注意到季老吃馒头炒菜时总是速度很快，吃饺子、面条时速度相对慢一些。那是因为他幼年时就离开父母，寄居在同样贫困的亲戚家，每逢上桌吃饭都是小季羡林最尴尬难熬的时候，他不愿意往自己的碗里揽菜，所以吃得很快，盼着吃完赶快离开。

季老不喜欢麻烦人。半夜有了尿，他总是把两次三次憋成一次，宁愿自己睡不好也不叫醒医院的护工，因为"他们白天也很疲劳了，晚上不忍再让他们起来"。

享受迟来的天伦之乐

"我现在很幸福。"这是季老在最后的日子里常常挂在嘴边的一句话。他去世的前一年，2008年11月，季羡林的独子、74岁的季承结束了与父亲长达13年的隔阂。2009年5月起，退休后的季承更是每天上午就去看父亲。那会儿，市场上出现了莫名流出的季羡林的书画藏品。"季老会不会为此动怒伤情？"我问一位与季老熟识的佛门师傅。师傅说："他早就超越了对财富、对地位、对名誉的世俗之见，对他而言，亲情才是最珍贵的。"

季老有各种心愿："替我去祭扫一下山东的祖坟"；"我想喝啤酒"……季承便一一去落实。季承还专门从济南订做了父亲爱吃的小吃"油旋张"，父亲就着啤酒，来块"油旋张"，直呼"好味道"。季老经常会馋吃的，一会儿是烤花生米，一会儿是烤鸭，还总惦记着吃高粱面等粗粮，但每次都是吃上几口，就没胃口了。

季承告诉我，季老非常关心上海世博会，问他世博会主题，他能不假思索地回答："城市，让生活更美好！"还会来句英文："Better city，better life！"他高兴地说："奥运会是体育盛会，世博会是经济、文化、科技的盛会。"

季老是通过"听"来了解世博会的。季老曾做过白内障手术，再加上视觉神经的衰退，视力变得模糊，他只好用他听力尚可的耳朵来满足对国家大事的知情欲。季承每天会用一两个小时的时间，为父亲读报纸、讲电视，告诉父亲"在金融危机大背景下，上海世博会将为全球经济发展和中国经济发展带来新机遇"。季老边听边乐呵呵地点头："好！好！"当季承告诉父亲："'百位名人寄语上海世博'活动组委会想得到您的寄语。"季老爽朗地表示："没问题！"立即让儿子准备笔墨。

季老手执毛笔，不偏不抖，落笔果断。唯一让他担心的是："我看不清，就凭感觉写了，不知道写得好不好？"

季羡林曾对季承说："如果我的字能让一些人高兴，能对一些事起到好的作用，那就是'好事情'，你们不要拒绝。"

其实，季老每次题完字，眼睛总会红肿，但他坚持对"好事情"来者不拒。季承于心不忍，但后来和医护人员等沟通，发现"让老人写一写、动一动，老人的精神状态反而好，这对健康更有好处"。

就在季老离世的前一天，2009 年 7 月 10 日，季老还在做"好事情"，留下了他生命中最后的三幅墨宝："臧克家故居"、"弘扬国学，世界和谐"、"抗震救灾，发扬中国优秀传统"。

解味道人

——红学泰斗周汝昌的"醉红"晚境

20多岁起，听力渐失；50多岁起，视力渐盲。此后40年间，在无声且黑暗的世界中，继续醉心红楼，硕果累累，直至2012年94岁仙逝。世人做学问，还有比红学泰斗周汝昌更辛苦的么？

这样的辛苦，我见识过，被深深震撼过。

2006年夏日的一天，我走进北京红庙他那间陋室。周老正在"写作"——折叠桌上摊开一张很大的纸，他背对着窗户，拿一支钢笔在上面划拉，墨水已尽却浑然不知。他的小女儿周伦玲忙完厨房的活儿跑进来："爸，墨水又没了！"他自嘲地乐开了。伦玲跟我解释："习惯了，只肯用钢笔。他写东西，跟咱黑着灯写字差不多——墨水没了不知道，两个字或两行字叠在一块儿不知道，字写到纸外面也不知道。昨天嫌我新买的纸小，可这是能买到的最大的纸了。"我翻开他刚刚"涂鸦"的几张纸，上面的字如同天书，一概看不懂。伦玲却能念出来，毕竟，她协助父亲做学问已有26年了。当我问及周老是否还能借助两个叠在一起的放大镜写毛笔字时，伦玲叹口气："那是几年前的事了。随着视力进一步变差，这一爱好不得不放弃。否则，现在绝对是丰收期。"

伦玲搬来两张凳子，挨在一处。她说："你和我爸说话，要凑得近一点。"我和周老坐下时，膝盖抵着膝盖。他挺直腰板，探着脑袋。我的嘴巴对准他那依靠助听器才有微弱听力的右耳，大声喊话："您怎么给曹雪芹过生日？""什么？"我又重复了两遍。他思考片刻后答道："曹雪芹的声音，我想象中的，应该是'真善美'。"我明白他还是将"生日"听成了"声音"，却不忍打断，任他兀自畅说。

偶尔，周老也会抛给我问题："你判断一下，我是个乐天派呢，还是一个整天愁眉苦脸、自怨自艾的人啊？"我说，当然是前者。他淘气而骄傲地乐开了。这个问题，显然是个带有"领赏"意图的问题，而他所倾心的"奖赏"，只不过是这样一句"乐天派"。

正因为乐天，所以耳聋的前前后后被他描述得犹如神话："我住北京东城北面门楼胡同一正房，南有大窗，北有小窗。一日，天降大雨，电闪雷鸣，我正站立窗边看雨，冷不防一声霹雳，一条火龙从北窗入，又从南窗出，这条火龙从我左耳边走过，相距不过一寸。我当时只觉得天崩地裂，脑袋'嗡'地一响，天地便一片寂静，从此非有雷鸣之声我是听不到的。你想有龙从耳边过，我不'聋'才怪呢！"

也是因为他的乐天，在说起自己目盲的过程时，他竟然还带着感恩。由于长期搞研究工作，1974 年忽然两眼要失明，周总理闻知后亲切关怀，指示人民文学出版社给周汝昌一定要找个好医院，不能让他失明。"后来找到协和医院最有名的大夫，让我暂时保全了'半只眼'。"这样的"半只眼"，起先还可以借助叠在一起的两个放大镜看看书，后来只剩光感，再后来，连光感都没有了。

耳聋目盲，本是人生之大不幸。周老却认为，这未必不是一件好事。他引用老子的话："'五色令人目盲，五音令人耳聋'，不见不闻乃是抵御声色的要招，但这并不等于心死，我心中常有几段妙曲，几幅佳画，几声入耳之言，几处动人之色，又何须外求乎？"

既无须外求，外面的世界也打扰不到他。当他沉浸在"红楼世界"的大自在、大欢喜之中，再多红学内外的纷争，不过是那窗外吹过的风。

老树新葩

采访周老的机缘，正是缘于窗外的一股"风"——2006年8月，众媒体纷纷炒作周汝昌与海燕出版社之间的"纠纷"。

我一个电话打到周老家里，是伦玲接的。她说："文汇报是老朋友了，我愿意说一说事情的来龙去脉。"

我按约好的时间前去。伦玲刚把我迎进屋就开门见山："这件事你不要问我爸爸。他耳朵、眼睛不好使，我干脆没把这些烦心事透给他听。我来回答你就可以了。"

在她的描述中，整件事情的真相渐次清晰——

刘心武一直想寻找合意的《红楼梦》版本加以释评，最后选中了周汝昌的新校本。随之，刘与某家出版社达成意向：希望释评和新校本同时在这里出版，读者翻阅两书，可以一目了然。但不巧的是，周汝昌新校的《红楼梦》2004年就签给了海燕出版社，合约期为8年。这份合约的第23条写明："如果第三方要参与出版，须经得海燕出版社的同意，同时把稿酬的50%让给海燕出版社。"为了进一步扩大新校本的影响力，伦玲在征得父亲同意之后，按此条文与海燕社多次商谈，海燕社最后做出认可。但还未等把这个好消息告诉刘心武，刘就在8月中旬向媒体表示了对海燕社的不满，原因是海燕社"不能痛快答应"让第三方参与出版。一时间,以"刘心武痛斥无良出版社"为标题的新闻随处可见,文中的某些提法与事实不符:说什么周汝昌私自毁约;又说周汝昌即使愿意将版税拱手相送,海燕社也不答应……海燕社、周汝昌、刘心武三方均陷入被动。但媒体对这件事似乎还在兴头上,那些天将周老家的电话打爆了。

弄清这件事情的真相,本是我前去采访周老的原意。但很快,这件事就退为背景。在此背景之上,我意外探知到周老的新知近悟。这些带着露珠儿的红学思想,恰似一丛丛老树新葩。

·高鹗是否歪曲了曹雪芹?

对于"新校本"之称,周老有所顾虑:"为了称呼方便,这样叫似乎没什么不妥。但近些年来包括以后,还有不同的专家出版他们各自校对的本子。如果把我校对的《红楼梦》说成新校本,那他们的呢?难道就不新吗?所以,我倾向于把我的这个本子叫'石头记会真简本'。"

"会真"之说,在于由周老校对的《红楼梦》建立在10多个不同版本的"石头记"之上。曹雪芹写《红楼梦》,还没写完就去世了,留下的是一个只有80回的残本"石头记",经人传抄，流传了各种不同的版本。目前，大众普遍阅读的是高鹗续写后 40 回的程高本（包括程甲本和程乙本）。但到底哪个版本最接近曹雪芹原著，依旧是红学界争论不休的话题。

刘心武对周汝昌新校的"石头记会真简本"评价极高，认为这是最接近曹雪芹原意的本子。周老谈起这本集合他、四哥及女儿两代人近 60 年之力的新校《红楼梦》，同样满腹感慨："我为了什么，为的就是还原曹雪芹的笔墨。"

那么，到底有什么依据，可以用来佐证这是一本最符合曹雪芹本意的《红楼梦》呢?

周老自称，为了校对《红楼梦》，他阅尽了上千本红学专著，对 10 多个版本的"石头记"更是逐字逐句研究，然后选择一个最符合曹雪芹笔墨、性格和时代特点的表述。经过比对，他发现最流行的程乙本与《红楼梦》的真容相去甚远。"曹雪芹埋下了很多线索，受乾隆、和珅之命的高鹗不能一一续上，竟然按照乾隆、和珅的意图对曹雪芹原著针锋相对地加以篡改! 以至程乙本之中，零碎的字句不计其数。"

周老举了一个通俗的例子："比如花袭人，读者看了程乙本，普遍讨厌她。但这不是曹雪芹的本意，而是高鹗的意思。又如鸳鸯因抗婚被害的不幸结局，高鹗全部加以变改，有一处竟将雪芹原文删掉 200 多字。"

"高鹗歪曲了曹雪芹。你要看《红楼梦》，是看曹雪芹的呢，还是看高鹗的？"为此，周老校对《红楼梦》时，干脆不去理会由高鹗续写的40回。"我宁可让读者感觉到这是一个缺陷——我看到这儿怎么就没了呢？那也没有办法，曹雪芹的《红楼梦》，客观事实就这么多。"

·谁来续写后40回？

"满纸荒唐言，一把辛酸泪。都云作者痴，谁解其中味？"这是《红楼梦》作者曹雪芹的心语。周汝昌以"解味道人"自称，显然是认为自己知道红楼之真味，可以作为曹雪芹的隔世知己。于是，我干脆单刀直入地问他："既然这样，你为什么不自己去续写《红楼梦》的后40回？"

周老哈哈大笑起来："又出现了一个劝说的人！"他说，20多年来，不断有人提出此建议，认为他是续补红楼最可能的人选。他坦言："我被大家鼓动得很动心，但还是不行。"

"为什么呢？您小时候就被大人称作'神童'，又研究了60年的《红楼梦》，完全有资格去尝试的。"

"可曹雪芹是'圣童'，我还差他一大截。"

固然，曹雪芹的禀赋是独一无二的，但痴醉红楼的周汝昌，却也牵出了一段佳话。那是1970年，周汝昌从干校调回

2006 年 8 月 25 日，作者采访"耳目俱损"的红学泰斗周汝昌。

北京后，为曹雪芹连一首诗也未能流传至今而无限惋惜。忽然想到雪芹为他的好友敦诚曾题写《琵琶行传奇》，只剩下末尾二句，就异想天开斗胆续补，一共试补了三首，后来其中一首传了出去，竟使一位红学家认定是雪芹原作，险些闹出大笑话。

但不管怎么说，周老还是过了一回瘾：试补了"芙蓉女儿诔"之后的两回："清虚观灵玉消冤疾，水仙庵双寮报芳情"和"赖尚荣官园重设宴，贾雨村王府再求荣"。并于

2005年修改增订重新推出了《红楼真梦》一书，分析曹雪芹原著中的各种伏笔、暗示，对80回后的故事脉络和人物命运一一推测、交代。比如，在周的设想下，黛玉是在赵姨娘暗使假药、令她病愈无望，且又听说宝玉面临冤狱的情况下投河自尽的。临终遗言，让宝玉答应与宝钗的婚事。这既是为了宝玉的安全与幸福，也同时洗清了被奸人扣上的"与宝玉有了不才之事"的冤屈辱垢。周老认为，黛玉的自沉命尽，正是"飞花逐水流"、"花落水流红"这些诗句所预兆的归宿。

"至于到底由谁去重新续补后面的40回，那还是留给与雪芹的禀赋更接近的后来人吧。"周老珍藏内心的，不是痴迷后的冲动，而是一种恬淡与享受，正如他所著的《周汝昌梦解红楼》一书的封底诗："梦解红楼日月长，奇情异彩细参商。零笺碎墨皆堪念，中有微怀一瓣香。"

· 比如，红学和国学是什么关系？

在央视"百家讲坛"和"大家"栏目做节目时，主持人问周汝昌，遇到不愉快的事情怎么排解？他回答：回到《红楼梦》里边去，它包含了各式各样的道理，悟到了这些道理，你就明白，烦恼是很低级的东西，我们应该有更高等的精神追求。

但并非从一开始，他就对《红楼梦》有此估价。"30岁的时候，我也只把它当小说看；而一旦进入学术研究的深度，我对《红楼梦》的估价就变了，它不仅仅是小说，而是跟清代历史乃至整个中华文化密切联系，且拥有自己的个性。"

20世纪60年代，对《红楼梦》有一句颇为流行的评价——"百科全书"。"如此评价固然没错，但'百科全书'给人的感觉是固定了的知识，一条一条地摆摊子罗列，谁也不挨谁。"在周老看来，《红楼梦》包含的知识却是交错渗透的，说尽了哲学、诗词、剧本、音乐、绘画、礼仪以及人与人之间的关系，这些知识共同构成中华文化有机的整体，当今的任何一个文化现象和社会现象，都能在书中找到侧影。

由此，周老提出一个颇为大胆的理念：红学应定位于新国学。对于大众如何追随当今的国学热潮流，周老有个别出心裁的建议："我并不赞成从《论语》、《孟子》和先秦诸子的书开始，那些书艰深、难读得很，容易把兴致给破坏掉；不如从《红楼梦》入手，自然就能接触到中华文化的方方面面，然后再通过《红楼梦》往上追溯。"他将这一方法称作"倒食甘蔗，渐入佳境"。

一生沉浮为"红楼"

　　从孩提时代似懂非懂地看过母亲收藏的日本版"石头记"，周汝昌就与《红楼梦》结下不解之缘。人家都说，曹雪芹著红，用尽十年辛苦，滴泪为墨，研血成字。如今，周汝昌研红，用尽六十载光阴，斗转星移，初衷不改。尽管悲情的红楼令他的一生大起大落，由红到黑，又由黑到红，但回望这大半辈子与《红楼梦》的纠缠，周汝昌只道了三个字："太好了！"

　　周汝昌真正走上研红之路，始于1947年。那时他还是燕京大学西语系的学生，他的四哥周祜昌读"亚东"版《红楼梦》卷首胡适的考证文章时，注意到胡适先生谈到自己手中有敦诚的《四松堂集》，而未觅得敦敏的《懋斋诗钞》，深以为憾，就写信把这一情况告诉了周汝昌。周汝昌到燕大图书馆一查，居然一索即得，随后据此撰写了一篇关于敦敏诗集中咏芹诗的介绍文章，在《民国日报》副刊发表后，胡适先生即回信切磋。1948年6月末的一天，周汝昌到王府井大街东厂胡同一号胡宅造访，胡适先生亲自将《甲戌本石头记》递到周汝昌手，后又托孙楷第教授把他珍藏的《四松堂集》乾隆抄本和有正书局石印大字本《戚蓼生序本石头记》带给了还是大学生的周汝昌。正是由于这段因缘，1948年，周汝昌主体完成了《红楼梦新证》，这部被誉为"红学方面一部划时代的最重要的著作"于1953年9月由棠棣出版社出版后，一时洛阳纸贵，三个月内连版三次，当年的文代会上几乎人手一册。

因为这部书的成功，周汝昌得以由四川大学外文系讲师调任北京人民文学出版社编辑，成了学界"红人"；也由于这部书，他在后来的政治运动中变成了"资产阶级胡适派唯心主义"的"繁琐考证"的典型代表，由"红"变"黑"，1968年被关进"牛棚"，差不多一年后，被下放到湖北咸宁"五七"干校劳动。后由于周总理的特殊关照，1970年9月重返北京……

周汝昌早年兴趣广泛，曲艺、器乐、影视、书法，兼有涉足且颇有成就。后因听力、视力所限，不得不一一放弃，这种"腾"出来的热情干脆一股脑儿放在了对《红楼梦》的研究上。心无旁骛的研究使他的学术生命异常旺盛，他相继出版了《献芹集》、《石头记鉴真》、《红楼夺目红》等数十本著作，并屡发新论，将红学构建为曹学、版本学、脂学和探佚学四大范畴。

周老的女儿伦玲告诉我："爸经常在小区里打打太极拳。一天伏案三次：早上起床后，把昨晚临睡前想的东西记下来；下午午休后，写一会儿；晚上吃完晚饭，则是写作的黄金时段。加起来，一天可以写上五六个小时。"

"很难想象我爸脑袋中装了多少东西。状态好的时候，他能六七本书同时进行，讲一本讲烦了，就叫停，马上讲另一本。"伦玲的言语间全是对父亲的骄傲。

我采访周老的这天，他手头同时进行的稿子就有3篇：一是红学的一部书稿，二是正在给朋友写的书序，三是海外的约稿。2005年，周老竟然出了9种书。周老的三女二子皆是其助手，每人手里都有两三本书在整理。

不能亲自查阅资料，无法随时增删修改，这对周老的学养和脑力堪称极大考验。一向乐天的他，眉宇间也会浮上转瞬即逝的淡淡忧伤："唉，我这样做学问太累了，有谁知道我的苦啊！"

周老"看"书全靠女儿念给他听，但由于耳朵也不太好使，阅读量在近年来变得比较有限，写文章的时候只能尽量凭借记忆，一不小心，就会把李白的诗记成杜甫的；再比如，他在复印纸上写"康熙三十九年"，把两横写在了一处，女儿在电脑上整理时，打字就打成了"康熙二十九年"……如此一来，有些读者不干了，骂"周汝昌不懂历史"，"他是不是老糊涂了"，更有某些人围绕周汝昌写过的关于史湘云的随笔，散布"周汝昌暗恋史湘云"之说。周老的女儿说："我们理解读者，但他们实在不知道我父亲的实际情况。"周汝昌本人也不太回应这些恶意的声音，因为，"大部分读者是很善意的，我这里每天能收到很多读者来信，感谢我的书给了他们欢乐和思考"。

那么，周老为什么不从身体实际状况出发，改"写作"为口述呢？周老答："怎么说就怎么记，那是白话，不是文。"对当年他与胡适先生关于"白话文"的争执，周老记忆犹新。在他看来，书面语的音韵美，是口语所不能比拟的。因此，他更愿意享受那种"扑在纸上的感觉"。

2012年4月，周老赶写完《寿芹心稿》，身体明显不如从前。儿女"强迫"他卧床休息，他无奈，便把新出版的《红楼新境》放在枕边，不时拿起摩挲，默默无语。精神稍好，他便要求子女念新书给他听，还口述了一本刚构思好的新书大纲要求子女记下，书名暂定《梦悟红楼》。

5月30日，神色安详的老人叫来儿子周建临，"心痛中赋诗"一首："九五光阴九五春，荣光焕彩玉灵魂。寻真考证红楼梦，只为中华一雪芹。"

谁能料到，这竟是老人最后的遗言。转天，老人撒手人寰，追着他的旷世知音而去。

文化是部大书，怎么也读不完

——国学家冯其庸情系"红楼"和"西域"

"要不是这病那病，我本来准备再去新疆。巴里坤那一带还有好多古城的遗迹没去考察呢。"2008年，84岁高龄的冯其庸困于病榻，我去探访他时，他对自己的状况很是沮丧。如今，他终于可以摆脱病体，携着灵魂轻盈上路。

2017年2月5日，北京八宝山，我们向冯其庸先生道别。他的遗像略略侧身，仿佛急着道别的是他，他正准备一扭身，飞往惦念的西域。

在他身后，93岁的古典诗词专家叶嘉莹先生写下挽联："瓜饭记前尘中道行宽写梦红楼人共仰，天山连瀚海西游乐极植莲净土世同钦。"

在他生前，当代著名报人范敬宜先生曾赠予他一句诗："校罢红楼梦未赊，霜毫一掷走天涯。"

无论是挽联还是赠诗，都道出了冯先生此生最浓的两个情结：《红楼梦》和西域。一婉约，一豪放；一深入，一宽广，凝结了冯老的毕生精力与心血。

这两个情结，我因与他的结缘而近距离见识过，生动如昨。

"西域"：归来往复

2008年有两件以他为主角的新闻事件，分别是上述两个情结的体现：年初，《脂砚斋重评石头记汇校汇评》出版，这是冯老数十年研究、校订《红楼梦》的集大成之作；9月30日，"冯其庸、丁和寻访玄奘取经之路影纪展"在上海举行，用镜头再现冯老20多年来多次考察西域的所见所感所获。

与出版座谈会和摄影展的热闹形成鲜明对照的是，冯老不得不在聚光灯之外安静养病。不仅有腰腿方面的老毛病，还有心血管方面的新毛病。9月20日下午，也就是摄影展开幕的前10天，我去北京三〇五医院探望冯老。他刚挂完吊瓶，拔掉了电话线，要和我专心聊一聊西域。

"您去过新疆多少回了？"我问。

"10回了。"

"怎么去了那么多回呢？"

"去得越多，越嫌去得不够。"他叹口气，"学然后知不足嘛。文化是一部大书，怎么读也读不完。"也许正是因为文化面前的这种谦卑，冯老在红学、古典文学、西域学、诗词、戏剧研究、绘画、书法、摄影等众多领域成名成家后，自己却说，"不敢称'家'，都是业余的；更别叫'大师'，'大师'如果是'大学老师'的简称，那倒是可以的。"

医院关不住他对西域那片热土的神往，一旦聊起他20年来寻访玄奘取经之路的艰辛和收获，冯老就"刹不住车"。他哪里还顾得上"会客时间不得超过一小时"的医嘱，愣是频频"抗议"助手任晓辉老师和医生的多次提醒。两个小时过去了，"西域"的话题刚刚放下，我正琢磨着是不是改天再与冯老聊《红楼梦》，冯老竟兴致勃勃地说："我们接着聊《红楼梦》吧！"我扭头看看任老师，任老师无奈地笑了："接着聊吧。冯老今天是聊高兴了。"

自年少时起，西域情结就像一粒种子，种进冯其庸心里。

先是读到高适、岑参、李颀等人描写西域风光的诗，他怦然心动；后又读到《大慈恩寺三藏法师传》，圣僧西天取经万死不辞的勇气让他震撼。他曾反复临习《圣教序》，字帖中的几句话烙刻心间："乘危远迈，杖策孤征。积雪晨飞，途间失地；惊砂夕起，空外迷天。万里山川，拨烟霞而进影；百重寒暑，蹑霜雨而前踪。"一个心愿暗暗许下：将来一定要追寻圣僧的踪迹。

昔日无锡国专里那个文气的学生娃，如今已经是七进甘肃、十赴新疆，成了与西部牧民打成一片的豪爽汉子。住的是毡包，喝的是烈酒和羊奶，吃的是手抓饭和牛羊肉，他自豪地把自己封为"高山族"，一回到北京，就会心里痒痒地惦念西部的朋友和风景。

但伴随旅途的，可并不全是朋友、美食和风景，还有风沙、饥渴、沟壑。2005年9月27日，当所有人劝说突患重感冒、81岁高龄的冯老放弃前往"死亡之海"罗布泊时，冯老自己却下定决心：我必须要去，这次不去以后恐怕就没有机会了。"玄奘西行17年，难道这期间不生病？我如果碰到一点点病就取消多年酝酿的计划，岂不太草率了。"

奇迹出现了，在背着一大包药进入罗布泊的第三天，冯老的感冒全好了。冯老分析这是因为"沙漠荒无人烟，没有细菌，对身体有好处"，冯老和考察队的年轻人一样，每人每天4瓶水，不能洗脸、刷牙，连喝水也不能敞开喝；根本没有路，有个叫"十八公里"的路段，汽车竟然开了5个小时，把人颠簸得像摇元宵；沙漠里面昼夜温差大，冯老一身羽绒服从不脱下，晚上和衣而睡，宿营7个晚上……即便如此艰苦，冯老的3个相机从不让别人背，为的是随时抓拍。可为什么要带3个相机呢？冯老讲了三个原因：一是防止哪个相机突然出故障；二是相机多，保留的图像资料就多；三是各个相机性能不一样，拍出来的效果也不一样。

因路途艰险，未知数太多，那次的行走方案最初计划是走出罗布泊就撤回库尔勒，再回乌鲁木齐。冯老对此坚决反对："我们是重走玄奘路，玄奘回库尔勒了吗？我们不能这样走得不伦不类。"由于冯老的坚持，探险队临时调整方案，从罗布泊往北，途经楼兰、龙城、白龙堆、三陇沙、敦煌……行程多出了四五天。冯老要用更多的跋涉，去丈量脚下那片荒凉而壮美的土地。

他难道不知道凶险么？但知道了又能怎样呢？曾在探险路上数次撞见鬼门关的他早就释然了："走哪里就埋哪里吧。"去新疆考察时，冯老曾于夜间被困艾丁湖，汽车出故障，险些翻进大深沟，最后是借助部队的帮忙才走了出去；去河北涞水张坊镇沈家庵村寻访"曹家大坟"时，山路突然塌方，汽车前轮悬空，就要翻下山崖时被一块大石头卡住，老乡紧急施救，才把人救了下来……

在冯老看来，真正的学者永远是一个跋涉者、求索者，正像杜甫诗中所说："大哉乾坤内，吾道长悠悠。"

乾坤之内，吾道之上，冯老跋涉急流险滩，攀登奇山峻峰，穿越草原沙漠，探访旧城古道，其中三次走上帕米尔高原，两次跨越塔克拉玛干沙漠，1998年，74岁的冯老在海拔4700米的明铁盖达坂山口，重新发现并确认了玄奘回归的古道。西域那片谜一般的土地，叫他难舍难离、归来往复。

其中最勾人心魄的谜，是那里古老而神奇的文明。西部出土文物的丰富超出人们的想象。就拿吐鲁番出土的文书来说，一座坟墓里一次就出土了600来件，而这样的坟墓有上千座。因为当地古代有个风俗，人死了以后要用写过字的废纸糊成纸床、纸帐等陪葬。那些文书，有账目、地契、交易契约、借据等等，同现实生活联系密切。上千座古墓，该是一座多么浩大的地下文物博物馆！

冯老认为："敦煌文物的发现，诞生了一门世界性的显学：敦煌学；而西域文物的先后大量发现，也诞生了一门新的显学：西域学。"

中国人民大学国学院在2005年成立之初，冯老作为首任院长，就将"西域学"作为新专题纳入教学。他很赞赏北大教授张岱年为"国学"所下的定义："中国人的学问。"西域学作为带有地域特征和民族特色，并不断和中原文化、汉族文化融合的学问，自然应该纳入其中。冯老说："并不是今天才把它归入国学，本来就是如此。比如，在鲁迅眼里，对西部的研究就属于国学的范畴。"鲁迅非常欣赏王国维为《流沙坠简》一书所作的一篇长文，王国维在长文中为西部出土的文献笺释文字原委，被鲁迅推崇为当之无愧的"真正的国学大师"。

国学无疑是最庞大最丰富的一门学科，可我们不应该因为它的庞大、丰富而否认对它的认同。针对某些人拿"西方没有国学"来类推"中国也不应该有国学"的言论，冯老认为这很不合理："为什么别的国家没有的，我们就不能有呢？为什么要用外国人的标准来衡量自己呢？"

在百花齐放的国学大观园中，"西域学"就藏在花径深处那道门的背后。2008年"十一"黄金周，"冯其庸、丁和寻访玄奘取经之路影纪展"的举办好比为那道门贴上一张海报，让观展者有了"推开门、走进去"的冲动。

丁和是冯老那次罗布泊之行的同路人，此后又在冯老的指点下数次前往新疆。他是一名专业摄影师，对光影的熟练运用，使镜头之下的西域有一种让人惊叹的唯美。"唯美固然好，但'耐人寻味'更叫人心有所动，冯老的照片太耐人寻味了！"丁和坦言，他被冯老的相片震到了。作为考据型学者和文人型探险家的集合体，冯老用快门所定格的不单是胜景奇观，还有那巧妙的文人情怀。

让我们来品评一下冯老的两幅作品吧。一是河西走廊的古长城。萋萋荒草自蓝天下古长城蔓延至近前，残雪点点，唯在一处聚集起来，形似一方小水洼，一匹瘦马"水"边啃草。冯老给该照片起名"饮马长城窟"。另一幅是"汉景帝阳陵"。阳陵同样被置成背景，画面的主角是近前的一秆玉米，几片玉米叶子迎风飘摇，底下还散落着玉米残枝，让人顿生旧时圣地凋敝之后"禾黍离离"的凄凉之情。

"如果你不了解乐府诗（《饮马长城窟行》是汉代乐府古题）和《诗经》（'禾黍离离'从《诗经·黍离》篇开首的'彼黍离离'脱化而来），那么，你也许搞不明白我为什么要这样拍；只有当你了解了，你才能读出其中的深意。"冯老认为："诗词、文学、音乐、绘画、摄影等艺术虽然各自不同，高境界处的灵感却是相通的。摄影中的审美，是随着欣赏水平的不同来选择的。"

绘画和摄影中的美，同需蒙养之功；但不同的是，前者可以臆构，后者却往往取决于机缘。令冯老颇为得意的是他62岁时"百米狂奔"的经历：1986年10月1日，他从库车回乌鲁木齐，日落时汽车停在玄奘渡头开都河畔。云彩极其壮美，而美景将随着夕阳西下转瞬即逝。冯老撒开腿就跑，到岸边抓拍水天辉映的画面。因为河上正在造桥不容近前，一名警察一边喊一边追截。冯老顾不得回应继续跑，终于捕捉到了理想的瞬间，等到警察赶到，天际瞬时转暗。警察听了冯老的解释后，表示可以接着拍，冯老指指天边："现在没法拍了。"

当年曾在开都河畔"百米狂奔"的冯老，在生命的最后10年里疾病缠身，再也无法背起行囊。心在高原，胸有丘壑，对西域那片土地的所有迷恋和惦念，浓得像融进开都河水的那片晚霞。

"红楼"：梦生梦圆

与从小向往西域之行不同，冯其庸对《红楼梦》入迷，是40岁以后的事了。中学时硬着头皮也没能把自认为"婆婆妈妈"的《红楼梦》读下去，直到1969年，因担心红卫兵把藏书抄走，冯其庸决定手抄一部《红楼梦》偷偷保存。这件秘密的工作持续了将近一年，终于赶在1970年下放之前抄录完毕，并题诗一首："《红楼》抄罢雨丝丝，正是春归花落时。千古文章多血泪，伤心最此断肠词。"个人的辛酸经历让他对《红楼梦》生出戚戚之感，在一笔一画的恭录中，终解其中之真味。

研究"红楼"，从此一刻都没有停歇过，数十年间，冯老著述《梦边集》、《漱石集》、《论庚辰本》、《曹雪芹家世新考》、《瓜饭楼重校评批红楼梦》等红学专著 30 余种。2008 年初，又重磅推出了《脂砚斋重评石头记汇校汇评》。抚着这部集数十年心力的厚达 30 册的巨著，冯老欣慰地感叹"了却了此生的遗憾"。

《脂砚斋重评石头记汇校汇评》，在 1987 年《脂砚斋重评石头记汇校》初版的基础上，增加了脂批的校录，同时添入了新发现的卞亦文先生藏本。至此，脂砚斋评本系统的早期抄本增加至 13 种。所谓早期抄本，一般是指乾隆嘉庆时期的抄本。所谓脂批，即"脂砚斋"等人为《石头记》所作的评批。

初版时没有收录脂批是因为想得不周到。冯老说："当时大家思考的重点都在正文，且已有俞平伯等人出书专门收录过脂批，另外考虑到各个版本脂批的位置、内容很不一样，不方便进行排列对校，因此就只做了正文的汇校。直到不断收到读者来信，建议同时收录各个抄本的正文和脂批，为《红楼梦》研究者做一套最完整的工具书，我才下定决心要彻底重做这件事。"

决心好下，真正做起来却异常艰难。因冯老时任中国艺术研究院副院长，行政事务繁忙，所以只能挤出业余时间进行试验，看哪种办法可以一目了然地对正文和脂批同时进行汇校，细致到甚至考虑了怎样编排更能节省纸张。然后，一次次找到印刷厂试印样本，一次次调整完善，这一工作前后做了 10 余年。等到认为可行了，"正式"校编又用去了 4 年多时间。

当今天我们为这样一部巨著的出版而向冯老道贺并致谢之时，他总不忘认真补充："这项工程，是与季稚跃同志一起做的，他的功劳不能埋没。"

《红楼梦》正文固然展示了一个大千世界，但随着对脂批的重视和研究，则可以发现这个虚拟的大千世界暗合着另一个充满人情、纷争和好恶的真实世界。可以这么说，脂批是红学研究中不可或缺的重要资料。

目前，关于"脂砚斋"究竟是谁，讨论仍然没有结果。有人认为是曹雪芹的堂兄弟曹天佑，有人认为是曹頫（他原本是曹雪芹祖父曹寅的侄子，曹寅的儿子曹颙早逝后，曹頫过继给了曹寅。一说曹雪芹是他所生，也有说曹雪芹是曹颙的遗腹子），有人认为是史湘云，还有人认为是曹雪芹本人。

冯老指出，由于文献的不足，目前还不能肯定"脂砚斋"是谁，仅仅靠猜测，他是不会妄下结论的。但他从曹家家学的角度，认为"曹頫说"有疑问。原因是曹頫一向崇尚程朱理学，怎么可能突然狂热地赞赏反理学的《红楼梦》呢，除非有文献记载说曹頫晚年的思想起了什么变化，可现在没有发现这样的文献。近来，红楼梦研究所研究员丁维忠有大胆的推测：实际上，曹雪芹写完了整部《石头记》，之所以现在留世的只有前面80回，是因为后面的被曹頫扣起来了。"这个猜测是值得进一步深思的。"冯老说，"后面写得太'赤裸裸'了，为了避免再次遭祸，为了保全仅剩的家口免受灭顶之灾，曹頫从思想信仰和家庭利益的角度出发，确有可能扣起后面的章回，不让传出去。"但这个猜测一样没有可靠的史料支撑。目前我们仅仅能从"被借阅者迷失"的批语中生出种种遐想。

从对各个版本脂批的对比中还可以发现一个有意思的现象：虽然从年代上说，甲戌本应该早于己卯本和庚辰本；但从脂批上看，己卯本和庚辰本比较完整，而甲戌本却将完整的大段脂批分成好几处，抄录在不同页，有些脂批和正文错位，对不上茬。比如，有段"能解者方有辛酸之泪，哭此成书……"的脂批，在庚辰本中是放在"谁解其中味"的正文旁边的，而在甲戌本中，却被移到了毫不相干的别处。由此，冯老认为，甲戌本的实际抄录时间应该晚于己卯本和庚辰本，那个时候《石头记》已经渐渐走红，不排除有些书商为了生意好做，故意将整段脂批分开抄录，让买书者看到到处是红字的脂批，造成此版本最完整的错觉。当然，尽管如此，甲戌本依然有它的可贵之处。

冯老"研红"主要是做了三件事：一是对曹雪芹家世的研究，二是对《石头记》早期抄本的研究，三是对《红楼梦》思想和艺术的研究。《脂砚斋重评石头记汇校汇评》只是在对现有抄本的文案整理上做到了最完整，是一部供红学研究者方便查阅的工具书。

对于有些人"红学研究已经到头"的说法，冯老觉得不符合事实："或许是你自己研究到头了，可别人还没研究到头呢！整个红学研究更有待深入，怎么可能研究到头呢？"在他看来，研究《红楼梦》不光是研究故事情节，更主要的是《红楼梦》的思想，是埋藏在故事里的隐隐约约的家庭悲剧和社会现实。"她的内涵太深太多了，像一片海洋，看不到尽头、看不到底。"

认真和较真，执着和执拗

时隔一年之后的 2009 年，我前往冯老在北京通州张家湾的居所，探望他们夫妇二人。对一年前在医院的那次长谈，冯老有点迷糊："那次难道不是来家里谈的吗？"他不避讳自己的记忆力出了点问题。据他所言，2007 年 5 月的一天，他洗澡时缺氧，此后记忆力就不大好了。翻开发表过的署名

"冯其庸"的文章，他会觉得新鲜：自己竟然还写过这个！但与此同时，过去总也回忆不起来的一些事情，却又会突然想起来。记忆的砝码好像是被哪个调皮的捣蛋鬼偷偷挪动了一下。

他那会儿正在整理"冯其庸全集"，估算的体量有30多册。早年的一些文章已经佚失，重新搜集起来颇费周折。一个半月前，冯老要找"文革"期间在文汇报上刊载的文章，托我帮忙，我便通过文汇报"笔会"及资料中心，找出当时的版样，复印后寄给冯老。"全集"里的文本有的需要竖排，有的需用繁体，有的带有批注，有的配附图表，细琐之处难以尽述。冯老事必躬亲，追求完美，常常累到腰疼腿麻。

前些天，有位大夫给冯老的腿消了肿，可并没有缓解"麻"的症状，每天要泡半个小时以上的热水，腿脚才会恢复知觉。冯老分析："'文化大革命'期间，我的腿被打折过，估计是年轻时的旧伤发作了。"助手任晓辉劝他多歇一歇，"您不服老是不行的。"

可是，创作的灵感却时不时袭来，冯老伏案写作或绘画，常常会在不知不觉的状态中持续几个小时，等写完画完，才惊觉腰病加重。汶川地震之后，冯老接连几天创作出20多幅书画，直到腰病急性发作才不得不停下。这20多幅书

2012年1月8日，在冯其庸《瓜饭楼丛稿》出版座谈会上与冯老合影。

画，连同以前留下来的，冯老一下子捐出46幅作品，义卖义捐，救援灾区。他嫌自己身体不争气："捐得太少，恨不得越多越好，这样才能够起一些小作用。"

我和冯老交谈的时候，冯老的爱人夏老师坐在一旁，帮冯老处理信件，有些还代为回信。她比冯老小10岁，曾是冯老的学生，冯老是她一生的光环，她是他的贤内助。夏老师埋怨，现在的报纸有很多看不懂的新词语，比如"PK"。我便解释了一番，还告诉她诸如"囧"之类的其他新词。她好奇地听着，随后又苦笑地摇摇头。

不知不觉又聊到日头偏西，我起身告辞。老两口送我到门口。我回头挥别，只见他们站在院内那一树红艳艳的石榴花下，落日的余晖将他俩的影子拉得长长的。

冯老的助手任老师开车送我回城，路上告诉我冯老的两件"犟"事：一是冯老坚持认为他所在的通州张家湾那一带的邮局和银行会因相对偏僻而效率不高甚至"不够保险"，所以，他有什么信件，就让助理带到市区去投寄，并坚持去王府井的银行开户、存取款。二是冯老做事极有计划，当天的事情当天清，如果不得已拖到明天，他会很不舒心，总要念在嘴边。

冯老的认真和较真、执着和执拗，就是这么有趣而真实地交织在一起，显得可敬又可爱。

再见可爱的冯老夫妇时，是 2012 年的 1 月 8 日。历时多年的"全集"以 35 卷 1700 万字的《瓜饭楼丛稿》面世，这天举办了出版座谈会。"瓜饭楼"三字源自冯老的书斋名，用来记忆以瓜代饭的苦难岁月，冯老自命"瓜饭楼主"，书斋内常以南瓜作为陈设。

座谈会上，业界人士对《瓜饭楼丛稿》不吝赞美之词，"眼底风云世界，胸中锦绣文章"，"思想博大精深，内容包罗万象"，"老骥伏枥，皓首穷经"……坐轮椅前来的冯老言辞谦谦："任何一个人做学问，都不能说做得差不多了。"冯老用大白话总结了自己做学问的两个特点：一是"讲真话"，无论是考证还是回忆，都要有凭有据，不说假话，说假话会脸红；二是"爱国、爱人民"，在日本鬼子屠刀下长大，满脑子想的是怎样让国家强大，爱国不论年龄大小，只要身体好，就要尽力量。正是因为冯老的"真"和"爱"，他的《瓜饭楼丛稿》才因此有了沉甸甸的学术分量和热辣辣的文人情怀。

随缘做去，直道行之

——方广锠30多年潜心整理敦煌遗书，为振兴中华文化铺路

书桌上，一个支架把四块电脑屏幕摆放成田字形，气势颇为恢宏。年近古稀、花白头发、戴着厚厚镜片的方广锠，正伸着脖子看着屏幕上不同的工作窗口。"图片、数据库、参考资料，必须对照着看。"

他看了30多年敦煌遗书。敦煌遗书是指在敦煌地区出土的，以莫高窟第17窟所藏遗书为主体的古代遗书。全部约计61000号的汉文敦煌遗书，方广锠已掌握将近59000号，其中亲手检视的原件，按照长度计算，约占藏经洞汉文敦煌遗书的四分之三。像他这般近距离、大规模接触敦煌遗书的，目前在全世界找不出第二个人。

方广锠曾在新疆沙湾县"插队"，记得某个风雪交加的夜晚，他蜷在火炕上读《红楼梦》，读到癞头和尚救宝玉的那一段，癞头和尚临走时说，万事只要随缘做去，自有一定的道理。这句话像闪电一样击中方广锠，他后来在一篇文章中写

道："一个'缘'字，真是说尽了人间一切事物的精华。"

30多年前，他与敦煌遗书结缘，此后，半生相随，苦乐交融。如今，每天对它们的凝视"早已不是初次接触时的新鲜、激动，而成了惜缘"。

上篇：敦煌学，还要再搞一百年

方广锠与敦煌遗书的结缘，是他的博士导师任继愈先生（1916—2009）指引的。

指路人已溘然长逝，铺路人仍奋力前行。

2016年7月11日，任先生的忌日。方广锠来到万安公墓任先生墓碑前，深深鞠躬。他又在博客中写道，"《中国国家图书馆藏敦煌遗书总目录·馆藏目录卷》8册1430万字，3月底已出版。还剩两卷，我努力"，"感恩当年荫庇，自愧今日无能"，"路漫漫其修远分，吾将上下而求索"。

博客中所提到的《中国国家图书馆藏敦煌遗书总目录》分为四卷，已出的两卷是《新旧编号对照卷》和《馆藏目录卷》，正在紧张编纂中的两卷是《分类解说卷》和《索引卷》。这部集30余年心力、约2000万字的总目录是方广锠和他的团队在任先生指导下，对敦煌学研究的重大贡献。

此外，2012年7月，由任继愈先生任主编，方广锠任常务副主编的大型图录《国家图书馆藏敦煌遗书》全部出版，总146册；2013年至2014年，方广锠主编的《傅斯年图书馆藏敦煌遗书》、《务本堂藏敦煌遗书》、《成贤斋藏敦煌遗书》相继出版；2011年到2014年，方广锠与吴芳思共同主编的《英国国家图书馆藏敦煌遗书》出版了4辑40册。

方广锠还要在有生之年铺更长、更长的路：完成《英国国家图书馆藏敦煌遗书》图录（全约100册）及总目录、出版《香港地区藏敦煌遗书》图录，完成世界敦煌遗书的调查与总目录的编纂、建立"敦煌遗书库"、创立"重建中华古籍"数字化平台、建立汉文佛教文献学……

·任继愈先生站得高看得远

研究敦煌学最初并不是方广锠的自主选择，而是导师任继愈先生的安排。

1984年，方广锠找到任继愈先生，表示想报考任先生的博士生，以深入进行已从事6年之久的印度佛教研究。

任先生没有立即表态，过了几天，他把方广锠叫到三里河寓所，开门见山地说："你今年已经36岁，不真正搞通梵文、藏文、英文就去研究印度佛教，充其量只能做个二流学者。我这里只培养一流学者，不培养二流学者。你如果想报考我的博士生，就要改专业，改成佛教文献学。佛教文献学是佛教研究的基础，国家需要这方面人才。你要下决心，从你开始，把中国的佛教文献学建立起来。"

方广锠曾一时转不过弯来，如今回过头来看这段经历，不禁佩服任先生的大智慧。"任先生让我从敦煌学切入佛教文献学，而敦煌学又是陈寅恪所谓'世界学术之新潮流'。先生站得高，看得远，以他的学术洞察力，敏锐地发现佛教文献学的蓬勃生命力及其对当今乃至将来中国佛教研究的重大意义。"

其时，宗教学已走过十年浩劫的寒冬，正在渐渐复苏：由任继愈领衔的《中华大藏经》正在编撰，中国敦煌吐鲁番学会在一年前成立。任先生心里有一盘棋，方广锠是他看好的一员新兵。

任先生给方广锠的任务是清理敦煌遗书，找出未入藏文献。任先生强调"沉潜笃实"，要求方广锠踏踏实实从原始资料着手，对敦煌遗书一号一号地进行研究、整理。其后的几年，方广锠一直泡在大藏经和敦煌遗书中，春去秋来，斗转星移，日复一日地阅读、编目、录文、校勘、研究……脱胎换骨，化蛹为蝶，种种甘苦，不足与外人道。方广锠更愿意引述两位先生的话：任继愈先生曾写过一副对联，上联是"为学须入地狱"；金克木先生在他《谈谈汉译佛教文献》中说，"在佛教文献（学）的大门上，我想还是要写上马克思引用过的，诗人但丁在地狱门上标示的话：'这里必须根绝一切犹豫；这里任何怯懦都无济于事。'"

·国运兴则文运兴

以沉潜的作风和决绝的信念，来自敦煌遗书故国的敦煌学者们重构了世界范围内敦煌学研究格局。以前有人说"敦煌在中国，敦煌学在日本"，现在有人说"敦煌在中国，敦煌学也在中国"。方广锠对此有不同的看法。

他说，就现实而言，目前中国敦煌学固然成果丰硕，某些领域，我们已经领先；但也要看到我们的不足，另一些领域，依然是国外的学者走在前面。敦煌学是世界性的学问，各国学者互相交流、互相促进、共同发展、共同提高，这本来是很正常的局面。敦煌学包括许多不同的学科，各学科发展不平衡也很正常。作为一个中国学者，他虽然不喜欢"敦煌在中国，敦煌学在日本"这样的说法，但他说，在当时，这种说法有它的合理性。他虽赞同"知耻而后勇"的奋起，但不赞同"敦煌在中国，敦煌学也在中国"这种提法中蕴含的狭隘性、非学术性。他说：敦煌在中国，中国学者有责任做得更多一些，做得更好一些，与世界各国学者一起，共同推进敦煌学的发展。还是当年季羡林先生说得好："敦煌在中国，敦煌学在世界。"

回顾敦煌遗书被发现以来的 100 多年历程，方广锠感叹："国运衰则文运衰，国运兴则文运兴。"

1900 年，道士王圆箓发现莫高窟藏经洞后，把洞中的若干经卷送给当时的上司，但并没有得到重视。甘肃学台（教育厅长）、著名学者叶昌炽得到敦煌知县奉上的敦煌遗书与敦煌画，但同时被错误的信息误导，他在日记中写道，藏经洞发现的几百卷经书已经被当地人士瓜分。所以他没有亲自下去看看。相比中国官员的漫不经心，英国的斯坦因一听此事，立刻赶来，骗走大量文物。法国的伯希和更是在藏经洞里翻检了 20 来天。等到伯希和在北京展示这些经卷，这才引起中国学术界的震惊。1909 年，学部（教育部）下令把藏经洞中剩余文物押运北京，但负责押运的官员竟然先把它们送到自己亲戚家中，亲朋好友们竞相盗取……

此后，日本人于 1911 年、沙俄人于 1914 年、斯坦因于 1914 年（第二次）、美国人于 1924 年和 1925 年，纷纷来到敦煌，又搞走大量的敦煌遗书与文物。不少流散在民间的敦煌遗书，包括一些被盗走的敦煌遗书，通过各种途径流到国外。应该说，清末民国时局的动荡、官员的腐败、民众的无知，是敦煌遗书外流、中国敦煌学衰落的重要原因。

当时中国的学人难掩愤懑之情，慨然长叹："敦煌者，吾国学术之伤心史也。"

以刘复、王重民、向达、姜亮夫、胡适为代表的中国学者，克服种种困难，寻访流散的敦煌遗书，陆续出版敦煌学研究的卓越成果。然而在兵荒马乱的年代，做学问终是力不从心，而有着丰厚汉学传统的法国和受汉文化影响至深的日本，则出了一大批优秀的敦煌学著述。

随着1983年中国敦煌吐鲁番学会成立，中国的敦煌学研究得以有序布局和深入展开。在重视民族瑰宝、崇尚学术建树的大环境下，敦煌学者有了组织、队伍、经费、机会，有了归属、尊严、荣耀、目标。此后的30年，是中国敦煌学研究出成果、出人才的30年。仅图录一项，《英藏敦煌文献（汉文非佛经部分）》全15册由四川人民出版社出版，《俄藏敦煌文献》全17册、《法藏敦煌西域文献》全34册由上海古籍出版社出版，《甘肃藏敦煌文献》全6册由甘肃人民出版社出版，《国家图书馆藏敦煌遗书》全146册由北京图书馆出版社出版。此外出版的还有《敦煌文物》、《浙藏敦煌文献》、《中国书店藏敦煌遗书》、《西域文献遗珍》、《傅斯年图书馆藏敦煌遗书》、《旅顺博物馆藏六祖坛经》等单位收藏品，《务本堂藏敦煌遗书》、《成贤斋藏敦煌遗书》等私人收藏品以及启功、石谷风收藏的敦煌遗书残片。《英国国家图书馆藏敦煌遗书》目前正由广西师大出版社陆续出版。

中国在敦煌研究资料整理出版领域走在世界前沿，中国学者将百年之前的敦煌之殇化作内心动力，责无旁贷地承担起整理散落在世界各地的敦煌遗书的使命。

·敦煌遗书的价值怎么评价都不过分

敦煌遗书被学者奉若珍宝。王国维把敦煌遗书和殷墟甲骨、西域木简、大内档案并提，列为"近代中国四大学术发现"；陈寅恪则把敦煌学内涵从中国扩展到世界，提出"敦煌学，今日世界学术之新潮流也"；2000 年，季羡林先生在纪念藏经洞发现一百周年时称，"敦煌学还要再搞一百年"。

方广锠认为，敦煌学和敦煌遗书的地位，是由敦煌的地理位置和历史角色决定的。古敦煌不仅扼守着丝绸之路要冲，成为中原王朝经营西域之基地，也联通着中西方文明。1998 年，方广锠撰文指出：敦煌是古代世界中国文化、印度文化、伊朗文化、西方文化等四大文化以及儒教、佛教、道教、景教、袄教、摩尼教等六大宗教的荟萃之地，这一文化特性反映在敦煌遗书中，决定了敦煌学必然是一门世界性的学问。

敦煌遗书内容除包含上述六大宗教典籍外，还有大量的官牍档册，以及各类私人契约与文书。其蕴含的丰富信息，为这座曾被荒弃的古城找回了记忆，打开了尘封已久的文明宝库。有人主张将敦煌学作为历史学的二级学科。"它不是学科"，方广锠更赞同周一良先生当年提出的"敦煌学是一门学问"，各学科的学者都可利用敦煌遗书和敦煌壁画等考古资料开拓本专业的研究。

历史方面——唐朝开元、天宝年间的均田制在地方落实得怎样？敦煌遗书证明，均田制在遥远的西北边疆没有丝毫走样，由此可见政令畅通和中央政权的权威。安史之乱之后，敦煌成兵家相争之地，政权几经更迭，正史里的这段历史若明若暗，而敦煌遗书却将这一地区的风云变迁梳理得极为细致。

文学方面——发现了一批过去不知道的诗词歌赋，还发现了一种新的文学样式——变文。我们常说中国的文学形态有唐诗、宋词、元曲、明小说，而变文则是明小说的源头，敦煌遗书中大量变文展露真容，推动了敦煌学者对古代文学样式和文化现象的研究。变文有点类似今天的"评弹"或"说书"，它从讲经文演化而来，讲经的僧人念一段经，做一段讲解，来一段偈颂，再讲一段故事，配以图画，边唱边说。说唱的内容最早来自佛经，后来扩展到历史故事，比如讲伍子胥的故事，那就是"伍子胥变"，讲李陵的故事，那就是"李陵变"。有个叫文溆的和尚，就和现在的娱乐明星一样，他出来一讲，万人空巷，连皇帝也曾"幸兴福寺观沙门文溆俗讲"。朝野上下，风靡一时。

戏剧方面——敦煌遗书中发现了中国最早的分角色演出的剧本。

艺术方面——不说让世人震惊的敦煌雕塑、壁画和琵琶谱，就是现在观众熟悉的《千手观音》和《丝路花雨》，其艺术灵感都来自敦煌。

佛学方面——敦煌遗书中90%以上均是佛教文献，佛学方面的研究成果自是层出不穷。《大正藏》把历代大藏经已收的典籍全部收进去了，《卍字续藏》把历代大藏经没有收过、但一直流传于僧人之中的关于佛教的释经、释律、释论、著述、史传等收进去了。以前，拥有这两本书，研究佛教的基本资料就齐全了。现在，敦煌遗书打开了新天地，里头包含的大量佛经著作是上述两部丛书里没有的。有一些是闻所未闻的，还有一些按照传统入藏的标准，应该编入大藏经，但当时编大藏经的人只闻其名，不见其踪，如今却随着藏经洞的意外发现而重见天日。

敦煌遗书中还发现了大量疑伪经。什么是经？按照佛教的概念，只有佛金口所说，或者说佛认可了，那才算是经。如果不是佛，而是其他人所说，挂一个经的名头，那就是伪经。疑经，则是不确定到底是不是经。为正本清源，疑伪经一律不得流传，用佛教的语言来说，就是"宜秘寝以救世"，这也就是大量疑伪经被集中于莫高窟藏经洞，之后封洞废弃的重要原因。但被秘寝、被废弃的疑伪经，对今天的学者来说，则是研究当时社会情况的重要资料。比如伪经，当时为什么要造？在什么背景下造的？想达到什么目的？效果如何？

有意思的是，有些被造出来的伪经，其中宣传的东西后来却影响巨大。如印度佛教可以吃肉，但必须是"三净肉"，即：眼不见杀，耳不闻杀，心不疑为己而杀。印度佛教传入中国以后，早期的和尚们可以吃"三净肉"。后来，大乘流传，讲普度众生，讲慈悲。潜心修持的梁武帝开始提倡不吃肉。他开了一个会，把和尚的头面人物都叫来，一个个问，你吃肉吗？你吃肉吗？有的说不吃，有的说吃，梁武帝带头不吃。后来出现一部伪经，叫《大方广华严十恶品经》，专讲吃肉有什么罪过，不吃肉怎么怎么好。虽是伪经，却反映了汉传佛教素食传统的形成史。

方广锠说，敦煌遗书还为我们展现了当时活生生的寺庙活动。比如怎么受戒，法会怎么安排人员，寺庙之间如何借贷，僧俗之间有哪些往来，和尚们怎样布萨。布萨是指半月诵戒，僧人集合在一起，做自我检讨，反省这半个月中有无违反戒律。在敦煌遗书的某份"布萨记录"中，不少僧人一一坦白：自己踩死了蚂蚁、抓了鸟鼠、偷了食物，甚至犯了淫戒。

....

敦煌学在历史、文学、语言、文字、社会、法律、宗教、音韵、医药、音乐、美术、舞蹈、书法、绘画以及民族史、边疆史等方面的众多研究成果无法一一尽述。这些破碎泛黄的敦煌遗书，用它最忠实的记载，带你穿越历史迷雾，看这座古城的几多风情、几度兴衰。"敦煌遗书对研究中国中古历史与中外文化交流史的价值之大，怎么评价也不过分。"方广锠说。

·皓首穷经　沙里淘金

结缘敦煌遗书的方广锠，在对敦煌遗书的千万次凝视中，灵光闪现。

他提出了"文化汇流说"：佛教在古代印度起源，然后传遍南亚、东亚、中亚、东南亚等整个古代东方世界。这一点，没有争议。但是，宗教的传播，其实质是文化的传播，而文化的传播从来都是双向的。佛教作为一种历史文化形态，其发展过程并非印度文化的自我演化，而是包括中国文化、西亚文化等广大亚洲文化共同汇流的结果。这种汇流不仅表现为印度的佛教文化进入中土进行融会，也表现为中国本土文化流入印度，影响印度的佛教文化，再以佛教文化的形式回流到中国，从这个意义上来说，"中国是佛教的第二故乡"。如佛经中"天人感应"、"神祇伺察"等内容，起源于中国文化；再如收入大藏经的《药师经》，最早产生在中国，后来传入西域、传入印度，是中国文化与西域、印度的佛教文化相结合的典型事例。只是它后来"出口转内销"，又被翻译成了汉文。

他发现：依据敦煌遗书，南北朝佛教呈现"有学无派"的态势，学术界所谓南北朝中国佛教流行的"学派"，现在需要重新考察。他指出：从敦煌遗书看，隋唐中国佛教八宗，加上三阶教与藏传佛教都传入敦煌，但敦煌地区的佛教寺院却没有特定的宗派倾向。这对于我们研究隋唐佛教提供了全新的思路。

他预言，敦煌遗书将孕育一门新的学问：写本学。在汉代造纸术发明之后、宋代刻本书籍取代写本之前，手写的纸本典籍即"写本"流通了约 1100 年。其中从东晋到五代的 700 年间，是写本的盛行期。遗憾的是，敦煌藏经洞发现之前，中国传世的宋以前的写本极为罕见，大多深锁于宫掖，少数秘藏于私家。即使是中国一流文人，也难睹写本真容，自然缺乏必要的写本知识，以致后人论古籍，言必称"版本"。而写本学不兴，起码使中国 700 年文化的依托难明。敦煌遗书则为今日学人打开了一间写本的密室。写本因其流变性，极易产生异本，敦煌遗书中的《金刚经赞》、《般若心经注》就是极好的佐证。写本如何嬗演的问题，异本的对照问题，书写规范的问题，装裱装帧问题，写本对刻本的影响问题，特别是因写本而产生的学术传承与流变问题……许多课题有待进行。

对于在整理敦煌遗书过程中看到的这些灵光，方广锠不敢痴迷。他记得恩师任继愈先生的告诫："你的兴趣比较广泛，但人的精力是有限的，要把精力放在专业上，不要东搞一点西搞一点。你要想好，敲锣卖糖，你的铺子到底是卖什么的？"

方广锠明白，致力于敦煌遗书的编目工作，呈现敦煌遗书全貌，给全世界敦煌学家提供最完整、最权威、最便捷的工具书，这是任先生对他的期待，也是他此生的最大心愿。

他说：我之所以能够提出这些新观点，是因为我看到了敦煌遗书等大量新资料。换一个人，如果也能够看到这些新资料，想必也会提出类似的观点。我的学养有限，后人的学养肯定会超过我，他们如果提出新观点，也会比我论证得更翔实。但是，能否看到敦煌遗书，这要靠机缘。我的机缘比较好，后人是否能有像我这样好的机缘，就很难讲了。所以，与其把时间放在开拓自己的新观点上，我更应该把时间放在资料的搜集与整理上。任先生说：中华文化振兴的高潮必将到来，我们现在的任务是为高潮的到来做准备工作，那就是做好资料的收集、整理工作，所谓"兵马未动，粮草先行"。他还说：我们的工作好比是修高速公路。我们把公路修好了，后人就可以在上面开快车。我就是按照任先生描绘的这一蓝图，老老实实做一个铺路工。我们把资料收集、整理好了，后代就能利用这些资料去深入研究，出成果，甚至出大家。

收集整理资料，这就必须要坐得住冷板凳。一般的研究者，面对浩瀚的敦煌遗书，仅寻找、取用自己感兴趣的内容即可。但编目的人，却要把每一号都仔仔细细看完，从文物、文献、文字三个方面做详尽著录。有时候一连几个小时泡在小残片中，或者总是遇到《金刚》、《法华》、《大般若》等常见文献，方广锠也会感到索然沉闷，但他仍旧要睁大眼睛，不放过任何一点可供研究的信息。方广锠用"沙里淘金"来形容自己的工作，沙子多、金子少的情况是正常的，但为了不放过金子，需要认真地把沙子一粒一粒数完。"这事总得有人做，别人不做，那我来做。"

当世界各国的敦煌学者纷纷对方广锠的阶段成果大加赞赏时，当有些人用"敦煌学研究的里程碑"来评价他的工作时，他依然埋在他的故纸堆里。"别人怎么评价，我根本不考虑。我做的是'铺路'的工作，我想尽我的能力把路铺得好一点。"

日复一日沙里淘金的方广锠，也是上海师范大学挑出来的"金子"。2004年5月，校方为吸引时在中国社科院宗教所担任佛教室主任的方广锠来校工作，专门为其量身订制了"硬调动，软使用"的方案。"硬调动"是学校对方广锠的要求，人事关系必须过来、户口也必须过来，让他成为上师大的人。"软使用"是方广锠对学校的要求，这又包括三个条件：一、提供科研经费，这既是上师大的橄榄枝，也是方广锠考虑调往上海的先决条件；二、集中授课，每个学期将应承担的全部硕士、博士课程集中在一个月内全部讲完，其他时间则可潜心编目；三、不担任任何行政职务。方广锠本来以为上师大会斟酌一番，没想到校方竟一口答应，理由是

"方广锠是研究型教授，研究需要相对完整的时间、安静的环境，而且研究从来都不是急功近利的。重视研究、崇尚学术的上师大有责任为方广锠这样的研究型教授提供更好的平台"。

对方广锠而言，这是对学术梦想的助推；对上师大而言，这是对办学理念的践行。他们已经双赢，他们还将继续收获。

下篇：敦煌遗书，逸散之后再"团圆"

让因为历史原因逸散各国的敦煌遗书在"敦煌遗书库"中"团圆"，这既是民族情感，同时也超越了民族情感，志在为全世界敦煌学研究者挖掘敦煌遗书这座富矿提供网上高端平台。

"一开始，我并没有这样的'野心'。"方广锠笑称，"我只是一步一步做下来，后来发现有这个可能，那就去做。还是那句话，'随缘做去，直道行之'。"

约计61000号汉文敦煌遗书，如今分藏于中、英、法、日、俄等国的数十个机构和无数个私家。单是寻访踪迹已是不易，如遇到秘不示人的藏家，更是难上加难。愣是在种种艰难中，方广锠掌握了其中的59000号，像沉沉夜帷中的旅人，看到了天边的曙光。

·中国收藏敦煌遗书量多质高

世界公私收藏汉文敦煌遗书的总数大约在61000号左右，绝大部分残缺不全。方广锠提供给我一张表格，这是他30多年调查的最新结果。

世界汉文敦煌遗书分布简况：

收藏地	编号数量	总长度	总面积	总字数	占敦煌遗书总数的百分比
中国国图	16,579号	约34,613米	约9,080平方米	约3,824万字	约40%
英国国图	约14,000号	约24,021米	约6,233平方米	约2,398万字	约28%
法国	约4,400号	待统计	待统计	待统计	约10%
俄国	约19,000号	待统计	待统计	待统计	约4%
中国散藏	约4,000号	待统计	待统计	待统计	约9%
日本散藏	约3,000号	待统计	待统计	待统计	约8%
其他散藏	数百号	待统计	待统计	待统计	约不足1%
总计	约61000号	约87000米	约22700平方米	约1亿字	100%

说明：

1.中国国家图书馆、英国国家图书馆藏敦煌遗书的长度、面积、字数等统计数据为现场依据原卷逐纸测量以后计算所得。其他收藏单位的相关数据均为依据图录、调查所得的估计数，仅供参考。

2.因每号敦煌遗书残卷长短不一，故本文所谓"占敦煌遗书总数的百分比"，系按照长度或面积计算，并非按照各收藏单位的收藏编号计算。

也就是说，按照实际长度或实际面积计算，中国国家图书馆收藏的汉文敦煌遗书约占全部汉文敦煌遗书的40%，依然保留在中国国内（含港澳台）的汉文敦煌遗书约占全部汉文敦煌遗书的二分之一。

长期以来，学界有一种说法，认为中国的敦煌遗书虽然数量多，但质量不高，精华已经让外国探险家挑走了。当年陈寅恪先生曾经批驳过这一说法，方广锠赞同陈寅恪先生的观点。他说，佛教及与佛教相关的遗书占据藏经洞敦煌遗书的90%以上。最早大批得到敦煌遗书的是英国的斯坦因。斯坦因不懂中文，他的中国助手蒋师爷不懂佛教，这制约了他们挑选的水平。他们挑选了一些自以为比较好的遗书，其他基本是王道士整包、整捆地给他。其次是伯希和，他是一个汉学家，进入藏经洞后，可以任意挑选，但他不懂佛教，这也制约了他的挑选水平，他的注意力主要集中在传统的经、史、子、集四部书，带有题记的或品相较好的佛教遗书，以及各种佛教经录等。1910年，敦煌遗书启运北京。有关人员监守自盗，但因为他们对佛教也不熟悉，很多非常有价值的佛教文献逃过此劫。值得庆幸的是，新中国成立后，当年被这些人盗走的敦煌遗书大部分又重新回到了中国国家图书馆（原北京图书馆）或国内其他图书馆、博物馆。

就中国国家图书馆而言，"敦煌遗书不但在实际数量上占据世界第一位，而且在质量上也足以与世界上任何一个敦煌遗书收藏机构相媲美。"方广锠说，"当然，不同的研究者，研究的侧重点不同，对不同收藏机构所藏敦煌遗书的价值观感也会不同。比如研究文学与历史的，会觉得英国、法国的资料在数量上要超过中国国家图书馆；而研究佛教的，必然会把注意力放到国图。其实，就经、史、子、集四部书而言，中国的收藏量也相当可观。仅就经部而言，国图的收藏量就超过英国。"

·为何要依据原件编目

敦煌学虽然取得了巨大成就，却遭遇到了发展瓶颈。方广锠认为主要原因在于：

第一，敦煌遗书散藏在世界各地，一般人很难见到。

第二，敦煌遗书总目录至今尚未完成。

这样，很多研究者在从事课题研究时，很难知道敦煌遗书中是否有自己所需要的资料，也不知道应该到哪里去寻找这些资料，不得不留下遗憾。

近20年来，各收藏单位馆藏敦煌遗书的图录相继出版，不少敦煌遗书已扫描上网，直观的图版固然可以让研究者更加接近敦煌遗书的原貌，但图版毕竟无法替代原件，无法完全反映敦煌遗书的全部信息。

方广锠在敦煌学界首次提出，敦煌遗书具有文物、文献、文字三个方面的研究价值。文物价值以敦煌遗书的年代为主要依据，并考察其制作方式、品相、纸张（或其他载体）特点、保存数量、装帧、装潢、书写主体、题记、印章、现代装裱、收藏题跋印章、附加物，予以综合评价。文献价值以敦煌遗书抄录的文献研究价值为主要依据，主要考察主题文献、非主题文献及对文献的二次加工。文字价值指敦煌遗书的书法与文字学研究价值，包括汉文、古藏文及其他古文字，兼及硬笔与软笔等书写工具，篆书、隶书、楷书、行书、草书等汉字书体，古今字、武周新字、异体字、俗体字、笔画增减字等字形。图录可以大体反映敦煌遗书的文献、文字价值，却难以完整体现它的文物价值。此外，各类图版均按照馆藏流水目录编排，如想研究某一种文献，需要逐一检索全部图版，非常不便。

"社会科学研究需要资料，而资料必须加工。"方广锠认为，"资料的使用价值与它的加工程度成正比。"为了让这批敦煌遗书更好地显示出自己的价值，供敦煌学界的研究者更好地使用，这就需要高水平的目录，即从文物、文献、文字三个方面对敦煌遗书进行全面著录，将其中可以被人们研究的信息全部提取、集中起来，加以适当的编排，以供研究者使用。所以，图版虽然为编纂目录提供了便利，但高水平的目录无法仅依据图录，必须依据原件编纂。敦煌遗书的原件逸散世界各地，编目难度之大，一般人难以想象。

摆在方广锠面前的有两条路：知难而退或迎难而上，方广锠选择第二条。

·国图敦煌遗书编目已历时 30 多载

1984 年，当任继愈先生把清理敦煌遗书、找出未入藏文献的任务交给方广锠时，方广锠原本以为并不难。但真正动手才知道，没有一个完整、翔实、编排科学的目录，这对研究者从事课题研究是多么不便。那么，能不能自己编一个敦煌遗书目录呢？

这个想法得到任先生的大力支持。方广锠回忆："先生当即决定，由我招聘一名助手，工资由他设法解决。20 世纪 80 年代中期，一个文科博士研究生有自己的专用助手，大概是绝无仅有的。接着，任先生又向季羡林先生、宁可先生打招呼，在中国敦煌吐鲁番学会为敦煌目录立项，给予 1 万元课题经费。我请人把黄永武的《敦煌最新目录》输入计算机，编撰成敦煌学界第一个计算机版敦煌遗书目录索引。因为当时计算机只有国标一级字库，不少汉字只能用符号替代。所以，索引完成后一直没有公布，只供我个人使用。所有这一切，为我的敦煌遗书研究工作提供了极大的方便。而这一切，没有任先生创造的条件，是不可想象的。"

最初的编目依据台湾出版的《敦煌宝藏》进行。该图录利用微缩胶卷公布了国图收录的敦煌遗书。国图拍摄微缩胶卷时，所藏敦煌遗书未及修复，有的首尾残破，皱折叠压，有的墨痕深浅不一，难以辨认，有的背面还有内容，拍摄时遗漏了。为了真切把握遗书信息，方广锠向国图提出合作编目的设想，但没有得到积极回应。部分原因在于图书馆界有一句行话："翻一翻，六十年"，意思是古籍的纸张容易损坏，翻一翻就可能"折寿"60年。管理和使用，这在图书馆始终是一对矛盾。具体到敦煌遗书，它们原本就是一批古代废弃的残卷，不少遗书残破状态非常严重，不加修复，不可能提供阅览，自然也无法编目。所以当时国图不对外开放敦煌遗书，想要看到它们的真容成了一个难题。

不曾想，几年之后，事情竟有了转机：1987年，任继愈先生被任命为国图馆长，1989年，方广锠从社科院亚太所历史宗教室副主任调任国图善本部副主任。1990年底，在冀淑英等老专家的支持下，国图敦煌遗书的修复逐步开展起来。于是，敦煌遗书编目工程也同时启动。

方广锠终于盼来了和敦煌遗书近在咫尺的凝视。它的容颜、它的肌理、它的气质，穿越千年却生动依然，令人百看不厌。方广锠在《面对敦煌遗书时的感觉》一文中写道："真是心神俱醉，这种享受，人间难得。"

国图管理制度非常严格。敦煌遗书原由善本部典藏组管理，编目组每次提取遗书，典藏组要逐号检查、登记。善本部规定，当天提取的古籍，当天必须归库。归库时需要再次逐号检查、注销登记。这样，每天仅办理出库、进库的手续就要耗费很多时间。为了提高编目效率，善本部经过研究，将敦煌遗书特藏库交给编目组管理。此后每次进出库，典藏组只负责登记件数，不详细记录内容，每次起码可节省半个多小时。这样，编目效率虽然提高了，肩上的责任却大大加重。方广锠说："我当时向编目组同仁说：如果在编目过程中，敦煌遗书出现丢失、损坏等情况，我们不但没有任何功劳，反过来只有罪过。"所以，当时除了对编目组成员进一步加强责任意识、善本意识的教育，严格各种规章制度之外，还要挑选一个能够切实对敦煌遗书安全负起责任的人员。方广锠说："有一次，某个卷子因为归错架位，一时找不到。编目组里一位同志顿时脸涨得通红，额头冒汗。我一看，好！今后就让她负责遗书的管理。"从此，敦煌遗书特藏库的管理就由这位同志负责。后来，国图馆舍大修，敦煌遗书全部搬到其他地方保存。国图乘搬库的机会对敦煌遗书做了一次全面的清点。清点的结果是，从1990年起依据原卷开始编目，直到2012年底基本数据著录工作与核对原卷工作完成，跨度23年。23年间，馆藏敦煌遗书没出半点纰漏。

从1984年至今，方广锠对国图敦煌遗书整理、编目已历时三十二载。目前，146册图录已全部出版，四卷《总目录》已出版两卷，曙光在前。

在新编的国图敦煌遗书总目录中，方广锠团队对馆藏16000多号遗书的每一张纸、每一行字都做到有所记录，有所交代。任先生曾反复强调："我们做的是工具书，不做则罢，要做就做到最好，不要让后人再做第二遍。一定要详尽、扎实、正确，不但要让使用者信得过，而且要让大家用得方便。"

"我拿先生的话来要求自己，既然有这样的机缘，那就尽全力做到更好。我不能保证完全不出错误，但努力争取少出错误，出小错误。这也是编目长达32年，至今还没有全部完成的原因之一。"方广锠说。

除了国图的敦煌遗书外，这些年来，方广锠还利用各种机会，对北京、湖北、山东、上海、山西、重庆、湖南、广东、天津、贵州、江苏、浙江、安徽、甘肃等省市以及台湾、香港等诸多公私收藏的敦煌遗书进行调查。其中有些成果已经出版，有些计划出版。

·异国他乡的寻访

斯坦因不懂中文，他的中国助手蒋师爷曾为斯坦因所得的敦煌遗书做过整理，现在英国不少敦煌遗书上都可以看到蒋师爷写的编号及简单的著录。但至今没有发现蒋师爷编写的草目，不知道当初是否有过那样一个草目。

根据史料记载，由于英国缺乏专业编目人员，20世纪20年代，英国曾经向法国的伯希和求助，希望能够由伯希和承担这批英国敦煌遗书的编目。伯希和答应了，于是英国把一批敦煌遗书寄到法国。伯希和收到这些敦煌遗书后，开了收条。方广锠说，他在英国时，亲眼看到过当年伯希和写的收条。但伯希和最后未能帮助英国编目，因为他连法国敦煌遗书的编目都做不过来。那么，这批邮寄的遗书都还给英国了吗？今天的英国国家图书馆工作人员回答得含含糊糊："应该都还回来了吧。"但方广锠却发现法国图书馆有两件敦煌遗书盖着大英博物馆的收藏章。真是一笔糊涂账。

英藏敦煌遗书的系统整理始自 20 世纪 30 年代，由汉学家翟林奈主持，1956 年由大英博物馆出版，收入英国敦煌遗书写本 6980 号，刻本 20 余号。还有约 7000 号遗书残片未能纳入。

讲起翟林奈，就要讲到他对中国向达先生的刁难。20 世纪 30 年代，中国著名学者向达先生到伦敦寻访敦煌遗书。学术本是天下的公器，更不要说敦煌遗书本来就是中国的。所以，翟林奈没有任何理由不让向达先生看。但是，不知出于什么心态，翟林奈为向达先生设置了种种障碍。据说，当年翟林奈找出各种理由来推脱，诸如今天有事来不了，明天忘了带钥匙，后天管库房的人找不到等等。向达先生经费有限，不可能在英国长期滞留，最后只看到少量写卷，怏怏而归。从大英博物馆的规章制度讲，不应该出现这种事情。可制度是由人去执行的，不同的人，执行的结果完全不同。

与向达相比，方广锠则幸运得多。

由于英国还有将近 7000 号残片无人编目，1991 年，英方邀请方广锠前往编目。其后，方广锠又先后 5 次赴英，完成了上述 7000 号残片的编目。在异乡编目的方广锠得到了英国国家图书馆中国组负责人吴芳思（Frances Wood）博士等人的大力支持，编目得以顺利进行。方广锠也按照惯例，把阶段性成果《英国国家图书馆藏敦煌遗书目录（斯 6981 号—斯 8400 号）》赠送该馆，表示感谢。

在 7000 号残片的编目即将完成之时，国内敦煌遗书图录的出版形势一片大好，世界中、英、法、俄四大敦煌遗书收藏单位中，三大单位的敦煌遗书已经或即将全部出版，唯有英国敦煌遗书还深藏闺中。为此，方广锠决心为出版英国敦煌遗书的全部图录而努力。在得到上海师范大学、广西师范大学出版社的支持之后，英国图书馆同意了方广锠这一要求，决定以上海师范大学、英国国家图书馆合作编著的名义，在中国出版英国所藏全部汉文敦煌遗书。

由于翟林奈的目录比较简单，且错误不少，也不符合从文物、文献、文字全面著录的要求，方广锠决定按照自己的著录体例，将翟林奈已经编目的敦煌遗书，重新予以编目。为此，2009 年，他第 7 次赴英，这次带领一个 7 人团队，在英国工作了半年，终于完成了预定的任务。

方广锠的编目工作虽然得到英国吴芳思博士等人的大力支持，但也并非完全一帆风顺，其间也曾遇到种种困难。比如，2009 年，英国图书馆亚非部新任主任魏泓（Susan Whitfield）向方广锠勒索编目资料，遭到拒绝后，竟下令阅览室禁止为方广锠团队提供敦煌遗书原件，使编目工作被迫停顿。对此，方广锠向英国图书馆馆长致信抗议："馆长阁下，你想必清楚，贵馆所藏敦煌遗书是当年斯坦因在中国积贫积弱、有关人员愚昧无知的情况下，用极其不光彩的欺骗手段搞到的。此事极大地伤害了中国人民的感情与权益。"信中还指出："作为一个公共图书馆，它的基本理念是开放资料、服务读者。英国国家图书馆想必也是如此。魏泓的行为，违背了这一基本理念，让在世界上享有盛誉的英国图书馆蒙羞，也在世界敦煌学历史上留下不光彩的一页。"

在英国图书馆一批主持正义人士的支持下，英国图书馆馆长调查了事情的真相，当面向方广锠表示道歉，其后还写了一封书面的道歉信，并对方广锠的编目工作表示支持。

方广锠说："我与英国交往二十来年，合作是主流，得到帮助是主流。特别是吴芳思博士对中国学者的无私支持，我永远难以忘怀。2009 年受到的刁难，那只是魏泓的个人行为。在英国图书馆中主持正义人们的支持与帮助下，魏泓最终没有得逞。这也说明翟林奈的时代、斯坦因的时代已经过去了。"

不仅为英国图书馆编目，方广锠还先后到法国、苏联、日本、印度、美国寻访敦煌遗书。

法国的敦煌遗书存放在法国国家图书馆，阅览者须买卡阅览。按照馆方规定，每人每天只能提阅 3 件。方广锠与馆方交涉后，对方给予方便，改为每次提阅 3 件，看后交回，再取 3 件，次数不限。由于经费有限，在法国停留的时间比较短，所以他只看了若干特别感兴趣的卷子。不过，法国图书馆表示，将来可以接待方广锠及其团队到法国为敦煌遗书重新编目。

在苏联，方广锠受到敦煌学家孟列夫与丘古耶夫斯基的热情接待，对方也提供了各种方便，无奈方广锠只能停留两周，一周考察敦煌遗书，一周考察黑水城遗书。"我拼命地抄啊。"这是方广锠对那段时间的最深刻印象。俄罗斯的 19000 号遗书，孟列夫已为其中 3000 余号编目，其余尚未编目。

那么，方广锠什么时候能成行呢？他说：由于法国、俄国敦煌遗书的图录已经出版，所以，他已经依据图录完成了草目。只要经费能够落实，对方能够接待，随时可以前往核对原件。实在不行，只能根据图录来定稿。虽然无法著录敦煌遗书的文物信息，但有一个完整目录总比没有好。

日本的敦煌遗书收藏得极为分散，情况各不相同。有的单位比较开放，任何人均可阅览。有的单位托人联系以后，可以看到。有的单位虽然可以阅览，但有种种限制，如每周只能去一次，每次只能看一小时，阅览总量控制在 10 号左右等等。还有的单位，无论托谁联系，收藏方都不答应提供阅览。此外，有些私人收藏机构需要收费。如方广锠在某单位仅看两个卷子，就收费 8000 日元，还是 8 折优惠的。对日本的收藏，方广锠的办法是区别情况，逐一攻关。1994 以来，方广锠已经 12 次前往日本，凡有可能，尽量查访，一个单位、一个单位地打攻坚战。在这个过程中，很多日本朋友给予极大的方便，包括提供访学机会、联系收藏单位、陪同调查等等。方广锠说：没有这些日方朋友的帮助，我不可能看到这么多日本的收藏品。当然，日本收藏的数量较多，至今方广锠能够看到的还只是其中的一部分。方广锠说：余下的部分，我会努力，但最终能否看得到，也只能看缘分了。

斯坦因所得敦煌文物，现在有部分保存在印度新德里博物馆，其中包括若干敦煌遗书。为此方广锠特意到印度去了一趟。遗憾的是馆方不完全开放阅览，除了让方广锠参观陈列室中供一般来访者参观的陈列品外，仅打开了陈列室中原来封闭的一批藏品，算是特别优待。

在美国朋友的帮助下，方广锠于 2014 年去美国寻访敦煌遗书，调查了普林斯顿大学、耶鲁大学、哈佛大学、华盛顿等地收藏的敦煌文物及佛教古籍。原计划还要去芝加哥等其他几个城市继续调查，恰逢芝加哥机场航空控制中心遭人为纵火，大批航班取消，不得不中止调查，直接从华盛顿回国。

·建设"敦煌遗书库"共享平台

在进行编目的过程中，方广锠意识到，按树状结构组织的书册式目录属于平面架构，最多只能实现若干个知识点的沟通，无法反映海量知识点深层的网状联系。且随着敦煌研究的不断深入，人们对敦煌遗书的认识不断深入，新的知识点及新的关联也不断被发现，书册式目录只能表现某一时间点的静态成果，无法跟踪与反映敦煌学日新月异的变化。他提出：资料使用价值的体现与它所处平台的水平成正比。为此，方广锠提出"敦煌遗书库"这一设想。

"敦煌遗书库"分两期实施。

第一期工程的基本思路是：从文物、文献、文字等三个方面，逐一采集每号敦煌遗书的各种基本信息，输入该数据库。该库具备按照不同的预设条件对敦煌遗书进行检索、分类、输出等功能。该第一期工程命名为"敦煌遗书数据库"，2012 年被列为国家社科基金重大项目，2014 年结项。

第二期工程的基本思路是：第一，全面纳入敦煌遗书的图版资料、目录资料、研究论著、相关古籍乃至研究动态。

第二，尽力挖掘、完整著录敦煌遗书中蕴含的六大特点、三大价值、四大文化、六大宗教的各种知识点。第三，尽力挖掘、完整著录百年敦煌研究成果及传世古籍中的相关知识点。第四，确定各知识点的权重，依据其内在联系将它们全面打通，建立起敦煌遗书知识之网。第五，开发各种工具软件、提供各种研究手段。

"敦煌遗书库"建成之后，将分为普通版和专业版，是全世界共享数据的平台，也是逸散各国敦煌遗书共同"居住"的家。

·创立"重建中华古籍"数字化平台

当年任继愈先生让方广锠整理敦煌遗书的目的是清理其中未为历代大藏经所收的佛教资料，以为新编的《中华大藏经》所用。所以，方广锠在调查、编目的同时，始终关注这些未入藏资料，收集、整理、校勘、标点，从 1995 年到 2011年，主编了《藏外佛教文献》十六辑，近 500 万字。

《藏外佛教文献》采用的是中国传统的古籍整理模式。在工作中，方广锠发现，从刘向以来沿袭两千年之久的中国传统的古籍整理模式存在不少弊病，由此造成大量的重复劳动。在过去，这是难以避免的。但在世界已经进入数字化时代的今天，我们可以立足于发掘数字化技术的无限可能性，从底层开始，从数字化应用的角度，重新构建中华古籍，以充分拓展与利用数字化的优势，全面开发中华古籍资源，更好地弘扬中华传统文化。为此，方广锠与电脑编程人员多方切磋，创立了"重建中华古籍"数字化平台。这一平台依据"从底层做起、信息全覆盖、过程可追溯、功能可扩展"等四原则，颠覆了传统的古籍整理模式，把中华古籍整理提高到新的高度。目前，这一平台的建设已经初见雏形，开始试运行。

2009年，方广锠在给友朋的信中写道："任先生故世，我自然很难过……但是，我更多地想的，是怎样抓紧我自己有限的时间，尽快完成先生交代的工作，不要给自己的生命留下遗憾。"虽然已年近古稀，方广锠还在铺路的中途。他说，他会一直铺下去，能铺多少，就铺多少。随缘，但也要心无旁骛、全力以赴，就像他的座右铭——随缘做去，直道行之。

相期浴火凤凰生

——词学大家叶嘉莹在古典诗词里感受"不死之心灵"

上篇：回到诗词的故乡

又到长空过雁时，云天字字写相思。

（摘自叶嘉莹《浣溪沙·为南开马蹄湖荷花作》）

采暖季之前的天津，寒气侵人。2014年11月8日上午，叶嘉莹先生的公寓却依旧暖融融，端出一台诗词的盛宴。这是9月从加拿大回到南开大学之后，已届九旬的叶先生在新学期授出的第一堂课。

不大的客厅里，挤了20多个人：有她的博士生，有热爱中国古典诗词的美籍华裔母女，有3位听了她35年课的超级"粉丝"。

叶先生正如一方磁石，吸引着我们的视觉、听觉和感觉。那优雅而不失豪放的举手投足，柔婉而不失顿挫的行腔吐字，考证而不失神游的条分缕析，营造着魔法般的磁场。

仿佛赐你一把密匙，穿越历史之门——此刻不存在了，回到唐玄宗天宝三载夏天；客厅不存在了，来到洛阳城一间酒肆；你我不存在了，变成了衣袂飘飘的诗中圣、诗中仙，怀才不遇的杜甫初会辞官乞归的李白，一见如故，“遇我夙心亲”……

这样的一见如故，在30多年前的1979年，当叶先生第一次归国讲学走进南开大学课堂时，也曾有过。“用《楚辞·九歌》里的一句诗形容，那就是‘满堂兮美人，忽独与余兮目成’，我感到我与他们的心灵是相通的。”与李白和杜甫聚散随缘、心心遥对不同的是，叶先生把与南开师生的一见倾心演绎成了以心相许，终身相随。这次回来，她不再离开。她很快将搬入公寓不远处新建的“迦陵学舍”，这座集科研、办公、教学、生活于一体的小楼，是以叶先生别号命名的。

“呃咳……”一阵咳嗽，叶先生扶好老花镜，看看闹钟：“两个小时了，今天就讲到这里吧。”然后从加了靠垫的椅子上缓缓起身，慢慢挪步。这是刚刚还神采飞扬、心游八荒的您么？还有，李白呢？杜甫呢？叶先生您把他们收哪里去了？

博士生熊烨还在流连刚刚的氤氲，正在准备论文的他“太享受与先生共处的时光，舍不得毕业”；追随了先生30多年，两鬓染霜，已从教师岗位退休的“老学生”们，与先

叶嘉莹先生正在家中给学生授课。

生相约"下个星期还来听课"；旁听的我一时间回不过神来，体会到为什么有观众在听到叶先生的电视讲座后，会在来信中将那种美好的感受描述为"三月不知肉味"。

我还理解了，初冬时分，肺部感染、大病初愈的叶先生为什么一下病床就问："什么时候让我给学生讲课？"她说她一生有两大嗜好，一是好诗，二是好为人师。从1945年起，叶先生执鞭杏坛从未间断。

我曾在武汉的古琴台读到叶先生留下的诗，"翠色洁思屈子服，水光清想伯牙琴"。高山流水遇知音，如果把叶先生的讲诗授业比作伯牙琴，那些用心灵倾听"琴声"、让"琴声"滋养生命的学生们，不就是"钟子期"么？那些恍惑中循着"琴音"，惊觉"琴音"背后美妙之境，触到古人血肉之躯和高洁之魂的学生们，不就是正在走来的"钟子期"么？

1989年，叶先生当选为加拿大皇家学会院士，2008年，荣膺中华诗词学会首届"中华诗词终身成就奖"，2013年，获国家"中华之光——传播中华文化年度人物奖"。声名日隆，她保持着清醒："'声闻过情，君子耻之'，名声超过现实的话，应该感到羞耻。"

叶先生对自己的定位是：首先是老师，其次是研究者，最后才是诗人。面对别人"年纪大了，多写点书，少教些课"的好意劝说，先生淡然道："当面的传授更富有感发的生命力。如果到了那么一天，我愿意我的生命结束在讲台上……"

如果真的、真的到了那么一天，蜡炬泪干，春蚕丝尽，回望来时路，定然是泪干薪火映，丝尽衣钵传。

· 离乱

1948年初春，带了些随身衣物，24岁的叶嘉莹出嫁南下。"很快就会回来的。"之前从未出过京城的她，来不及守住这个简单而笃定的念头，就如同一叶扁舟卷入大海，飘到台湾，飘到美国，飘到加拿大，待再次寻见故乡的港湾，竟已过 26 年。

岁月无情，青丝已飞霜。

那个装过她童年全部天地的四合院，已变成大杂院。窗前修竹呢？阶下菊花呢？那些她曾吟咏过的赋予性灵的花花草草呢？

那个点过她早慧诗心的伯父，已前往另一个世界。膝下无女，把侄女当作女儿垂爱的他，曾作诗《送侄女嘉莹南下结婚》："有女慧而文，聊以慰迟暮……"岂料一别成永诀，伯父的暮年，谁来慰藉？

那个开拓她诗词评赏眼界的恩师顾随，竟已于1960年驾鹤西去。顾随对资质出众的叶嘉莹偏爱有加，师生常有唱和。在抗战最艰苦的时期，顾先生取雪莱《西风颂》中"假如冬天来了，春天还会远吗"的意境，写下两句词："耐他风雪耐他寒，纵寒已是春寒了。"叶嘉莹遂将这两句填成一阕《踏莎行》："烛短宵长，月明人悄。梦回何事萦怀抱。撇开烦恼即欢娱，世人偏道欢娱少。软语叮咛，阶前细草。落梅花信今年早。耐他风雪耐他寒，纵寒已是春寒了。"顾先生阅后评批："此阕大似《味辛词》(《味辛词》为顾随早年词集)。"然而，先生对她的期望并不止于亦步亦趋、替师传道的"孔门曾参"，而是成为"别有开发，能自建树"的"南岳马祖"。

这样的当面点化、师传道承，持续6年之久，除了1942年至1945年叶嘉莹就读辅仁大学这段时间，在她毕业之后去3所中学教书期间，还常去旁听先生的课，直至1948年离京。时局动荡，音信断绝，唯有梦境可以一次又一次潜过台湾海峡，回到旧时光——下课后和最要好的女同学一起去拜望恩师，却困于一片芦苇荡，路总是不通——突然惊醒，怅然中，独对壁上悬挂着的那首她装裱好了的《送嘉莹南下》的诗幅，"……分明已见鹏起北，衰朽敢言吾道南(老朽我敢说，大鹏北起，将把学问向南传播)，此际泠然御风去，日明云暗过江潭(这会儿她轻盈乘风而去，日明云暗间飘过江潭)。"

这是顾先生与她话别时的赠诗。多年后，顾先生将此诗抄录，转赠给另一位学生，即后来成为红学大家的周汝昌，并写信告诉周，这首诗是当年送给"叶生"的。周汝昌问："叶生是谁？现在何处？"顾先生没有回答。那个南下的"叶生"，已是他难以再续的念想和无以安放的期待……

他只知道，她经历过和他同样的早年丧母之痛，他不知道，她正在经历离乱和忧患；他只知道，她在望也望不到的海峡那一岸，他永远不知道，有一天她会辗转回来，来寻他，而他已不在。

但他仿佛从未离开，无论是口传心授，还是天各一方，或是阴阳两隔，恩师始终在"度"她。顾先生常说："以无生之觉悟，为有生之事业；以悲观之心态，过乐观之生活。"这句箴言犹如黑夜中的烛光，照亮了她的坎坷路。

1948年11月，叶嘉莹作为国民党海军家眷，随丈夫前往台湾。次年，丈夫因"匪谍"嫌疑被捕。半年后，在"白色恐怖"镇压之下，叶嘉莹执教的彰化女中被抓走了包括校长在内的6位老师。她携着尚未断奶的大女儿一同入狱，不久获释。母女俩无家无业、无处可归，只得借住在亲戚家走廊上。丈夫被关3年后出狱，性情大变，找什么工作都干不长，干脆闲居在家。一家5口，包括老父亲和刚出生的小女儿，全指靠叶嘉莹一个人。

在师友的荐助下，她接下了台大、淡江和台湾辅仁3所大学的国文、诗选、词选、杜诗、曲选等课程，又兼任了夜校和电台的讲授任务，承担了超负荷的工作量。每当她疲惫不堪回到家中，还要为无法分担更多家务而面对丈夫的指责。此时的她已无力争辩，默默烤着女儿的尿片。

生计的压迫和体力的透支让她染上了气喘病，一呼一吸之间，胸腔隐隐作痛，心肺似被掏空。再加上精神上的沉郁，她时常想起王国维《水龙吟》中咏杨花的句子："开时不与人看，如何一霎濛濛坠。"自己不正是那不曾开放就零落凋残的杨花么？

但就算零落凋残，不也可以迎着风雨，舞出最凄美的姿态么？不也可以像老师所说的"以悲观之心态，过乐观之生活"么？所以，再难再苦，她的嘴角总挂着淡淡的微笑，一讲起课来，更是浑然忘却了自己的不幸，换作去经历古人的幸或不幸。

活下去，这是重压之下的生活主题。那一阶段，叶嘉莹创作很少，但从仅有的几首作品中，依旧可以读出她浓浓的乡愁：比如《浣溪沙》中的"昨宵明月动相思"；《蝶恋花》中的"雨重风多花易落"；诗作《转蓬》中的"转蓬辞故土，离乱断乡根"；《郊游野柳偶成四绝》中的"潮退空余旧梦痕"……

"环境把我抛向哪里，我就在哪里落地生根，自生自灭。"叶嘉莹如是总结自己被动的一生，"结婚的先生不是我的选择，他的姐姐是我的老师，是老师看中了我。去台湾也不是我的选择，谁让我嫁人了呢？后来去加拿大，也不是我的选择。"

"我过去从来不知道有个叫 Vancouver（温哥华）的地方。"1969 年，叶嘉莹原本的目的地是美国。

此前，叶嘉莹作为台大的教授，应邀被交换到美国密歇根大学和哈佛大学，从事了两年多时间的教学和研究。对台湾没有好感的丈夫，带上一双女儿，跟着去了美国。交换期满，叶嘉莹只身回到台大，再次收到哈佛大学聘书之后，她打算把父亲也一同带去。签证官说："这不成了移民了？你办移民吧。"可她不能等，她在台湾的收入，无法支付丈夫和女儿在美国的费用。在哈佛大学教授的建议下，她改赴加拿大，受聘于加拿大不列颠哥伦比亚大学。一家人最终在温哥华定居下来。

"我渴望回到故乡，却跑到了更远的加拿大。"叶嘉莹将难以诉与他人的乡愁，凝成诗作《异国》："异国霜红又满枝，飘零今更甚年时。初心已负原难白，独木危倾强自支……"当她在地球另一端的课堂里，讲到杜甫《秋兴八首》第二首中的"夔府孤城落日斜，每依北斗望京华"，几乎都要落泪。

遥远的故乡正在经历一场浩劫，我有生之年还能回去吗？

1970 年，中国和加拿大正式建交，我真的可以回来了！

·乡根

在叶嘉莹被动的人生中，有一件事情是主动的——申请回国教书。

那是 1978 年暮春，温哥华寓所前的树林中，落日熔金，倦鸟归巢。她穿过树林走到马路边的邮筒，寄出回国教书的申请信。马路两边的樱花树，落英缤纷。繁华终将飘零，余晖终将沉没，春光终将消逝，年华终将老去，而书生报国的愿望，何日才能实现？年逾半百的叶嘉莹触景生情，吟出两首绝句：

> 向晚幽林独自寻，枝头落日隐余金。
> 渐看飞鸟归巢尽，谁与安排去住心。
>
> 花飞早识春难驻，梦破从无迹可寻。
> 漫向天涯悲老大，余生何地惜余阴。

她原以为，自己所学，在国内派不上用场了。中加建交后，叶嘉莹和北京的堂弟恢复了联系。1974 年，她第一次回国探亲，街头贴着大字报，还在批林批孔。

1977 年，她第二次回来。火车上有乘客在读《唐诗三百首》，名胜古迹的导游能随口背出很多古诗，这让她感动不已。她刚刚经历了又一场情感的劫难——1976年，才结婚3年的大女儿夫妇因车祸双双罹难；她的祖国，正在走出"文革"和唐山大地震的阴霾。天有百凶，必有一吉，她从"天安门诗抄"感到祖国的同胞依然在用诗歌表达心声，"看到诗歌的传统还在，我当时就想，我应该回来，把自己对古典文学的一点点学识贡献给我的祖国。"

寄出的申请信有了回音。1979年春，教育部安排叶嘉莹到北京大学讲学。随后，南开大学的李霁野先生邀请她到南开讲学。

这年春夏之交，叶先生为南开大学中文系学生开了两门课，白天讲汉魏六朝诗，晚上讲唐宋词。几节课下来，口口相传，外系、外校，甚至外地的一些学生也赶来听课。300个座位的阶梯教室里，加座竟然一直加到了讲台上，窗口、门口全是人，大家汗流浃背。叶先生得侧身从人群中挤过去，才能走进教室、步上讲台。

为了控制人数，保证本系学生听课，南开大学中文系想出了发听课证的办法。200张听课证，却让300多人获得了合法席位。就读天津师大的徐晓莉多年后道出秘密："我们不甘心哪。大家各显神通，制作山寨版的听课证。我用萝卜刻成'南开大学中文系'图章的样子，扣在同样颜色和大小的纸片上……每次去听课，内心的忐忑就像是偷嘴吃的孩子。今天我才恍然，当年我所偷吃的，原来是一粒仙丹、一颗圣果。"徐晓莉的生命从此浸润到了诗词之中，她在天津广播电视大学执教时讲授的是古典文学，退休后又到老年大学开了诗词课。一有机会，她还会回到南开，听叶先生讲课。

安易是 1979 年听叶先生讲课的另一名学生，回忆起当年"盛景"，她的脸上浮现出很享受的表情："受政治运动影响，很多教授讲解诗词使用的是阶级分析法，但叶先生讲的是原汁原味的'兴发感动'，而且旁征博引，兴会淋漓，这让我们耳目一新，眼界大开。"安易后来成了叶先生的助理，如今虽已退休，但依然追随先生，每课必听。

聚散终有时，两个月后，到了分别的时刻。最后一课，学生不肯下课，让叶先生一直讲、一直讲，直到熄灯号吹响，才不得不话别。此情此景，叶先生用诗句记录了下来：白昼谈诗夜讲词，诸生与我共成痴。临歧一课浑难罢，直到深宵夜角吹。

南开之行让叶先生坚定了他年再来的决心。20 世纪 80 年代，先生在加拿大不列颠哥伦比亚大学还有教学任务，她只能利用长假回来。那时候，国内大学教授的月工资只有几十元，她不为钱，反倒是贴钱，承担往来机票等费用。她只有一个念头，让经历文化断层的同胞因为她的讲授而珍视古典诗词这一文明瑰宝，这既是对养育她的这片热土的回报，也是对《诗经》、《离骚》、李白、杜甫的告慰。此拳拳心迹，流淌在叶先生1979年所写的《赠故都师友绝句》中：构厦多材岂待论，谁知散木有乡根。书生报国成何计，难忘诗骚李杜魂。

不论是北京大学、南开大学，还是之后数次回国所到的复旦大学、南京大学、天津大学、华东师范大学、北京师范大学、四川大学、云南大学、湖北大学、湘潭大学、辽宁师范大学、黑龙江大学、兰州大学、新疆大学等几十所高校，叶先生的课堂，必定是人头攒动，热情高涨。听众从十七八岁的青年到七八十岁的老者，无不痴迷赞许。

在异乡和祖国讲授诗词，有什么不一样呢？叶先生答道："在国外讲，固然是对中华文化的一种传播，但却很难使诗词里蕴含的感发生命得到发扬和继承，只不过给人家的多元文化再增加一些点缀而已；诗词的根在中国，是中国人最经典的情感表达方式，是经几千年积淀而最具代表性的文学体式，是整个民族生存延续的命脉。"

叶先生一首小诗《鹏飞》中写的"鹏飞谁与话云程，失所今悲匍地行"形象说明了这种差别。用母语讲诗，可恣意挥洒，像鹏鸟展翅般自由快乐；用英文讲诗，那种隔膜感就如同大鹏失去了天空，只好匍地而行。诗歌的美感都在语言之中，把语言文字改变了，美感也就消失了。

但叶先生对中国传统文化的感情和定力也曾遇到过"挑战"——1986 年 9 月在南开讲学时，面对学生中出现的"出国热"和"崇洋"思想，以及"学习古诗有没有用"的疑虑，叶先生巧妙运用西方流行的"现象学"、"符号学"、"诠释学"等"新批评"理论剖析诗词，意在透过西方文学的光照，辨析中西文学理论上的异同，彰显中国古典文学的精妙，尤其是名篇佳句所包含的涵养心灵、陶冶性情、净化风俗的作用，进而让学子重拾文化自信。

1990 年，从加拿大不列颠哥伦比亚大学退休后，叶先生将工作重心移回国内。1991 年在南开大学创办"比较文学研究所"。1996 年，在海外募得资金，修建了研究所教学大楼，并将研究所更名为"中华古典文化研究所"。作为所长，叶先生教学、行政两头忙，每天忙到凌晨 2 时睡觉，清晨 6:30 起床，堪比陶渊明的"晨兴理荒秽，戴月荷锄归"。

陶渊明是叶先生和她的老师顾随都非常喜欢的诗人，"采菊东篱下，悠然见南山"，那是陶公透悟人生之后对大自然的亲近。叶先生欣赏他"豪华落尽见真淳"的境界，因此，叶先生看到的，并不是他的归隐，而是那片真淳。

叶先生的田园，就在她脚下；叶先生的"菊花"，就在她手中；叶先生的"南山"，就在她眼前。

1999 年仲秋，从研究所回寓所的路上，路过南开园马蹄湖，天上的雁鸣勾起了她的诗情，吟出一首《浣溪沙·为南开马蹄湖荷花作》：又到长空过雁时，云天字字写相思。荷花凋尽我来迟。莲实有心应不死，人生易老梦偏痴。千春犹待发华滋。

生于荷叶田田的 6 月，叶先生的小名叫"荷"，晚年的她自比"残荷"。莲有莲实中的莲子，花落又何妨？雁已飞越重洋归来，来迟亦无妨！

下篇：唤起诗词的生命

不向人间怨不平，相期浴火凤凰生。

（摘自叶嘉莹《鹧鸪天》绝句其二）

下一个周六，也就是 2014 年 11 月 15 日，又是叶嘉莹先生和学生们一周一次、不见不散的日子。

阳光，恩泽般透过窗纱，满屋子弥漫着诗的因子。

设在她寓所客厅的课堂，有股禅意：几支翠竹，一株兰草，整面墙的书柜旁边挂一幅字，上书"自在飞花轻似梦，无边丝雨细如愁"；对面墙上有幅画，画着几支粉荷，还有一块匾，刻着老师顾随写下的"迦陵"二字。"荷"是叶先生的小名，先生一生写了数十首与荷花有关的诗词，但她更爱用"莲"这个喻佛之字。迦陵是叶先生的别号，原取其发音与嘉莹相近，但"迦陵"恰好也是佛经中一种鸟的名字"迦陵频伽"，此鸟性灵，能传递钧天妙音。

禅的气息里，叶先生端坐着，典雅从容。她说她能感觉到一种属于灵的东西。

对于人的寿命与状态的关联，孔子只说到70岁，七十而从心所欲不逾矩，庄子说到80岁，八十而独与天地精神相往来。古人没有说到90岁会怎样。

年逾九旬的叶先生，会让人一时间恍惚，分不清眼前的是她？是诗？或是——诗的化身？

她15岁时写下的《咏莲》："植本出蓬瀛，淤泥不染清。如来原是幻，何以度苍生。"

诗词，曾支持她走过忧患，她深知诗词的力量。

当现代人的迷失用物质和科技解决不了而回到传统文化中求解的时候，她想要传递这种力量。度己之后度人，她将此当做今生的使命。

·诗可以兴

诗是什么？

对不同的人，叶先生用不同的方法来解释。

若给幼儿园孩子上课，她会先从篆体的"诗"字说起：字的右半边上面的"之"好像是"一只脚在走路"。接着她又在"之"字下画一个"心"："当你们想起家人，想起伙伴，想起家乡的小河，就是你的心在走路。如果再用语言把你的心走过的路说出来，这就是诗啊。"

若接受记者的采访，她会考一考你，《唐诗三百首》第一首是什么，赋比兴怎么理解。她会跟你谈起钟嵘的《诗品》，"气之动物，物之感人，故摇荡性情，形诸舞咏"，"嘉会寄诗以亲，离群托诗以怨"。简而言之，诗是对天地、草木、鸟兽，对人生的聚散离合的一种关怀，是生命的本能。

若给博士生、研究生上课，她就从鉴赏的角度来谈。"凡是最好的诗人，都不是用文字写诗，而是用整个生命去写诗的。成就一首好诗，需要真切的生命体验，甚至不避讳内心的软弱与失意。"叶先生举例说，杜甫《曲江二首》中"朝回日日典春衣，每向江头尽醉归"两句，从表面上看，这种及时行乐的心态与杜甫"致君尧舜"、"窃比稷契"的理想抱负相悖，而这却符合他的情感逻辑和心灵轨迹，杜甫的可贵在于排斥了人生无常的悲哀及超越了人生歧路上的困惑。诗人不是神，而是有血有肉、有情有义的人。读他们的诗，你能感受到一种生生不已的活泼的生命，这是心灵的大快乐。

子曰："兴于诗，立于礼，成于乐。"孔子认为，人的修养开始于学《诗》，"兴于诗"是孔子教育学生的根本。

叶先生品诗赏诗讲诗评诗，兴发感动是最大的特点，用心境来投射诗词中的意境，达到今人与古人的情感共鸣，这正是沿袭了祖师爷"兴于诗"的传统。

叶先生保持着一种习惯，写学术文章可用白话文，但一旦要记述自己的情感，必用诗词。今天，诗词这种含蓄、唯美、深沉的表达方式已越来越多出现在贺卡上、问候中、致辞中、微信里，这既是一种传统，也是一种时尚，但都是"生命的本能"。

·诗之大用

2013 年 12 月，在"中华之光——传播中华文化年度人物奖"颁奖典礼上，手捧奖杯的叶嘉莹公开了养生益寿的独家秘诀——钟嵘《诗品序》里有句话："使贫贱易安，幽居靡闷，莫尚于诗矣。"一个人无论是贫贱艰难，还是寂寞失意，能够安慰人、鼓励人的没有比诗词更好的了。

从事古诗词教学 70 年之后仍然守着一尺讲台，叶先生坦陈，这并非出于追求学问的用心，而是出于古典诗词中所蕴含的感发生命对她的感动和召唤，情之所至，不能自已。"你听了我的课，当然不能用来加工资、评职称，也不像经商炒股能直接看到结果。可是，哀莫大于心死，而身死次之。古典诗词中蓄积了古代伟大诗人的所有心灵、智慧、品格、襟怀和修养。诵读古典诗词，可以唤起人们一种善于感发、富于联想、活泼开放、高瞻远瞩之精神的不死的心灵。"

生于书香门第的叶先生从小接受了传统"诗教"。读诗先从识字始。父亲写下"数"这个字，告诉她，"数"有 4 种读法，可念成"树"、"蜀"、"朔"，还有一种现在已不常用，念成"促"，出处是《孟子·梁惠王》篇，有"数罟不入洿池"的句子。"罟"是捕鱼的网，这句话的意思是：不要把细孔的网放到深水的池中捕鱼，以求保全幼苗的繁殖。

"古人都明白的道理，现代人却置之不顾。"说到这里，平和的叶先生一下子激动起来，"我最近看新闻报道，渔民用最密的网打鱼，小鱼捞上来就扔掉，这是断子绝孙的做法。现代人眼光之短浅之自私之邪恶，不顾大自然不顾子孙后代，这种败坏的、堕落的思想和习惯是不应该的。"让叶先生痛心的是，如今很多年轻人守着文化宝藏，却因为被短浅的功利和一时的物欲所蒙蔽，而不再能认识到诗歌对心灵和品质的提升功用，可谓如入宝山空手归。"而我是知道古典诗词的好处的。知道了不说，就是上对不起古人，下对不起来者。所以我的余生还要讲下去。"

"诗教"认为，诗可以"正得失，动天地，泣鬼神"，但现代人总爱追问有什么用，仿佛看不到立竿见影的实惠，就是无用。叶先生的学生、退休后去老年大学讲授诗词的徐晓莉也总要面对这样的问题。"诗词有无用之大用，就像底肥。"徐晓莉这样解答，"下了底肥的植物长得高大粗壮，喜欢诗词的人，路可以走得更远。"一听这话，有些老人就把家里的孙儿带来，课堂上出现了爷孙辈一起背诵、互相考问的温馨一幕。

诗词对于叶先生之大用，不仅在于患难时给予的抚慰，更在于内化成了她坚忍平和的气质。

叶先生一生中经历过三次大的打击——

第一次是 1941 年，考上辅仁大学的叶嘉莹刚刚开学，母亲去天津治病，谁知手术失败撒手人寰。那时候，父亲远在后方没有音信，沦陷区的两个弟弟需要照顾，叶嘉莹被突然失去荫蔽的"孤露"之哀所笼罩，一连写下8首《哭母诗》。次年，顾随先生来教唐宋诗。顾先生虽衰弱多病，但在讲课中所传递的则是强毅、担荷的精神。顾先生《鹧鸪天》中的"拼将眼泪双双落，换取心花瓣瓣开"和《踏莎行》中的"此身拼却似冰凉，也教熨得阑干热"，深深触动了叶嘉莹，她一改此前悲愁善感的诗风，写出了"入世已拼愁似海，逃禅不借隐为名"的句子，表现出直面苦难、不求逃避的决心。

第二次打击是1949年及1950年，夫妇俩连遭幽禁，出狱后，丈夫动辄暴怒。为了全家生计，叶嘉莹承受着身心的双重压力。那时候，她喜欢那种把人生写到绝望的作品，比如王国维的《水龙吟》、《浣溪沙》，仿佛只有这类作品，才能让她因经历过深刻痛苦而布满创伤的心灵，感到共鸣和满足。后来读到王安石《拟寒山拾得》的诗偈：风吹瓦堕屋，正打破我头。瓦亦自破碎，岂但我血流。我终不嗔渠，此瓦不自由。众生造众恶，各有一机抽。此诗句恍如一声棒喝，使叶嘉莹对早年读诵《论语》时所向往的"知命"与"无忧"的境界，有了勉力实践的印证，并逐渐从悲苦中得到解脱。她默默要求自己：不要怨天尤人，对郁郁不得志的丈夫要宽容忍让。

第三次打击是1976年，结婚不满3年的长女与女婿外出旅游时，不幸发生车祸双双殒命。料理完后事，叶先生把自己关在家中，以诗歌来疗治伤痛。她写下多首《哭女诗》，如："万盼千期一旦空，殷勤抚养付飘风。回思襁褓怀中日，二十七年一梦中。""平生几度有颜开，风雨逼人一世来。迟暮天公仍罚我，不令欢笑但余哀。""尽管写的时候，心情是痛苦的，但诗真的很奇妙。"叶先生说，"当你用诗来表达不幸的时候，你的悲哀就成了一个美感的客体，就可以借诗消解了……"

叶先生至今仍清晰记得开蒙时读到《论语》中"朝闻道，夕死可矣"时的震动：道是一个什么样的东西啊，怎么有那么重要，以至于宁可死去？当生活以最残酷的方式让她从诗词里参悟答案时，当她一次次从古诗词里汲取力量面对多舛人生时，道已渐渐亲近内心，让她无惧生死。

叶先生九十寿诞时，温家宝写来贺信："……您的诗词给人以力量，您自己多难、真实和审美的一生将教育后人……"审美，是所有苦难的涅槃重生。

冬日的斜阳中，她银发满头，眼神清澈，像一尊发光体，发散着祥和的光晕和欣欣的生命力，仿佛岁月眷顾，灾难从未来过。

· 词之弱德

叶先生在古典诗词研究上一个很突出的学术成果是，将词的美感特质归纳为"弱德之美"。

初中时，母亲曾送她一套《词学小丛书》，叶嘉莹对其中收录的李后主、纳兰成德等人的短小令词十分喜爱。参照诗歌的声律，她无师自通学会了填词。

《词学小丛书》末册附有王国维先生的《人间词话》。王国维认为，宋人写的诗，不如写的词真诚。他还说，"词之言长"、"要眇宜修"，意思是词给人长久的联想和回味，具有一种纤细幽微的女性美。

王国维的《人间词话》和张惠言的《词选》，是对后人影响最为深远的两套说词方法。尽管在很多看法上各有分歧，但对于词有言外之意的美感特质，两者都认同。但到底是一种什么美？两者又都没有说清楚。

"词非常微妙。"叶嘉莹介绍道，"诗是言志的，文是载道的，诗和文都是显意识的，但词不过是歌筵酒席上交给歌伎们去演唱的歌辞，不受政治和道德观念的约束，内容大都离不开美女和爱情，被称作'艳词'。大家一开始认识不到词的价值与意义，以为都是游戏笔墨。陆放翁就曾说过，我少年的时候不懂事，写了一些小词，应该烧掉的，不过既然这样写了，就留下来吧。"

词兴于隋唐之间，流行于市井里巷，但正是因为摆不上台面，所以直到300多年以后的五代后蜀，才出现最早的词集《花间集》。此后一路发展，清朝时走向中兴。清代词人张惠言认为，词可以道出"贤人君子幽约怨悱不能自言之情"，有言外引人联想的感发作用。

这就对判定词的好坏给出了一个标准，那么多写美女和爱情的词，其中能给读者以丰富联想的，就是好词。叶嘉莹说："任何文学作品，都是内涵越丰富越好。比如《红楼梦》，每个人都可以从中读出他自己的一套道理来。"

只是，词的言外的情致，却很难形容。正如张惠言的继起者周济所言："临渊窥鱼，意为鲂鲤；中宵惊电，罔识东西。"意思是：你在深渊边，看到水里有鱼在游，但看不清楚是鲂鱼还是鲤鱼；半夜被闪电惊醒，却不知道闪电来自东面还是西面。

叶嘉莹先生并不满足于这样的模棱两可。无论是鉴赏，还是讲解，都对她提出了新要求。从20世纪60年代至21世纪初，她结合词作，对传统词话和词论进行更细微的辨识、更深入的反思、更切身的体认和更全面的发展，将词的美感特质提炼为"弱德之美",从而给予词应有的文学地位。

叶先生认为,没有显意识的言志载道,这个最初让词比诗文卑微的原因,恰恰也是词最大的优势。写词时不需要戴面具,反而把词人最真诚的本质流露出来了。在诗文里不能表达的情感,都可以借词委婉表达。"弱德",是贤人君子处在强大压力下仍然能有所持守、有所完成的一种品德,这种品德自有它独特的美。"弱"是指个人在外界强大压力下的处境,而"德"是自己内心的持守。"行有不得者皆反求诸己",这是中国儒家的传统。

以"弱德之美"反观叶先生一生,在经历国破之哀,亲亡之痛,牢狱之灾,丧女之祸之后,能够遇挫不折,遇折不断,瘦弱之躯裹着一颗强大的内心,自疗自愈,同时传递出向上之气,这不正是"弱德之美"的最好诠释?

·中西观照

"叶嘉莹是誉满海内外的中国古典文学权威学者,是推动中华诗词在海内外传播的杰出代表。她是将西方文论引入古典文学从事比较研究的杰出学者。""在世界文化之大坐标下,定位中国传统诗学。"这两段,分别引自2008年"中华诗词终身成就奖"和2013年"中华之光——传播中华文化年度人物奖"的颁奖词，都称赞了叶先生运用西方文论将中国诗词推向世界的功劳。

但对叶先生而言，她并无意标新立异，更无意标榜自己的博学多才，这只是在被迫的情状中为寻找突破而意外达到的一种效果——在美国密歇根大学和哈佛大学讲解诗词时，尤其是不得不用全英文在加拿大不列颠哥伦比亚大学授课时，她发现自己原来的那一套讲课方法不完全适用于西方文化背景的学生。

"比如，你说这首诗很高逸，那首诗很清远，这首词有情韵，那首词有志趣，这句话有神韵，那句话有境界，你怎么表达？他们怎么理解？"

西方的诗歌和中国的诗词从根本上不同。叶嘉莹介绍道：西方的诗歌起源于史诗和戏曲，是对一件事情的观察和叙述，风格是模仿和写实的；中国从《诗经》开始就是"情动于中而形于言"，是言志的，讲究兴发感动，很抽象。"西方的诗歌好比在马路上开汽车，道路都分得很清楚；中国的诗词像是散步，想要达到那种寻幽探胜的境界，必须自己步行才能体会得到。"

文化背景差异给中国古典诗词的海外传播造成的屏障如何突破呢？叶先生开始寻求外来的器用。"我这个人好为人师，其实更'好为人弟子'。我去旁听西方文学理论，还找来英文的理论书籍。想弄懂那些艰涩的术语非常吃力，可我还是一边查字典，一边饶有兴趣地看下去。"

"这个太好了，把我原来说不明白的东西说明白了！"对西方文学理论的研读，让叶先生豁然开朗。符号学、诠释学、现象学、接受美学……以这些理论为佐证，叶先生寻到了中国古典诗词在西方世界的悟诗之法、解诗之法、弘诗之法。

兴起于德国的现象学，研究的是主体向客体投射的意向性活动中主体和客体之间的相互关系，而中国古老的比兴之说，所讲的正是心与物的关系；西方近代文学理论中的"符号学"认为，作品中存在一个具有相同历史文化背景的符号体系，这个体系中的某些"语码"，能够使人产生某种固定方向的联想，这个"语码"不正暗合了中国传统文化中的"'用典'和'出处'"么？西方接受美学将没有读者的文学作品仅仅看做"艺术的成品"，只有在读者对它有了感受、得到启发之后，它才有了生命、意义和价值，成为"美学的客体"，这正好印证了诗词的感发生命。诠释学认为，任何一个人的解释都带有自己的色彩和文化背景，以此为依据，则可拓宽对中国古典诗词的诠释边界。

有了对西方文学理论的领会和借鉴，叶先生在加拿大不

列颠哥伦比亚大学开设的中国古典文学课，在兴发感动之外
又注入了逻辑和思辨的色彩，老师讲通了，学生听懂了，甚
至听得津津有味。叶先生颇为得意地说："刚教的时候，选读
这门课的只有十六七个人，教了两年变成六七十个人。连美
国教授听过我的讲演，都说我教书是天才。"

·少儿诗教

古人说：熟读唐诗三百首，不会作诗也会吟。从小就
背诗、吟诗的叶嘉莹，正是在吟诵中不知不觉掌握了诗词
的声律。

"我是拿着调子来吟的。"叶先生随口吟起杜甫的《春夜
喜雨》，"好雨知时节，当春乃发生。随风潜入夜，润物细无
声……"婉转的古音绘声绘形。她特别强调："'好雨知时
节'的'节'字和'当春乃发生'的'发'字应读入声，现
在的音调没有入声，可以用短促的去声代替。这样念，平仄
才对。"

掌握了平仄，才会写诗。叶先生写诗，"从来不是趴在桌
子上硬写，句子它自己会随着声音'跑'出来"。

叶嘉莹开蒙所读的第一本书是《论语》。《论语》中的哲
理，随着她人生的旅程，得到愈来愈深入的体悟与印证，可

谓终生受益。所以叶先生主张："以孩童鲜活之记忆力，诵古代之典籍，如同将古人积淀的智慧存储入库；随着年岁、阅历和理解力的增长，必会将金玉良言逐一支取。"

叶先生回忆："我小时候念李商隐的《嫦娥》：'云母屏风烛影深，长河渐落晓星沉。嫦娥应悔偷灵药，碧海青天夜夜心。'讲的是我熟悉的故事，我以为读懂了。等到我经历忧患之后，偶然给学生讲到《资治通鉴》'淝水之战'中苻坚乘着云母车时，我联想到了'云母屏风'，忽然间被《嫦娥》这首诗中所蕴含的悲哀寂寞感动了。"

1995年起，叶先生在指导博士生的同时，开始了少儿诗教。她与友人合编了《与古诗交朋友》一书，为增加孩子们的学习兴趣，她亲自吟诵编选的100首诗，给读本配上了磁带。此后，她还多次到电视台教少年儿童吟诵诗歌。叶先生还设想在幼儿园中开设"古诗唱游"的科目，以唱歌和游戏的方式教儿童们学习古诗，"在持之以恒的浸淫薰习之下，中国古典文化就会在他们心里扎根"。

但对于国内一些少儿国学班让不识字的孩子摇头晃脑吟诵经典这件事，叶先生是反对的。"学诗要和识字结合在一起，还要遵照兴、道、讽、诵的步骤。"叶先生介绍道，"这种古老的读诗方式起源于周朝，兴是感发，道是引导，讽是从开卷读到合卷背，最后才是吟诵。"叶先生拿杜甫的《秋兴八首》举例，"先要让孩子了解杜甫其人，知晓他的际遇，再在吟诵中感受诗人的生命心魂。这样才能'入乎耳，著乎心，布乎四体，形乎动静'。"

·薪尽火传

为庆祝叶先生九十寿诞，北京大学出版社推出精装精校版《迦陵著作集》，包括《杜甫秋兴八首集说》、《王国维及其文学批评》、《迦陵论诗丛稿》、《迦陵论词丛稿》、《唐宋词名家论稿》、《清词丛论》、《词学新诠》、《迦陵杂文集》等 8 本。但最让叶先生骄傲和欣慰的，并非学术上的著书立说，而是另外两件事——

一件，是她将老师顾随先生当年讲授诗歌的 8 本听课笔记交由顾随之女顾之京整理出版。当年的同班同学看到由笔记辑成的《驼庵诗话》时惊呼："当年没有录音，你这笔记简直就像录音一样。"在离乱迁转中，叶先生将这些笔记当做"宇宙之唯一"，每次旅途不敢托运，必随身携带。作为一名听顾先生讲课 6 年之久的学生，叶嘉莹认为，顾先生的最大成就在于他对古典诗歌的教学讲授。"先生其他方面的成就往往有踪迹可寻，只有他的讲课，纯以感发为主，全任神行，一空依傍。是我平生所接触过的讲授诗歌最能得其神髓，而且也最富于启发性的好教师。每到上课，我心追手写，盼望能将先生之言语记录得一字不差。"

另一件事与她近年来从事的中华吟诵抢救、研究、推广工作有关。到了海外之后，叶先生认识到古诗吟诵的重要性，于是请求她在台湾的老师戴君仁先生用最正宗的吟诵录下了一卷带子，包括古今体、五七言诗。戴先生不顾年事已高，把通篇的《长恨歌》和杜甫的《秋兴八首》从头吟到尾。这卷记录了最传统的吟诵方式的录音带被叶嘉莹带回国内，送给从事吟诵推广的朋友。多年后，在考察一家幼儿园时，叶嘉莹惊喜地发现，小朋友吟诵时用的正是当年戴君仁先生的音调。

将"为己"之学转变为"为人"之学，这是一种逐渐的觉醒。"也许是因为我在中西文化对比中越来越感受到中华传统文化的宝贵，也许是我不愿意看到古典诗词被曲解被冷落，也许是我年岁大了自然想到了传承的问题。"叶先生说，"个体生命的传承靠子女，文化传统的传承靠年轻人。既然我们从前辈、老师那里接受了这个文化传统，就有责任传下去。如果这么好的东西毁在我们手里，我们就是罪人。"

1999 年，叶先生将养老金捐献出来，在南开大学"中华古典文化研究所"以老师顾随先生的名号设立了"驼庵奖学金",既是对老师的告慰,也希望学子们透过"驼庵"的名称,担任起新一代薪火相传的责任。

叶先生曾在两首《鹧鸪天》中自问自答:"……梧桐已分经霜死,幺凤谁传浴火生……柔蚕枉自丝难尽,可有天孙织锦成。""不向人间怨不平,相期浴火凤凰生。柔蚕老去应无憾,要见天孙织锦成。"一边是忧心,一边是信心。而她能做的,只是吐尽最后一缕丝——90岁的叶先生仍然坚持每周授课。她说:"我是强弩之末了,不知道能讲到哪一天。"她几十年的讲课资料和几千小时的讲课录音,正在学生们的协助下陆续整理。"哪天我讲不动了,它们还在。"

被历史厚待的学人

——李学勤与"清华简"的相遇与初识

夏末秋初的太阳给清华大学图书馆老馆披上浅金色光晕，翠绿的爬山虎在红砖墙体上悄悄蔓延。百年前，它会不会也是眼前这模样？

它还是它，却又不是原来的它。曹禺曾在那里完成《雷雨》，钱锺书曾立下豪言"横扫清华图书馆"，杨绛曾写下《最爱清华图书馆》……今天，83岁的文史大家、中央文史研究馆馆员李学勤带领一批学者在那里考释清华简。他们已经或正在留下永不消散的气息。这气息，流连于拱门下、书桌前、楼梯扶手上……

沧桑，静谧，历史沉淀之地。它沉淀的何止是1912年建馆以来的历史？穿越2300年的时光隧道，清华简让毁于"焚书坑儒"的失传经典得以复活，让先秦诸多历史谜团得以廓清，让中华民族文明根脉得以重现，正如习近平总书记所指出的，让"书写在古籍里的文字都活起来"。

一睹清华简

清华简，清华大学所藏战国竹简的省称。

清华图书馆老馆四层那间戒备森严的库房，是清华简现在的家。三把钥匙：图书馆、校方安保、"出土文献研究与保护中心"各执一把。若想凑齐钥匙一睹清华简真容，手里得有校方批文。

一支由20多位年轻人组成的队伍获此良机。这是个国际组合，不论是黄皮肤还是蓝眼睛，嘴里都蹦着"尚书"、"战国"、"简帛"等词儿，他们是清华大学"出土文献研究与保护中心"和复旦大学"出土文献与古文字研究中心"暑期研习营的境外研究生学员。

研习营于2016年8月22日在清华大学近春园开营，李学勤为学员们上了第一课。他前阵子做了个腹部手术，之后又不小心摔了一跤。这天上午，他由两名助手搀扶着来到课堂。两个小时后，他用"说过多次的一句话"作结尾："清华简的保护、整理和发表是'中心'的责任，而清华简的深入研究则需要中外学术界共同参与，这也是在座各位的事业。"出于这样的心意，李学勤承诺将在原日程之外给大家增添一项：观看清华简。

8月24日，我作为研习营唯一的旁听生，有缘随学员们一起，走进清华简库房。

库房恒温恒湿，防尘防菌。70多个不锈钢盘子列队般摆放在工作桌上，蒙着盖子。工作人员将其中两个揭去盖子，学员们拿着放大镜和冷光手电，凑近观察。盘

2016年7月，李学勤先生与作者合影。

子约50厘米长，30厘米宽，装着经药物处理过的蒸馏水，二三十支长短不一的狭长竹简平铺在盘底。竹色如棕，墨迹如漆，字形如鸟如虫，有的还在字与字之间画上红色格线，即所谓"朱丝栏"。

为防止竹简悬浮游移，每一支均用白色十字绣线缠在略宽略长的玻璃条上，顶端拴一枚不锈钢编号牌。平时，竹简有字的那面是朝下的，以抵挡光线辐射。除24小时不间断监测外，每隔一星期，工作人员将为清华简添加调配好的浸泡

液，并给它们"体检"。

经2300年埋藏后重见天日，清华简早已失去了竹片本该有的硬度和弹性，变得糟朽、脆弱。"就像开水中熟透的面条。"李学勤做了个比喻，"看上去一根根挺好的，其实一捞就断。"唯有无微不至的照料，才能让这些失而复得的遗珍不再得而复失。

入藏清华园

李学勤为学员开的第一课是"清华简研究"，他先从清华简的来历说起。

"它们是被盗掘的，出土时间和地点已经无从得知。2006年底，这批简在香港兜售，文物商提供了8支样简。"彼时，香港文物市场假简充斥，不少买家曾受骗，不敢轻易出手。

"有一支简的内容让我非常吃惊。"李学勤说到这里，支撑着病体缓缓站起，转身在黑板上写下：廿又一年晋文侯仇杀惠王于虢。他解释道："仇"在这里念"qiu"，晋文侯，姬姓，名仇。"仇"的楚文字字形很特别，没有深入研究的人是不可能知道那种写法的。这支简说的是两周之际，携惠王（又称携王、惠王）被晋文侯仇杀于虢国。该史实在《史记》中未提及，《左传》中仅有"携王奸命"这语焉不详的四个字；但古本《竹书纪年》提到了，知道的人极少。

一个生僻的楚字，一段隐匿的历史。直觉告诉李学勤，这不像是假简，极有可能是真正的战国竹简！

2008年6月4日，一场饭局促成这批简与清华大学的结缘。时任校党委书记陈希等校领导宴请古典文献研究中心新引进的资深学者傅璇琮及其夫人、杨振宁夫妇、李学勤夫妇等作陪。席间，李学勤谈到这批竹简，"如果是真的，那就是司马迁也没有看过的典籍。"陈希很震惊，当机立断——竹简真伪，由李学勤来调查；是否购买，由校领导来决策。

紧接着，李学勤和中国文化遗产研究院李均明研究员专门去了趟香港，与香港中文大学古文字学家张光裕一起去观察竹简实物，确定竹简为真。众买家闻风而动，虎视眈眈。清华大学校友赵伟国果断出资，购得这批竹简，捐给母校。此时距离那场饭局仅一个月。

在李学勤印象里，2008年7月15日这天"特别闷热"，他梦寐以求的竹简终于入藏清华大学，成为"清华简"。

打开装着竹简的大塑料箱，气味刺鼻。过去，它们一直深埋于地下水位以下，属于饱水竹简，出土后不能脱离水。为此，文物商将竹简连同湿泥，用保鲜膜层层包裹，浸泡在化学溶液中，并给某些断简衬以新竹片。这些自以为是的

"保护"措施让清华简危在旦夕。未经杀菌的新竹片是微生物滋生的温床，在饱水密闭环境中，与竹简互相感染，浸泡液中含有磷酸根离子，加速了霉菌的蔓延，竹简表面出现了白色点状物。"这太可怕了。"李学勤说，"过去曾有过惨痛的教训——半天时间，霉菌就能把竹简烂出个小洞！"

对竹简的清洗保护工作立即展开。李学勤年纪大，眼睛不好，手容易抖，这项细活只能交给年轻人干。他骑辆自行车，天天跑学校看，"他们用最细的毛笔，刷去竹简表面污物，但要避开墨迹。一人一天只能清洗出十几支。"光是清洗，就足足花去三个月！

经清点，清华简共包含约2500枚有字竹简，残断比例少，整简长度10厘米至46厘米不等。无字残片经AMS碳十四测定，可判定清华简年代为公元前305±30年，相当于战国中期偏晚，与业内所熟知的郭店简和上博简相仿。但在内容上，郭店简和上博简的主体是儒、道，清华简的主体是经、史。

随葬书籍的特点与墓主人的身份和爱好有一定关系。"银雀山汉简主要是兵书，墓主显然是位军事家；郭店简和上博简，墓主可能是哲学家；"李学勤笑称，"这一次（指清华简），我们'挖'到一个历史学家！"

价值堪比"孔壁""汲冢"

听完暑期研习营第一课,学员们特意去拜祭清华园内由梁思成设计碑式、陈寅恪撰写碑文、用以纪念王国维的"三绝碑"。王国维先生留给后人的精神财富,以碑文上那句"独立之精神,自由之思想"最为概括;但对从事历史研究的人来说,深意远不止此。

1925 年春,吴宓邀请王国维出任清华研究院(即后来通称的国学研究院)导师。这年 7 月,王国维为暑期留校学生作了题为《最近二三十年中国新发现之学问》的演讲。他一开头便说:"古来新学问起,大都由于新发现。"他认为"自汉以来中国学问上之最大发现"共有两次,"一为孔子壁中书,二为汲冢书"。

学术界摘引不衰的,除了这篇著名的演讲,还有他的"古史新证"课程讲义。该课程中,王国维首创并倡导了古史研究最有影响的治学方法——"二重证据法",即"纸上之材料"与"地下之新材料"相互印证。20 世纪 20 年代初,中国现代考古学萌芽,地下遗存被陆续发现。王国维感慨"吾辈"之"幸":"此'二重证据法',唯在今日始得为之。"

但王国维之幸,应不及李学勤之幸。"孔壁书"和"汲冢书"早已遗失，王国维对它们推崇的背后，掩着一声叹息。李学勤却遇到了清华简，他说："学者们认为这批竹简的出现，堪与前汉的孔壁、西晋的汲冢媲美，也未为过誉。"

这种媲美，绝不限于重要性上的比较，还牵及清华简和"孔壁"、"汲冢"在内容上的奇妙缘分。

让我们从"孔壁"和"汲冢"的多舛命运说起，而"孔壁"又得从秦始皇于公元前213年颁布《挟书律》说起。《挟书律》下令把原来东方六国的历史文化典籍、诸子百家著作全部烧毁。孔门弟子后裔伏生把《尚书》偷藏于泥墙夹层后，逃亡别处。汉惠帝四年，《挟书律》废除。伏生返回家乡，取出《尚书》，因风雨侵蚀，它们竟朽烂过半。伏生用汉代通行的隶书重新整理出其中28篇，被后人称为"今文《尚书》"。半个多世纪后，景帝末年，分封到曲阜的鲁恭王为扩充王府，下令拆除近旁的孔子故宅，意外发现孔宅墙壁中竟有竹简，它们很可能是孔子后人为逃避"焚书"而藏匿的，这便是著名的"孔壁中经"，又叫"孔壁书"，或以"孔壁"二字指代。其内容以《尚书》为主，用战国古文字书写，被称为"古文《尚书》"，经孔子十一世孙孔安国整理，篇目比"今文《尚书》"多出16篇。今、古文《尚书》存有很大差异，中国学术史上延续至今的今古文之争自此发端。西晋战乱中，今、古文《尚书》都散失了。东晋的梅赜向朝廷献出一部《尚书》，包含33篇今文《尚书》和25篇古文《尚书》（这一句里的今文《尚书》和古文《尚书》都不加引号。之所以前面加，是因为伏生所传的和孔壁的都是真品，而梅赜所献是存疑的，故以加不加引号来区别），流传至今成"传世本"。该书来历蹊跷，更让人不解的是，其中的今文《尚书》尚且难懂，理应更为艰涩的古文《尚书》竟相对晓畅。经反复辨析，宋代以来学者大都认为梅赜所献古文《尚书》系伪作，称之为"伪古文《尚书》"。

再说"汲冢"。西晋之初，汲郡一座战国时期魏国墓葬被盗掘，惊现十多万字竹简。竹简损毁严重，荀勖、和峤等学者历时十载，整理出75篇"汲冢书"，其中最重要的是先秦编年体史书《纪年》12篇，又称《竹书纪年》。让人痛心的是，全部竹简和大多数整理成果在永嘉之乱中毁于战火，仅在古书中保存有《竹书纪年》的某些佚文。

"孔壁"和"汲冢"仿佛历史微茫星空中划过的两颗彗星，炫目之后便消逝不见。但对仰望星空的人来说，那两道光已凝滞为《尚书》情结和《竹书纪年》情结。古代史研究专家张政烺生前总是说："什么时候挖出《尚书》就好了。"李学勤对散落在古书里的《竹书纪年》佚文了然于胸，佚文中关于"晋文侯杀携王"的孤史竟然在清华简上得到印证，于是才有了上文提到的那场饭局和一个月后清华简的入藏。

随着进一步释读，让李学勤和他的研究团队欣喜不已的是，清华简的主体是《尚书》和体裁与《尚书》类似的文章，同时还有一部类似《竹书纪年》的编年体史书《系年》。曾经湮灭的"孔壁"和"汲冢"，竟能在清华简中现出影子！若王国维在天有灵，想必会将他所认为的"自汉以来中国学问上之最大发现"，从两次修改为三次了。

2008 年 10 月，全国 10 家文博机构的 11 位专家对清华简出具《鉴定意见》："这批战国竹简是十分珍贵的历史文物，涉及中国传统文化的核心内容，是前所罕见的重大发现，必将受到国内外学者重视，对历史学、考古学、古文字学、文献学等许多学科将会产生广泛深远的影响。"

补正传世经史

自 2010 年起，上海的中西书局以差不多一年一辑的速度，出版"清华大学出土文献研究与保护中心"对清华简的整理报告，目前已推出第六辑。李学勤估算，全部整理报告的体量大约为十六七辑，也就是说，目前才完成约三分之一。

清华简上的文字是六国古文字，"言语异声，文字异形"，和秦国的大篆分属完全不同的文字系统。一场"秦火"，六国典籍付之一炬，六国古文字传承遽然断流。"有些字尽管认得，却读不通，太难读了！"李学勤感慨。西晋整理"汲冢书"尚且历时十载，在语言文字经过更多变迁之后，今天整理清华简不可能更快。"就算全部整理完了，那也只是凭我们现在的能力，提供一个本子，请大家来继续研究。今古文之争，争了都两千年了；清华简也会留给子子孙孙来讨论。"

对清华简，李学勤从来只说"初识"。

但哪怕只是"初识"，足可拼出原始而生动的中华民族早期文明图谱。李学勤曾说过一句玩笑话，但也是真话，"读起来实在太激动，每天读得多了，心脏会受不了。"

清华简内容的厚重与深广，不可能在报纸的篇幅里一一尽述。不妨从其主体的经史入手，经有《尚书》，史有《系年》。我们先通过《尚书》例篇一起"初识"清华简。

《金縢》——清华简中，有一篇题为《周武王有疾周公所自以代王之志》。将其与今文《尚书》中的《金縢》对照，虽然个别地方不一致，但显然，《周武王有疾周公所自以代王之志》就是《金縢》。相传《尚书小序》是孔子写的，孔子曾在序中概括《金縢》的内容："武王有疾，周公作《金縢》。"孔子生活的时代早于清华简的抄写者，可清华简上这一篇为何不叫《金縢》，却用了一个长达 14 个字的题目呢？显然，抄写者未见过《尚书小序》。整理此篇的刘国忠教授提出大胆猜测：有两个可能，一是抄写者不知"金縢"这个篇题，那说明当时流传了不同的《尚书》版本；二是此文当时根本就没有"金縢"这个篇题，那么《尚书小序》就不是孔子所作，而是另有其人了。

《说命》——《说命》见于东晋梅赜所献古文《尚书》。此书到底伪不伪？伪在哪里？清华简中的《傅说之命》终于为旷世之争画上圆满句号。《傅说之命》最早发现于 2008 年 8 月 13 日，李均明、刘国忠等在清洗竹简时，在一支简的背面看到"尃敚之命"四个字。李学勤闻讯赶来，非常激动，说"尃敚"二字就是"傅说"（音念"付月"），傅说是商王武丁的贤臣，《傅说之命》即《说命》。《尚书小序》曾明确《说命》共有三篇，梅赜所献古文《尚书》中，《说命》正是三篇，清华简中，《傅说之命》也正好三篇。以此结合《金縢》可推测，尽管清华简抄写者未见过《尚书小序》，但清华简或可证明《尚书小序》的存在。再看内容，清华简《傅说之命》和梅赜古文《尚书》中的《说命》完全是两回事，前者讲了武丁如何依据天命寻找贤臣傅说，后者却是傅说对武丁进言治国之道。《傅说之命》的部分内容与《国语·周语》的引文完全一致，这就足以证明《傅说之命》是先秦时期《说命》的原貌，而梅赜所献古文《尚书》中的《说命》是后人编造的，进而证明整本书有伪。

《厚父》——《尚书小序》及今、古文《尚书》中都没有《厚父》，但清华简中有《厚父》，且被考证为《尚书》逸篇，依据是其中的"天降下民，作之君，作之师……"一段话，与《孟子》所引《尚书》相似。《厚父》中，"厚父"对"王"阐述了畏天命、知民心的重要性。2016年4月15日，李克强总理在清华大学考察清华简，获赠一幅书法作品，上有根据《厚父》竹简照片放大描摹的八个古文字，对应为今天的汉字，是"民心惟本，厥作惟叶"。李学勤诠释道："这句话说的是民心是根本，人民要做什么事、说什么话、有什么趋向和发展，都是从'本'里派生出来的'叶'，执政要重视民心。"以史资政，古为今用，清华简里包含着很多这样的智慧。

《保训》——清华简中的《保训》虽未见于《尚书》，但完全是《尚书》体裁。此文开头说"惟王五十年"，先秦时期在位五十多年的国君不多，只有周穆王、楚惠王等人，《保训》里的王会是谁呢？从古至今大多学者认为周朝的实际开创者周文王生前并未称王，李学勤最先不敢考虑周文王，但他很快就联想到《尚书·无逸》篇中所说"享国五十年"的周文王，清华简中"惟王五十年"的王，那很可能就是周文王。对《保训》的进一步释读证实了李学勤的猜测。《保训》是"王"对"发"的遗训，"发"正是周武王的名字，能对姬发直呼其名并交待遗训的，当然就是周文王姬昌了。《保训》不仅为周文王称王提供了有力证明，还将周文王遗训生动再现。周文王以虞舜和商汤六世祖上甲微的史事，要求太子姬发遵行一个思想观念——"中"，也就是后来说的中道。

中国考古黄金时代刚刚开始

我们再通过《系年》继续"初识"清华简。

上文提到的与《尚书》相关的简文，篇幅从 7 支简至 14 支简不等。与此相比，共有 138 支简的《系年》可谓体量庞大。《系年》分为 23 章，记述了从周武王伐纣到战国前期的史事。它不仅修正了传世史籍，甚至填补了历史空白，《系年》第三章关于秦人始源的记载，便是其中之一。

西周覆亡，周室东迁，秦人雄起西方，称霸西戎，逐步东进，终于兼并列国，成就统一大业。李学勤认为，秦朝存在时间虽短，对后世的影响却相当深远。"特别是秦人的文化，有其独具的特点。伴随着秦人的扩张，带到全国各地。研究中国的传统文化，不能不追溯到秦人。秦人从哪里来，其文化有怎样的历史背景，是学术界争论已久的问题。"

关于这一问题，长期以来的主流意见是秦人出自西方，《史记·秦本纪》及《赵世家》中，曾详述秦的先世，"在西戎，保西垂"，蒙文通先生的《周秦少数民族研究》便据此认为"秦为戎族"。也有一些学者持不同意见，比如钱穆的《国史大纲》主张"秦之先世本在东方"，理由是《秦本纪》中提到秦先为嬴姓，分封之后以国为姓，而很多国族凡可考定的都在东方。清华简《系年》第三章廓清了这一千古谜团，其中提到，奄是商王朝的东方大国，"商奄之民"反周失败后，被周人强迫西迁至"邾虖"这个地方，"商奄之民"正是秦的先人。

"这真是令人惊异！"《系年》的这一记载让李学勤很兴奋，"'邾虖'是《汉书·地理志》天水郡冀县的'朱圉'，可确定在今天甘肃甘谷县西南、礼县西北。目前，礼县已发现周代遗址。根据《系年》提供的珍贵线索，从礼县往北，就是'邾虖'可能的位置。"

在《尚书》和《系年》之外，清华简中另有很多重要文献，比如《周公之琴舞》、《算表》等。

《周公之琴舞》为周公及周成王所作，是一组十分重要的乐诗，这不仅是佚诗的重大发现，也是佚乐的重大发现。它和六经之中唯一完全失传的《乐经》会有关系吗？李学勤说："和'乐'肯定有关系，但会不会就是《乐经》的内容，没人知道，因为谁都没见过《乐经》。"

《算表》是由21支简串编而成的计算表格，用编绳及朱丝栏分隔数码，为迄今所见中国最早的数学文献实物。它采用十进位，能进行100以内任意两位数的乘除，功能远超九九乘法表，为当时全世界最先进。

正是因为一项又一项惊世发现，清华简以此将改写先秦历史、文学史、科学史……从20世纪70年代出土马王堆帛书，到90年代出土郭店竹简，到近年从境外购回上海博物馆藏竹简和清华简，"地下之新材料"成为订正"纸上之材料"、探寻中华民族文明根脉的学术潮流。王国维说他的时代是"发现的时代"，李学勤感慨自己是被历史厚待的学人，他的时代是"大发现的时代"。20世纪90年代起，有学者认为中国考古"已进入黄金时代"，李学勤如今面对惊世清华简，却淡定地说："黄金时代才刚刚开始呢！"

辑三　守护有神龙

人鸽情缘

——"中国第一玩家"王世襄的未竟之梦

时隔 11 年，当我整理这篇旧作时，心头隐痛。

"世界上最美丽的鸽子——中国的观赏鸽已经到了濒临灭绝的境地。""真希望这传统的观赏鸽能放飞在 2008 年奥运会开幕式的上空。""看不到它们的转机，我会死不瞑目。"2005 年，我去拜访时年 91 高龄的收藏家、文物鉴赏家王世襄时，他对我说出了这样的忧虑和心愿。2008 年奥运会开幕式上，我们并没有看到中国传统观赏鸽放飞的一幕。2009 年 11 月，老人抱憾而逝。直到今天，他所期待的"转机"仍未到来。

再读这篇旧作，重温这份难得的人鸽情缘之余，不禁叹息他至死的惦念竟是如此深沉却又如此绝望，而他的未圆之梦，犹如一个巨大的问号，抛向世间，抛向明天。

贪凉，豁达，还想多活几年

广场上人鸽嬉戏，天空中白羽飞旋——在常人看来，这是一幅美丽的画面，但在一位鲐背之年的老人眼里，却蒙着让人遗憾甚至痛心的色调："这些广场鸽美其名曰'和平鸽'，实际上却是美国一种叫做'落地王'的食用鸽！而世界上最美丽的鸽子——中国的观赏鸽却在受冷落，已经到了濒临灭绝的境地。"

这位老人叫王世襄，以"中国第一玩家"著称文化界。他玩得最好的是观赏鸽，自打龆龀之年上房轰鸽，便与鸽子结下不解情缘。如今垂垂老矣，依然为中国观赏鸽的命运奔走呼吁。他说："看不到它们的转机，我会死不瞑目。"

2005 年，立秋之后的北京渐有凉意，腿脚怕寒的老年人大都穿起了长裤长袖。我如约来到王老位于芳草地迪阳公寓的居所，却见王老穿着平脚短裤和汗背心，光脚趿着拖鞋。大厅里放张大床，铺着竹席子。

"您不怕冷？"我问。

他扭头从冰箱里拿出两支冰棍，以不容分说的姿态塞给我一支，然后享用起他的那一支，指着旁边 58 岁的儿子解释道："他身体没我好，不吃。我身体好，不怕凉。"

王老确实硬朗得很。91 岁的年纪，居然不用拐棍，除了保姆白天过来打扫、儿子隔三岔五来探望外，衣食住行一概自理。究其长寿良方，他认为心态很重要。从 1952 年起，王世襄曾遭受不公待遇长达 20 多年。但面对关押、批斗和下放劳动，他没有倒下，还经常写诗自我欣赏、自我宽慰。一首写于下放劳动时的诗歌《菜花精神》是他的座右铭。诗曰："风雨摧园蔬，根出茎半死。昂首犹作花，誓结丰硕子！"

如今，这株"半死"的"菜花"活得忙碌、充实。在我拜访他的两个小时内，他闲不住，一会儿整理他的家什，一会儿拿放大镜查看资料。"年岁日长，体力日下，要做的事又那么多，时间对于我来说，太紧了。"

王老的左眼已失明十多年，右眼虽然做了白内障手术，但视力还是越来越差，因此在思考问题、接听电话、和客人聊天等可以不用眼睛的时候，他习惯闭上双眼。但他的思绪和谈吐还是那么清明、儒雅、透彻，不携带岁月的半点痕迹。若是一天不写点什么，他会手痒痒，但用眼时间太长，又会吃不消，于是干脆请个打字工，把他口述的内容打成文章。为了提高效率，减少其他不必要的体力支出，他把卧室、书房、会客室、收藏室一并搬到了厅里，其他两个房间则很少出入。因此，去过他家的人在感受拥挤、杂乱的同时，还感受着一份随意以及浓浓的文化氛围。

王老在晚年写得最多的是关于抢救传统观赏鸽的文章。他最大的梦想就是多活几年，能看到北京在 2008 年奥运会开幕式上放飞中国的观赏鸽。

玩物，著书，善品天下美食

2003年秋天，与王世襄相濡以沫近60载的夫人袁荃猷先他而去。此后每每想起老伴，王老都会忍不住抚摸老伴留给他的一件宝贝——《大树图》。这是袁荃猷的一张刻纸作品，粗壮的树干，圆形的树冠，丈夫一生所爱的15项玩好像果实般藏于树冠。这张装裱后的《大树图》就悬挂在大厅的墙上。

谈起诸多玩好，王老如数家珍："十来岁时我开始养鸽子。接着养蛐蛐，不仅买，还到郊区捉。冬天爱听鸣虫，也就是野生或人工孵育的蝈蝈、油葫芦。鸣虫养在葫芦里，所以又对葫芦发生兴趣，尤其是中国特有的范制葫芦，在它幼嫩时套上阴文花纹的模子，长成后去掉模子，葫芦造型和花纹文字尽如人意。这是中国独有的特种工艺，可谓巧夺天工，我也曾经试种过。十六七岁学摔跤，拜清代善扎营的扑户为师。受他们的影响和传授，后来玩得更野了——熬鹰、猎兔、驯狗、捉獾……由于上述种种经历，我忝得'玩家'之名。"

这些赏玩看似"雕虫小技"，但王世襄愣是让它们登上了"大雅之堂"。为了得到爱物，他餐风饮露在所不辞；为了穷究玩物的底里，他与平民百姓交朋友，虚心请教，以求博洽多闻。沉潜既久，他于诸般玩技靡不精通，光"家"者就有诗词家、书法家、火绘家、驯鹰家、美术史家、中国古典音乐史家、文物鉴定家、民俗学家等名号。随"家"而来的是他的40余部著作，如《中国古代音乐书目》、《髹饰录解说》、《竹刻艺术》、《中国古代漆器》、《明式家具研究》、《北京鸽哨》、《说葫芦》、《蟋蟀谱集成》等，大都是填补空白的开山之作。画家黄苗子称他"玩物成家"，启功评价他"研物立志"。

王老还有一大爱好——善吃、善做、善品评。京城文化圈内流传甚广的故事，便是王世襄常应好友之邀，身背各色厨具，自行车上挂好原料，亲赴诸好友府上献艺，他的厨艺常常让好友们"三月不知肉味"。

王老的厨艺传给了儿子。现在，儿子孝敬父亲的主要方式便是备料烹饪。"老爷子的味蕾灵敏着呢，一般饭馆的菜可瞧不上眼。"

养鸽，研鸽，三句不离"本行"

约访王老是有"条件"的，那就是"少宣传我这个人，多帮助呼吁抢救观赏鸽"。所以，一旦我们稍稍聊出了

"界"，他就会把话题收回来。

王老把养鸽、研鸽当作所有玩好之最，自称是"吃剩饭、踩狗屎"之辈："过去养鸽子的人们，对待鸽子就像对待孩子。自个儿吃饭不好好吃，扒两口剩饭就去喂鸽放鸽。他们还有一个习惯，一出门不往地上看，而是往天上瞧，因此常常踩狗屎。"他还兴致盎然地描绘起儿时的鸽市："过去几乎每条胡同上空都有两三盘鸽子在飞翔。悦耳的哨声，忽远忽近，琅琅不断。城市各角落都有鸽子市，买的人，卖的人，逛的人，熙熙攘攘，长达二三百米。全城以贩鸽或制哨为生计的，至少有几百人。"

出身于书香门第的王世襄曾就读于北京美侨小学。他在文章中回忆少时岁月，"一连数周英文作文，我篇篇言鸽。教师怒而掷还作业，叱曰：'汝今后如不改换题目，不论写得好坏，一律P（即poor）！'"

王老如此爱鸽，以至于结束下放劳动后一回到北京，便在通州郊区买了个小院，心舒神怡地养起了鸽子。后来想换个更大的院子，养更多的鸽子，但老伴终觉住在郊区不方便，只好作罢。

后来，王老住进了大杂院，再后来是公寓楼，均无法养鸽子，鸽子只能在他脑海里盘旋。一次，王老赴郑州参加全

2003 年前后，王世襄捧着心爱的鸽子。（李辉 提供）

国文史馆工作会议，他发现当地的金博大广场正在举办观赏鸽大赛，便兴致十足地走进鸽群。在那里，他发现了许多久违的鸽种。鸽子的主人们虽不知道他的身份，但很快就发现这位老人与鸽子之间有种天然的亲近。一个年轻人指着一对黑中泛紫的鸽子问王世襄："您认识它们吗？""铁牛！"王世襄脱口而出。年轻人激动不已，坚持要将这对几近绝迹的名种送给他。

　　无法养鸽的王世襄换了一种爱鸽的方式，那就是研鸽并出鸽书。他携带相机踏遍了北京的鸽市，去外地开会时也不忘逛鸽市会鸽友，还翻阅了沉睡在故宫书画库中的宫廷鸽谱。经多年积累，他编著了《北京鸽哨》、《明代鸽经·清宫鸽谱》等鸽书。不少鸽友都获赠了王老的鸽书，其中有位开封的鸽友受其启发，也编写了一本鸽书。

赏鸽，听鸽，品味独特文化

央视一套播晨曲，画面是庄严的升旗仪式，接着一只白鸽飞来。"这只鸽鸡头长喙，一看便知是美国食用鸽'落地王'。"王老想不通，"我们又不是没有好鸽子，为什么偏偏弄个'吃货'在那里？"

王老给我翻开两种鸽谱，一是中国的观赏鸽，另一是国外的观赏鸽。"你看看，我们的多漂亮，多灵巧，不管是品位气质，还是羽色纹理，均称得上是世界第一；国外的则逊色多了，有的还难看得要命。"

比较曾经的诸多玩好，王老认为玩鸽子最有价值——因时过境迁，有的已不能再玩，如鹰和隼，都是国家一级保护动物，獾也不能滥捕滥杀；有的已绝种，如老北京有一用来捉獾的狗种，新中国成立后已被全部捕杀；有的则变相为赌博的工具，如斗蛐蛐；有的现在比过去还要盛行，如冬日养蝈蝈、油葫芦等鸣虫……唯有中国的观赏鸽，与文化密切相关，却濒临消亡。

王老曾问过不少年轻人："鸽子有哪些种类？"年轻人大都回答："有两种，灰色的信鸽和白色的和平鸽。"这让王老非常失望："挂在他们嘴边的都是洋鸽子，而对高贵、典雅的中国传统观赏鸽却毫无概念。"王老认为，这和电影、电视、广告、公共场合中只能见到信鸽和白色食用鸽，而见不到观赏鸽有重要关系。节目制作人除了对观赏鸽不了解外，寻找观赏鸽有困难也是一个原因。他们想买或想借观赏鸽都有困难，而要白色食用鸽则太容易了，一个电话，肉鸽厂就可送货上门。

王老初步算了算，观赏鸽的种类可达上百种，如黑点子、紫点子、老虎帽、灰玉翅、黑玉翅、紫玉翅、铁翅鸟、铜翅鸟、斑点灰、勾眼灰……这些有着美丽名字的观赏鸽经过数代人的精心培育，在头型、嘴型、眼睛、眼皮、眼珠、花色、脚趾甲、闪光效果等方面有诸多讲究。其尾部还可以缝线扣环、悬挂鸽哨，盘旋时气流穿过鸽哨，便传出悦耳的哨音。中国观赏鸽的这些特点在世界上独一无二，是完完全全的中国文化。

"真希望这传统的观赏鸽能放飞在 2008 年奥运会开幕式的上空。"王老说，"它不像信鸽那样，一放全都跑了，而是围着巢舍成群盘旋。养好了可以一盘白的，一盘灰的，一盘紫的。鸽哨传出钧天妙乐、和平之音，定能为'人文奥运'添上最亮丽、最生动的一笔。"

人祸，天灾，见证鸽市兴衰

在电视剧《铁齿铜牙纪晓岚》中，有和珅上市买鸽子一幕。王老是内行，给这段戏挑出了不少毛病："场面根本不像鸽市；鸽贩应将装鸽子的小挎挽于臂弯，但剧中的小挎竟然放在桌子上；买卖双方从挎中掏鸽子和攥鸽子的方法都不对，我直替鸽子难受；鸽子的名称更是不知所云……可见老北京离开我们已经很远了。"王老认为，观赏鸽式微的最主要原因是天灾人祸："解放前至解放后的一段时间内，动物园、西华门附近建有观赏鸽鸽舍，供盛大节日时在天安门放飞。人祸天灾后，因粮食紧张，养鸽终止，此后未闻官方再养观赏鸽。'文革'期间，中国信鸽协会已经成立，信鸽得到了组织保护，但观赏鸽却未成立协会，成为'四旧'，红卫兵及街道成员挨户搜查，查获立即捕杀。2004年为预防禽流感，观赏鸽又遭一劫，每只付10元作补偿，拿去一律宰杀，信鸽却安然无恙。"

同为鸽子，命运却如此不同。观赏鸽的品种日渐退化甚至灭绝，但中国养信鸽的人数却直线上升，目前已列世界之首。原因是养信鸽可以竞翔获奖，拍卖获奖之鸽可以得高价，养信鸽已成为生财之道。王老叹道："在通讯发达的今天，我们已经不再需要信鸽送信，它已经变成了生财工具。信鸽的'热'也间接造成了观赏鸽的'冷'。"

近年来，北京的平房大规模消失，不少养鸽者不得不和心爱的观赏鸽告别。王老逛遍鸽市，再也寻不到"合璧"等名种的踪影。他忧心忡忡地说："难道非得等观赏鸽绝了种，我们再去追悔莫及？"

奔走，呼吁，提出大胆设想

王老言鸽，兴致勃勃可连续说上两个小时，随后又自嘲道："本人今年 91 岁，上台阶都需人搀扶，头脑已接近糊涂。但惟恐观赏鸽有灭绝之虞而有沉重责任感，因此才喋喋不休。"他扛着"老朽之躯"写文章、访鸽友，愿望只有一个，即能在有生之年看到观赏鸽的转机，否则就会"死不瞑目"。

他提出了抢救观赏鸽的一系列设想：一是成立观赏鸽协会，联络鸽友并定期举办活动；二是在中山公园或工人文化宫和奥运会主要场地建造鸽舍，鸽子可在天安门广场和运动场所盘旋，成为北京一景，鸽舍又可供人参观，佳种繁殖后还可以出口换外汇；三是建立网站，宣传保护观赏鸽的意义，让广大网友了解并爱护观赏鸽；四是举办全国或地方的观赏鸽评比颁奖大会，提高观赏鸽身价……他曾把这些设想写成公开信数十封，寄往各省市园林局，但一封回信也未收到。

令他费解的是，他如此奔走，国内鲜有回应，却在国外掀起波澜。2003年12月3日，王世襄从专门来华的荷兰约翰·弗利苏王子手中，接过旨在鼓励全球艺术家和思想家进行交流的克劳斯亲王最高荣誉奖。作为荷兰享有极高声望的文化奖项，克劳斯亲王奖每年颁发一次，其中最高荣誉奖1人，荣誉奖10人。王世襄是获得最高荣誉奖的第一位中国人。作为回赠，王老将《北京鸽哨》的英文本和几枚鸽哨转送给亲王，并附上一首小诗："鸽是和平禽，哨是和平音。我愿鸽与哨，深入世人心。"亲王回应说："地球太乱了，应当祈祷和平！"

美国华盛顿肯尼迪艺术中心2005年举办"中国节"，为此专门派人会同中国文化部的同志上王老家拜访。专员说"中国节"开幕式准备放飞1000只带哨的鸽子，问王老哪里可以定制鸽哨。王老回答："你们大概是借别人的信鸽放飞，一放全部回别人家了，哨子也没了，所以只适宜定做小而简单的鸽哨，否则不划算。我建议你们在肯尼迪艺术中心建鸽舍，养中国观赏鸽，这样可以每天围绕着中心飞，哨子也不会丢失。"专员很赞赏王老的建议，说要回去向中心汇报。王老还透露，美国一位排名前十的富商曾找过他，说想投资让他为美国培养中国的观赏鸽。王老婉拒了，"我不想若干年后，想看中国的鸽子就得去美国。"

早在 2003 年，王老就提出了在奥运会开幕式上放飞中国鸽的建议，因为非典、禽流感等意外，此事一直难以操作。"目前条件已经具备，如果再不抓紧，就会来不及了。"王老很着急，"因为很多鸽子已经退化，不能飞翔，而从购买、育雏到放飞，需要 3 年的周期。"说到底，奥运会上放飞鸽子并不是他的最终目的，他是希望能借这一契机，挽救中国的观赏鸽及鸽文化。

用生命守护最美年画

——王树村为中国民间美术撑起风雨不侵的堡垒

50年前，有位叫王树村的柔弱文人，拿命当赌注，做了一件今天看起来叫人惊骇又感佩的事。只不过在当时，这是个巨大的秘密，他不动声色埋藏了10年。

你没猜错，那是"文革"10年。

1966年，"文革"如火如荼，"除四旧"所向披靡，王树村30年来收藏的万余张年画，眼看就要保不住。作为"帝王将相"、"才子佳人"、"驱鬼敬神"、"封建迷信"的符号，"旧"年画首当其冲该被烧毁撕烂。为了表达"除四旧"的决心，王树村自己动手，把一摞摞年画搬到屋外，当着众人的面，烧！

27年后的1993年，他在《我与年画半生缘》的回忆文章中写道："我将存放在杨柳青家中和随身在北京的一些旧门神、纸稿、神像等，烧掉了一小部分，以掩人耳目，而大部分古代民间美术珍品所幸被埋藏在农村，全部保护起来，终免十年浩劫之难。"在他进行焚烧"表演"之前的数个深夜，他已将装着年画珍品的 20 多个木箱偷运出城，土里埋，废弃农舍角落里堆，草寮里藏……他用比自己生命更珍视的文化人使命，为中国民间美术的瑰宝撑起了一座风雨不侵的堡垒。

如今，王树村所藏年画珍品中的珍品，成了 11 卷本《中国古版年画珍本》所录年画的主体。这一国家"十二五"重点出版规划项目是王树村于 10 年前动议的。2016 年初，北京图书订货会上，长江出版传媒、湖北美术出版社、北京工艺美术出版社为该套丛书举办了首发式。

但是他没能来。

他的学生、中国艺术研究院民间美术研究中心主任王海霞来了，她是《中国古版年画珍本》的主编。她为恩师搬回去一套书，放在他的故居，以此来告慰先生的在天之灵。

略略让人宽慰的是：2009 年 10 月，86 岁的王树村"走"之前，知道那些跟随了他 70 多年的宝贝们都被拍了照，量了尺寸，按产地进行了分类，对内容进行了甄别……也许他能猜到《中国古版年画珍本》的模样吧？

那会儿，肺癌晚期的他用上了呼吸机，已不能说话。但王海霞一直记得在这之前老师说的一句话："要是再给我 10 年就好了！"

硬骨头

纯粹谈论年画的时候，王海霞眼睛里的反光点特别亮，打着手势，坐着的身姿像笋一样往上拔；如果把话题转到老师王树村，她眼里的亮瞬间灭了，人挫下来一截。

"我的老师是硬骨头。"她的话蘸满了疼痛和敬重，"日本人拿枪托子砸他的嘴巴，差点就拿刺刀刺了，他不屈服。"

那时，王树村还只是个 14 岁的少年，他要和扛枪的文化强盗抢年画。1937 年卢沟桥事变之后，日军侵占了少年的故乡——天津杨柳青镇。

祖祖辈辈赖以生存的年画生意遭遇灭顶之灾：画铺作坊全部歇业，年画古版或被焚烧，或被运往伪满洲国和日本；大雨滂沱、道路泥泞时，日本兵用抢来的年画木版铺路，炮车从上面碾过；水铺和烧饼铺的柴房里，堆满了论斤买来、比木头还贱的木版，劈碎扔进炉膛，由于沾满颜料，火苗发出蓝紫色的光，国宝在火中泣。

这一幕幕让王树村激愤不已，他在作文中写道："一个人要在社会上做出一点救国的事，表现出爱国主义精神才算是一个中国人。"他的救国，就是抢救年画。

王树村于 1923 年出生在"家家会点染，户户善丹青"的天津杨柳青。曾祖辈有一位裱画工，喜爱收藏民间年画。在这样的环境下，王树村自幼习画，深受民间美术的蒙养。每逢岁末年初，镇上车水马龙，客栈住满了来自各地的画商。最使王树村流连的，"是那画市上贴满了墙壁的各作坊画样。这些画样来自各家画店，内容形式皆不一样，大约共有两百张。看完一遍又一遍，今天看了明天还想看，不啻一年一度的民间年画展览会"。（摘自《我与年画半生缘》）

当往日的温馨被铁蹄踏碎，当一代代画工、刻工、印工的心血在炮车下碾为齑粉，在火苗中化为灰烬，王树村从此走上自发抢救年画的道路。他省下饭钱，从赶往鬼子据点的马车上，从烧饼铺和水铺的柴房中，换回数十块百年画版。日本兵用枪托子砸他，第二天，他还是爬上了马车。

救下的每一张年画，他都无比珍爱。"有时见到烧饼铺劈烧画版时，请他们允许我用蜡笔或墨汁刷印墨线版后再劈毁。掌柜和小伙计皆同意并帮着搬版、铺纸。有的烧饼铺掌柜觉得我这个小版画迷可爱，甚至还把小型画版送给我，这就更助长了我对家乡年画艺术的搜集和珍惜之情。"

"对年画艺术的搜集和珍惜之情"从此贯穿了他的一生，他渐渐将重心从绘画创作转移到中国民间美术史研究领域。抗战胜利后，他看到国民党军队用画版修筑碉堡、炮楼，就跑去对官兵讲画版是中国的文化遗产。有个读过些书的军官被他感动，允许他将其中较有价值的拿回家中收藏。20世纪50年代至"文革"前，王树村的足迹遍布全国数十个传统年画产地和北京的各处古文化街、旧货市场，每遇心仪之物，他总要节衣缩食买下。六七十年代，在夜幕的掩护下，他将20箱年画珍品偷偷运到乡下……终于等到阴霾渐散，日朗风清，此时盘点他的收藏，竟有一万多件！他没有花国家一分钱，却独自建起一座几乎囊括全国各地年画精品的艺术宝库！

"对年画，他倾尽了所有薪水和稿费，从不吝啬。对自己，则能省就省，穿的衣服，补丁上接着打补丁。"王海霞忆起老师近于自虐的节俭，唏嘘不已，"他给我写信时，会把用过的信封裁开，翻过来重新粘好，再用。那时候，一个信封才一分钱。他就这么一分钱、一分钱抠下来，去买年画。"

1990年后，一些外宾慕名前来，想以重金购买他的藏品。他毫不心动："我保存这些作品是为了国家，不能卖。"这种事情发生得多了，他调侃道："他们拿着那么多张一样图案的钞票换我不重样的年画，那怎么行！"

如果碰上日本人问他买画，他不仅不给，还不给人好脸色看。"从小对日本人的恨，在他心里是根深蒂固的。"王海霞讲起多年前的一件事，"我老师得了个'艺文奖'，奖金是日本人发的，他就不想去领。我们劝他说，日本人不都是坏人，也有真心热爱中国文化的。他不太情愿地去领了，领的时候还把人家给数落了一顿。那日本人垂着手站着，说着'嗨、嗨、嗨'，头一顿一顿的。"

因爱憎分明而让别人下不了台的例子不止这一桩。中国工艺美术学会民间工艺美术专业委员会副主任刘恪山撰文缅怀王树村先生时，提到1986年王树村曾应邀去莫斯科和列宁格勒博物馆鉴定他们收藏的中国民间年画艺术品："出版局的局长和博物馆馆长向树村炫耀地说：'西夏的文物在我们这里，是全世界唯一的一家。'树村愤慨地说：'这是你们从中国掠夺来的，你们是强盗！'那位局长十分难堪尴尬。"

正是在这一次，王树村亲见了我国最早的木版年画《随朝窈窕呈倾国之芳容》，又称《四美图》，被认为是宋金时期的代表作。画面中，汉晋两代的王昭君、班姬、赵飞燕、绿珠四位美人体态丰盈、美目传情、服饰飘举，背景是盛开的牡丹、嶙峋的太湖奇石、曲折的玉石栏杆……细致入微的雕刻刀法令人称奇。上书"平阳姬家雕印"，平阳姬家即今天的临汾金殿村。这帧中国古版年画的旷世珍宝，随着汉文典籍的流传而散落在西夏国。1909年，俄国人柯基洛夫将它从我国甘肃省额济纳旗黑城镇西夏黑水城遗址的一座古塔中盗走。如今，通过外交途径从俄罗斯复制回来的《四美图》成了《中国古版年画珍本》所收3900多幅年画中年份最早的一幅。

失散在异国的中国古版年画又何止《四美图》。从一个日本收藏家手里，王树村又看到了苏州桃花坞鼎盛时期的乾隆"姑苏版"巨幅年画，构图繁复，内容丰富，相当于年画中的《清明上河图》。等日本藏家一走，王树村神情落寞地对王海霞说："我走南闯北，见过古版年画好几万张，光是杨柳青年画，不重样的就见过2000多张；但他手里的这些年画，一多半我都没见过。"他让王海霞赶紧找国内出版社出版这批年画，但是后来因种种原因没能出版。

能买下来的，砸锅卖铁也要买；不能买回来的，常在心中惦念。但谁能想到，对年画如此痴迷的他，从20世纪60年代开始，竟用一种让很多人难以理解的做法，陆续处理了凝结他全部身家性命的一万余张年画和上百块木版。他分批将这些年画和木版捐给了中国国家博物馆、故宫博物院、中国美术馆和天津艺术博物馆等单位。

家财可散尽，片叶可不留。只要有它就够了。皇皇十一卷《中国古版年画珍本》，足以安放他对中国年画的最后眷恋。

一坛原液

2003 年古琴艺术成功入选世界级"非遗"之前，民间艺术史研究非常冷门。1952 年，王树村由华北大学美术科转赴中央美院专修中国美术史论，毕业后在《美术》杂志社当编辑。别人闹不懂他是怎么想的，他淡淡地回答："画画是画家个人情感的表达，而年画则是大众情感与生活的体现，虽然从事民间美术的研究十分清贫，但它具有更为深远的意义和更高的文化价值。"

严格说来，1952 年并非王树村开始美术史研究的起点。那么，起点在哪里呢？根植于故土乡愁，喷薄于民族危难，当这样的挚爱交付给年画，你很难分清热爱与研究的界限。当年那个从日本人枪托下抢救年画的少年，同时也从画匠那里收集着年画的绘制口诀。日本投降后，抛售《支那古版画图录》等书画刊物，王树村心里不是滋味："他们把抢去的东西做研究，为什么我们自己不研究自己的民间艺术呢？"这时他已在潜意识里触到了自己未来要走的路吧？1951 年，他去拜访京剧琴师徐兰沅，徐先生鼓励他将收藏的戏出年画编辑出版，以供戏曲研究者参考。他对戏出年画集腋成裘的积累，已然在京剧行家眼里具备了研究价值。

所以，当他在 1959 年编出中国有史以来第一部大型彩印年画集《杨柳青年画资料集》并荣获莱比锡国际书展银质奖章，当他接连出版《京剧版画》和《太平天国版画》，当他在 1983 年整理了《中国民间画诀》，当他耗时 10 年于 2004 年推出业界权威专著《中国民间美术史》……与其说是命运垂青于他，不如说是年画和他互为知己，它赠予他深沉而美好的人生体验，他有情有义打量并展现它一度被遮蔽的美丽容颜。

这样做学问，既是厚积薄发、水到渠成，也得皓首穷经、研机析理。王海霞说："老师治学极为严谨，每一个论断，某一个品种的源起、流布、演变、传承的推断定论，务求从浩如烟海的典籍中找到论据。"为了研究年画中门神的起源，他从《汉书·景十三王传》中记载的"殿门有成庆画，短衣大绔长剑"的文字中，考证出汉代已有了门上刻画武士像为守门将军的习俗，继而又从唐代传奇、宋代的《东京梦华录》、《画继》、《武林旧事》等书中找到了中国历代年画的发展脉络和不同称谓。为了考证"年画"一词的出处，他一直查阅到清末的史料，终于从道光年间李光庭的《乡言解颐》一书中所载"扫舍之后，便贴年画，稚子之戏耳"的文字中找到了这一名词。

2003 年被诊断患肺癌中期之后，王树村不仅没有放下严苛的治学，反而给自己不断加码，在他生命的最后 6 年里完成了 24 部著作，绽放了那"一瞥啪"的光亮。他曾说："中国的民间美术研究是一项前无古人的系统工程，就如同织毛衣先起个头一样，每个品类的具体研究还只是打基础，而仅是打基础的工作我一辈子也做不完。"

"他为我们打下的基础太扎实了，就像一本字典，我哪里不懂了，就得去翻一翻。"2008 年和 2009 年，王海霞带着她的学生，为王树村收藏的所有年画都拍了照，做了记录。"有些戏出年画我看不明白。"王海霞介绍，过去中国普通民众文化生活中最重要的两件事是听戏和赏画，"画中有戏，百看不腻"，很多戏后来不演了，却在年画中被保留了下来，"年画画的是哪一出戏？画上对打的两个人是谁？穿什么铠甲、骑什么坐骑、持什么兵器都是线索。碰上推断不了的，我便把拍下的图片洗成六寸的照片，带到医院让老师看，他会在照片背面写上戏名，我们根据戏名再去考证"。

当他舀出一碗水，他得先拥有一桶水，而他的一桶水，当初又是从怎样浩瀚的海洋中一滴滴采集而来？王树村生前留下的一段文字里，为我们呈现了集水的某一细节："有一幅《送盒子》戏出年画，从未见过和听说过此戏之内容。20 世纪 50 年代初，著名京剧演员李万春在北京演出，持图请教，得指点此戏为《打面缸》后续之一的喜剧。如此对照，通过收藏的这批戏出年画，不难找出这一时期中国戏曲的历史发展脉络，有补于中国戏曲史研究专家的遗漏。"

如今他留给我们的这一桶水，经由时间的酿造，已成酒窖的一坛原液。兑开来，处处可觅年画的芳香。

为中国年画正名

既是原液，讲究的是本要正、源要清。2006 年，面对"申遗"热潮中新翻刻的年画竟然堂而皇之结集出版，冒充"珍藏本"和"即将消失的民艺"，病榻上的王树村急了。这年 6 月，由他口述、由王海霞执笔的一封信寄给了中国艺术研究院院长王文章。信中提议出版一套《民间古版年画宝鉴》(《中国古版年画珍本》的初名)，"以此作为'样板'来对照，辨别真假遗产，使'假李逵'让位"，该提议得到大力支持。

《中国古版年画珍本》所选近 4000 件品，王树村个人收藏占了近三分之一，同时丛书还收录了中国艺术研究院、中国国家图书馆、中国美术馆、各地文化机构和民间藏家手中鲜见的古版年画珍本。因工程浩大，王树村并未等到 10 年后丛书面世的这一天，但他依然做了至关重要的基础工作，比如确定了北京卷、天津卷、河北卷、陕西卷、山西卷、山东卷 (上、下)、河南卷、四川重庆卷、江苏浙江上海卷、综

王树村伏案工作。摄于 2007 年 6 月。

合卷共 11 卷本的体例，再比如确定了要从历史价值、社会价值、学术价值、审美价值、艺术价值等多方位呈现年画魅力的撰稿规范。

年画是中国传统文化中不可或缺、不容忽视的一道风景。关于年画的历史价值、社会价值和学术价值，评价很一致。年画被誉为形象反映中国传统社会生活的"百科全书"：它追溯历史，褒贬人物，承载着爱国主义传统和优秀文化传统；它既描绘了太平盛世之下人民的安居乐业，也展示了外敌入侵之下人民的发奋图强；它刻画了岁时节庆、婚丧嫁娶等平凡而又热烈的世俗生活，为终年操劳的老百姓享受短暂的年节欢乐增添了光彩；它寓教于画，《消寒图》、《耕织图》等成为有关农事节气、生产操作知识的科普读物和工具书，《二十四孝》传播了"百善孝为先"的中国传统孝亲文化……

　　关于年画的审美价值和艺术价值，却在历史上饱受诟病，今天也未形成共识。王树村认为，年画艺术的形成有两个标志：其一，年画作品已由宗教崇拜物变为世俗商品，并通过木版刷印广为流播；其二，以描写和反映世俗生活为主的年画艺术已发展成一门独立的画种。在年画艺术形成的宋代，书画鉴赏家和画史评论家郭若虚将画家分为三等：上为王公和士大夫，中为以画自娱者，下为靠作画为生的画师艺匠。郭若虚写过一部传世的《图画见闻志》，指出图画的要旨在于"指鉴贤愚，发明治乱"，即有助于鉴别贤者和愚人，从而发扬开明，治理昏乱。他还对南朝的谢赫非常推崇。谢赫的《古画品录》是我国最早的品画名著，其中提到了囊括用笔、上色、布局等六方面绘画技巧的"六法"论。郭若虚认为"六法精论，万古不移"。今天再看郭若虚，他的理论体系其实是自相矛盾的——从《女史箴》、《二十四孝》等众多题材可以看出，年画上承了"指鉴贤愚，发明治乱"的要义，从北宋以来宫廷"院画"笔法在多地年画尤其是杨柳青年画中得到完整保留可以看出，年画下传了"六法"，如此上承下传，年画画匠却被归入末等，这不是很荒谬么？

"民间一直流传'北宗画传杨柳青'的说法，宋代人物画、风俗画里仕女和娃娃的画法，和杨柳青的相差无几。"王海霞说，"这些绘画技巧，是通过朗朗上口的口诀由师父传给徒弟的。"比如绘制人物时，不同角色有不同的讲究："武人一张弓，文人一根钉""将无项，女无肩（武将不画脖子，显得威武；女子溜肩，显出柔弱美），美人是"瓜子脸、蚂蚱眼、悬胆鼻、樱桃小口一点点"，娃娃则是"短胳膊短腿大脑壳"。人物的比例有更精确的要求，"行七坐五盘三半，一手捂住半个脸"，即是说行走时人物的身高是七个头高，坐着时的高度则是五个头高，盘腿坐着时是三个半头高，手的大小是脸的一半。还有色彩诀，比如"红配黄，胜增光；黑配紫，臭其屎"。这些口诀过去秘而不宣，年画行曾有"宁赠一锭金，不撒一句春"的训诫，"春"指的是机密（即画诀）。王树村遍访民间画匠和他们的后人，将这些口诀整理成了《中国民间画诀》。

杨柳青当年有实力的画铺，曾邀请到文人画家钱惠安、宫廷画师高桐轩等人绘制年画底稿，画卖得很好，因为它们更"入时人之眼"。这些画稿强调了背景的描绘和"点景"的处理，增加了年画的艺术性，将以工笔重彩为代表的民间年画水平大大提高。但是以往的艺术评论常常不是以艺术的价值来论高下，而是常以画家出身和地位来论画品，这显然是划分等级者的自我优越感作祟。所以，年画产地众多的年画画工创作的年画都被打入"下等"之作，即使有了专业画家的介入，艺术水准达到足够高度，与文人画家不相上下，也还是没能引起绘画理论家的重视。

时至今日，依然还有人在质疑年画的艺术性，甚至认为年画的特征无非是笔法朴拙、色彩艳丽。而事实上：杨柳青年画具有宫廷画特征，绝招有"开手脸"，即用一头蘸色、一头蘸水的鸳鸯笔，手工旋出手部和脸部的晕染效果；苏州桃花坞年画精美繁复，绝招有"饾版"和"拱花"，可用以表现极为细腻的套色效果和凹凸感的立体效果；山东高密年画中的"黑货"，墨分五彩，画面的墨色营造了清新、典雅的意境，寥寥数笔非常写意，画的是"渔樵耕读"、"朱子家训"、"高士抚琴"等带有一种文人画的韵味的题材；陕西凤翔年画古朴优美，既是农民艺术，又有着"耕读传家"和"秦人遗风"的文人气象……

"年画是一个独立画种，它是我国民族绘画传统之正宗。"王树村为中国年画如是正名。

把书桌搬到田野

——冯骥才守候民间抢救珍遗

　　冯骥才是个有悲壮情怀的人。他说过："精卫填海最后是吐血而死，但它的身上能够体现一种精神，我天生是为思想和精神而活着的。"

　　他个头 1.92 米，被周围人称作"大冯"。精卫的执念是大海，大冯的执念是田野。大冯的眉头总打着结，鲜有舒展的时候。他为什么不安心待在画室里，或者书斋内，而非得把书桌搬到田野，二十多年如一日，置身于民间文化保护的战役？

　　当然，他并不是一直忧郁的。每当挽救一片街区、一幢古建，每当寻访到一位身怀绝技的老艺人，每当记录下濒临遗散的口头记忆，他也会眉开眼笑。但笑意只是一瞬，而后转身，留给我们的依旧是那个背影：他在风车前执起长矛，朝夕舞动，四季无休，再魁梧的体魄也显得身单力薄。

　　究竟是怎样质地的心胸，可以盛下那么多的远见、深忧、执着、坚韧、豪情和雅致？他曾经到过什么样的疆界？见识过什么样的美？那些美又是如何殒亡幻灭？以致做出那么多努力的他反而默默自责，怪罪自己的束手无策？

这当然无法一一尽数，但我能说说那些年追踪到的一幕幕。

三个电话速写大冯

安徽省石台县一幢具有 200 多年历史的古茶馆，2006 年 6 月底被曝光即将装箱卖至瑞典。不到一个月，局势陡转：原本并不是文物保护单位的古茶馆，一路绿灯特事特办，被政府有关部门认定为文物，逃脱了"远嫁"异国的命运。当这一喜讯见诸媒体之时，我却透过行文，看到了背后不为人知的故事，以及故事里浸润的辛酸和欣慰。而这一切，与大冯的努力息息相关。只要撷取他与我之间的"三个电话"，以此作为速写用的炭笔，就能刻画出他的真性情——

·2006 年 6 月 29 日上午 11 时："我们竟这样自戕徽州文化！"

手机铃声响起，屏幕上显示的是"冯骥才"。我刚摁下接听键，"冯老师"三个字还没叫利索，那头就激动地问："小江，你知不知道，皖南古徽道旁一处有 200 多年历史的茶馆快要被整体搬移到瑞典去了？"

"是吗？这好啊！"我是一个颇具"职业亢奋"的记者，逮着一件值得报道的事情，第一个反应就是叫好。

那头哭笑不得："我本来就已经很生气了，你还说好？气死了！我被你气死了！"

"这件事情本身不好，但值得说一说，所以我就说好了。"

他没空继续"批斗"我，气咻咻地嚷嚷开了："居然仅仅凭借地方的一个手续，就把咱老祖宗留下的东西卖掉了。还拿出看似冠冕堂皇的理由，说它不是文物保护单位，可它难道不是我们共有的遗产吗？谁给他们这个权力了！为了金钱，我们竟这样挥霍、糟蹋、自戕我们的徽州文化！"

他的声音异常激越，仿佛要刺破耳膜，即使将手机稍稍放远，字字句句也同样掷地有声，将我的情绪迅速点燃。5分钟后，待他话音刚落，我说："我想立即去一趟天津会会您。"

"我知道你一向很积极。我下午会给你打电话定见面时间。来之前，你先上网查询关于老茶馆'远嫁'瑞典的资料。"随后他火急火燎挂了电话。

他的大嗓门仿佛还有余音，我的同事在一旁咋舌："他中气真足啊，八丈远也能听见。"而这时，我则像每次跟他即兴交谈后那样，滋生出遗憾来——他刚才说得太精彩了，但到底用了什么样的词汇、什么样的情绪？我却再也无法用文字复原出来。

此刻我能为他做的，就是坐在电脑前，按他的要求查询资料。事情源于 2006 年 6 月初，瑞典一位仿古商船的商务经理来到安徽石台县考察，对古老的徽州文化、茶文化赞不绝口，并萌发奇想，计划将古徽道旁一处有 200 多年历史的徽州老茶馆整体搬迁到瑞典哥德堡市。石台县有关部门称这幢古建不属于当地文物保护单位，同意将它"远嫁"。目前，古茶馆的拆卸工作已在准备之中……

这一做法引发了两种声音：反对者认为这是严重破坏文物的短视做法，徽州老茶馆所蕴含的文化气质只可能属于中国，属于徽州，一旦搬到瑞典，只能成为一件奇异的舶来品；赞成者认为这不仅提升了当地知名度，宣传了本土文化，也可看作是文物"异地保护"的又一尝试。

但随着我的进一步查询，我的心有些发凉。这居然是有先例的！此前，皖南休宁县黄村的古民居"荫馀堂"经过 7 年多的策划、施工，于 2003 年搬迁至美国的埃塞克斯博物馆内。当"荫馀堂"在国外大放异彩时，国内却准备用上千万元在原址上重建一座"荫馀堂"。这样的结局，让人感叹不已。3 年后，历史却再度重演，钻的竟然还是文物保护法规的同一空子!

任何人都不难预见，接下来应该就是梁柱牌匾被装入集装箱漂泊出海的镜头。我不禁想起大冯在所著《民间灵气》中说到的，他曾为挽救海河两岸历史遗存而游说，以致口干舌燥，但面对的依旧是直怔怔的眼神。

然而，大冯对这样的先例肯定是不管不顾的。他那激愤的声音，这会儿说不定又响在另一个人的手机里，而这个人一定是大冯认为可以帮他一同呼吁的。

· 2006 年 6 月 29 日下午 5 时："我的心电图出了点问题。"

整个下午，我都在等大冯的电话。

终于，电话来了。大冯在电话那头说："本打算明天让你来天津的，现在看来不行了。体检结果刚刚出来，我的心电图出了点问题。"这一音调，比起上午低了很多分贝。

"怎么会？您觉出有什么不舒服吗？"

"那倒没有，但觉得很累。"

"以前体检有迹象吗？"

"过去一直正常。这次颈椎出了点问题，因此在做心电图检查时不能躺着，只能坐着。心电图异常或许是这个原因吧。"

"医生怎么说？"

"建议我再到几个大医院做一下复查，听听专家的意见，我明天就准备干这事。大伙儿都建议我平时一定要多休息。"

但他停得下来么？自打 1994 年为保护天津老城奔走呼吁开始，大冯一直在为文化保护事业透支自己的体力。以至于 2006 年 6 月 21 日那天去人民大会堂参加"《中国民间剪纸集成》示范本'蔚县卷'首发仪式"时，有一个记者同行指着主席台上的大冯悄声问我："你不觉得冯骥才这些年苍老了很多吗？"我这才惊觉，比起 2001 年初识时的样子，他的眼角和眼袋真是耷拉得厉害。而那阵子他尤其多灾多难：先是颈椎不适；然后是手被扎伤，无法在电脑前工作；接着，心电图又不正常。这不禁让我心生感慨，这个一度自我评价"非常强壮"的男人，除了身高，恐怕再难让人联想到他当年是何等出色的篮球运动员，身手矫健，能像迈克尔·乔丹那样拔地而起，进行空中大扣篮。

我只能安慰他："您太着急了，太容易激动了——就像上午，您的声音震得我耳朵疼。"

他呵呵地乐开了。我继续说："您以后放宽心，让我们帮您呐喊吧。您该去画画，有好长时间没有画画了吧？"

"有段时间没动画笔了，是该画画了。"随后是一段沉默。或许我们都心知肚明，这只是很难实践的美好愿望。一如对待他爱极了的写作，有几个长篇小说的构思一直把他折磨得很难受，但无法找到时间宣泄至笔端。他曾经自问："当鱼和熊掌不可兼得，我选择什么？我是不是此生注定要守候在民间了？"他在所著的《思想者独行》中，似乎作了回答："不管是风风火火抢救一片在推土机前颤抖着的历史街区，还是孤寂地踏入田野深处寻觅历史文明的活化石，惟有此时，可以同时感受到行动的意义和思想的力量。"又如他在《民间灵气》中所说："我不能在稿纸上停留太久。我必须返回到田野里，因为我要做的事远远比我重要。"

沉默过后，他突然问："你是研究生还是博士生？"

"您那么高看我？我只是本科生。"

"那你到我学院来读研究生怎么样？"听说天津大学冯骥才艺术学院正在为人力不足的民间文化抢救事业补充生源，大冯似乎有意让我成为其中一员。

"真的吗？那太好了。"可我随即就有点怵头，"我在北京工作，怎么去天津上课呢？会不会经常逃课呢？您不会把我又开除吧？"

"唉！你还是当你的记者吧！"就这样毫无防备地，我增加了他的无奈。在面对某些取舍时，我无法超脱地去天津做他的研究生；可他呢，也唯有他，为了这份前途渺茫且没有尽头的事业，竟可以做一名苦行僧、一只精卫鸟。

·2006年7月20日上午11时："古茶馆在半路被截了回来。"

白纸黑字的契约，让徽州古茶馆"远嫁"瑞典的命运似成定局；而节骨眼上，试图力挽狂澜的大冯又发现心电图异常。那天过后的第一个周末，他开始去天津的一些大医院复查。我隔三岔五打电话过去询问近况。令人欣慰的是，他并无大恙，但必须听从医生的建议，不能再过度操劳。

近一个月来，我又参加了中国民间文艺家协会的两个活动，果然未见大冯的身影。按过去常情，他一般会在类似的场合现身。

7月20日上午11时，我又拨通他的电话。他的声音平静中透着喜悦和骄傲："小江，告诉你一个好消息：徽州古茶馆在半路上被截了回来。"这样的转机令我惊讶不已。

原来，即使身体不适或疲倦，大冯依旧在牵记着这座古茶馆。他不仅找媒体的朋友一同呼吁，同时还打电话到文化部社会文化图书馆司力陈利弊："虽然有先例，但如果不赶紧刹车，还会有很多古民居被仿效出卖，我们最终会被历史判定为罪人！"他的建议很快被采纳。按原计划，古茶馆将在今年8月被卖到瑞典，缘于大冯的呼吁，政府有关部门特事特办，对古茶馆的文物价值进行鉴定，这一古建筑被认定为文物，逃脱了被卖到海外的命运。

"你们都在帮我。"大冯欣慰道，"文化部的朋友知道我心脏不好，反复关照我别着急，事情由他们帮着办。"这时候，我明白了他为什么永不放弃：他并不孤单，总有些志同道合者，伴他左右。

老津城：自费考察救古迹

我沾过大冯一次光，"省"了一次打车费。

那是 2004 年春节过后，我去天津参加他的一个活动。一位天津"的哥"非得免去我的车资，若要强给，还跟我急："你只要帮我传一句话就行：谢谢他赞成大家放鞭炮，天津的年味儿才这样浓！"

天津的老百姓感谢他，可不止这一点！当他们骄傲地谈起在推土机面前幸存下来的老城区时，大冯更被套上了英雄的光环。

1994 年，大冯在报纸上看到天津市打算大规模铲除老城、改建新城。这意味着义和团重要的坛口、五四运动的遗址、中国最早的电报局，还有地域文化里面数不尽的财富都将灰飞烟灭。大冯急了，"所以当时我就自己拿出一笔稿费来，请了七八十个人，有历史学家，有建筑师，把整个老城考察了一遍，然后全部都拍下来。那次我们用一年多的时间，拍了3万多张片子，然后，择出2000张印成画册。从市委书记、市长开始，到各局局长，每个人送一本。最终，我们的努力有了结果，天津市委决定留下这笔巨大的文化财富。"

天津的老百姓对大冯有情有义，而大冯也对这段经历心怀"感恩"："它让我的足尖有了方向感。也就是从那时开始，我觉得应该做一件事情，那就是挽救我们自己的文化。以致后来做到全国，直到21世纪初就一发不可收拾了。"

2003年2月18日，大冯倡导发起了历时10年的"中国民间文化遗产抢救工程"。此工程被列为国家哲学社会科学重点实施项目，用文字、录音、摄影、摄像等现代技术立体记录了中国民间文化，建立了中国民俗图文资料数据库。

古画版：冷风骤雨得抢救

2003年10月12日，河北武强遭遇30年来罕见的冷风急雨。每一个出现在武强县旧城村年画古版抢救现场的人，冻得嘴唇青紫，身上的雨水顺到雨靴里。

只有大冯没穿雨靴。他的脚太大，比县里为我们准备的最大号的雨靴还大出足足5厘米，只能拿两个塑料袋套在鞋子上。但哪里管用，泥浆渗了进去，弥漫鞋面，浸渍裤腿，因此比任何人都狼狈。但他却自我解嘲："大家都说我是丐帮的首领。"

因为没带换洗的外套，我几乎用体温熨干了身上的衣服，虽说体质一向不错，但还是发起高烧。当晚回京，大冯跟我们不是一个车，我是从后来他的回忆文章中知道回程时他的情况的——"车子竟无端熄火，必需众人一齐推车助力，才能发动，但走不多远又熄火停车。于是大家一次次去推，个个浑身被冷雨浇透，鞋子灌成水篓。以致到了青县一家乡村饭店烤火与喝姜汤时还冻得发抖……"

可当大冯回到家中，打开根据抢救下来的古画版重新印刷的年画《三鱼争月》，即刻满心欢喜，种种辛劳，一扫而空。此次抢救，一共救下包括《三鱼争月》在内的年画古版159块。经专家鉴定：有6块画版刻于清同治年间，其余大多为民国时期木版；保存完好的为55块，另104块因时代久远而图案缺损。目前，全国发掘保存下的年画古版为数不多，那次在武强惊现的年画古版，属一次性古版发掘数量之最。

这些宝贝被密藏在村民贾振邦家的老房屋顶上，是1963年洪水后，贾振邦的父亲贾增起在重新盖房时铺在屋顶上保存下来的。中国民协发起民间文化遗产抢救工程后，贾振邦自愿将这批画版捐赠给国家。不料文物贩子打探到消息，准备把它们搞到手，当地政府为防止出现纰漏，干脆派人去看守这座废弃已久、空无人居的老宅。

抢救当日，数十家媒体记者、10多位专家和数百县民、村民闻讯赶赴现场。面对毫无征兆的风雨，唯有大冯仍在犹豫——出于保护古版的目的，他提出将抢救的日子挪后，但似乎又没有退路。直到县政府许下军令状："确保古版不遭受雨淋！确保现场所有人员的安全！"大冯才神色庄重地点点头。

阿姎白：疯狂石头有新解

在白族语言中，"阿姎"就是姑娘，"白"就是开裂的意思。"阿姎白"是指姑娘开裂的地方，即女性躯体最隐秘的地方。但世界上还有哪个民族把它雕刻成一个巨大的偶像，赤裸裸地放在石窟中供人祭拜？1995年，世界妇女大会在北京召开，一些西方代表专门跑到云南剑川的石宝山，去见识闻名已久的阿姎白。真的看到了，全都目瞪口呆。

大冯也去了那里，并不出于常人的好奇心，而是因为不相信那个已经"通用"的解释——说它是云南佛教密宗思想的产物，甚至追根溯源，说它来自于印度教中具有性力崇拜的湿婆神。

冯骥才在山西剪纸艺人家中。

果然，他从石窟内墨书题记的表述中，从阿姎白与周围造像完全不同的雕刻手法中，从莲花座的再造痕迹中，从政治和宗教的历史演化中，得出了全然不同的结论：这阿姎白分明是佛的形状，上小下大，稳稳坐在须弥座上。它本是一座佛的坐像，后来佛像残了，就被后人改造成这个样子！

那么，是谁再造的？是民间；这再造的精神动力来自哪里？来自民间——一种民间的精神。这种精神，在一年一度石宝山歌会如此浪漫而自由的天地里，被恣意发挥。阿姎白的出现，势所必然。歌会期间，不少女子跑到阿姎白那里，烧香磕头，还用手把香油涂在阿姎白上，祈求将来生育顺当，不受痛苦。阿姎白上新鲜的香油使得这片山野飘动着奇特的芬芳。

大冯说："别看我对阿姎白有一个'突破性'的发现，但它告诉我的更多。那就是，如果我们遗弃了有关阿姎白的口头记忆，最终它留给后人的，只是一块被误解的、胆大妄为的、疯狂的、性的石头。"

雪绒花：空中草原现芳踪

电影《音乐之声》的主题曲《雪绒花》，让这种花的名儿传遍天下，但又有几人见过它呢？它只生长在海拔 2100 米以上的高山或干旱草原上，十分珍稀，再加上纯洁的色彩、高贵的造型、不惧强烈日照和严寒的品格，因而被奥地利、瑞士等国家尊奉为"国花"。

中国有没有雪绒花？ 2003 年秋天的一次考察，大冯偶然发现，蔚县南郊 2100 多米海拔的"空中草原"开满了雪绒花，而蔚县人世世代代将这种花称作火绒蒿，全然不知它竟是世界名花。

大冯像个孩子一样乐了："阿尔卑斯山的山民将它视若珍宝，偶有贵客来访，才拿出一两朵馈赠。但在空中草原，雪绒花呈地毯式生长态势，远远看去就像覆盖着一层薄雪！而且，这里的花朵个个奇大，比起阿尔卑斯山的雪绒花还要大上三倍！"按捺不住喜悦的他很快在人民日报上发表《中国的雪绒花在哪里》一文，很快，"雪绒花"作为最吸引人的名片，为蔚县带去了大批游客。

而一旦被开发，紧接着就是保护问题。2005 年夏秋之交，大冯在蔚县提出合理开发和保护雪绒花的倡议。作为随行的记者，我有幸登上了这片在山巅之上的神奇草原。当时正是花儿开得最旺的季节：那乳白色的球形花蕊，犹如少女初开的情窦；淡绿色的花茎，犹如夏天里徐来的清风；沾满细密白绒的长长短短的花瓣，犹如舞者伸展的玉指。

那天正好是大冯的夫人的生日，浪漫的他准备采撷一些雪绒花作为夫人的生日礼物。我们帮他一起采撷，他反复关照："千万别将它连根拔起，它是多年生草本植物，只要有根，来年会再次怒放。"

"徒有虚名"的收藏家

——马未都要把观复博物馆留给社会

从这一盏聚光灯下跑开，隐匿得不知去向，然后出现在另一盏聚光灯下。收收放放取取舍舍，不太安分的马未都总能闯荡出一些名堂。

先是 1981 年在《中国青年报》上以一个整版的篇幅发表小说《今夜月儿圆》。两个月后，他从工厂调入《青年文学》编辑部，从此，文学界多了一个笔名"瘦马"的青年才俊。数年后，他竟主动离开吃香的岗位，"瘦马"销声匿迹。20 世纪 90 年代初，随着电视连续剧《编辑部的故事》的热播，马未都作为编剧之一再次进入公众视线，之后趁热打铁，他又推出了《海马歌舞厅》。影视风生水起，马未都却急流勇退，第二次玩起了"失踪"。1996 年末，新中国首家私人博物馆"观复古典艺术博物馆"成立，大家发现马未都竟然是这家博物馆的主人。2004 年，博物馆搬迁至北京东五环外的大山子，更名"观复博物馆"，开风气之先首次引入了博物馆董事会制度。2008 年年初，马未都又来到央视《百家讲坛》说收藏，他一语惊人，将"床前明月光"中的"床"解释成"胡床"，也就是"马扎"。类似的新解引来争议，而他本人也像于丹、易中天一样，在争议声中成为带有时尚色彩的学术明星，他的铁杆粉丝们自称"永远的马扎"……

但无论如何收放取舍，无论时代如何更迭，角色如何转换，成功如何再造，安静和热闹如何交替，唯有一样日久弥笃，那便是他与文物的缘分，伴他成长，也将伴他老去。

若要看清这缘分，不妨走进"观复博物馆"。"观复"二字，引自老子《道德经》中的"万物并作，吾以观复"，意为"万物同时在生长，我看着你们轮回"。马未都将博物馆定名"观复"，即包含对文物一遍又一遍观看的喜爱之情，更有一种跳脱物化生命的若有所悟。他希望来他博物馆的每一位客人，都能与馆内藏品进行穿越时空的对话，从而在快节奏的现代生活中觅得一份宁静。

2008 年 12 月 15 日，应主人之邀，我走进了"观复博物馆"。午后的阳光穿过落地长窗，投射在他的脸上。53 岁的他灰白头发，小眼睛在阳光中眯缝着，这正好是用于回忆的最温暖的神态。他与文物的故事，就在这个下午来到我的笔端。

这时候，"观复博物馆"里数千件文物正静静地陈列着，是一种铅华洗尽之后的沉淀。而马未都对文物那种深沉的亲近，应该也是经过沉淀的吧。

收藏文化的大众化

古语道：盛世藏古董。

尽管盛世的标准不一，但不外乎国泰民安、文化繁盛、百姓生活相对富足。历史上的盛世有文景之治、贞观之治、开元盛世、康乾盛世，当然也包括诸如北宋宋徽宗时期这类"小盛世"，有《清明上河图》对当时社会生活的画像为证。

收藏热大体形成于盛世。目前流行的"从古到今共有五次收藏高峰"的说法就是由马未都总结的：第一次在北宋，最明显的标志是《宣和画谱》、《金石录》等专业书籍集中问世；第二次在晚明时期，史书记载嘉靖万历年间皇帝不朝，政治黑暗，其实当时的社会还有另一侧面，那就是经济富足，文化繁荣，《水浒传》、《三国演义》、《西游记》、《金瓶梅》等相继发行；第三次在康乾盛世，这是中国历史上时间最长的一段盛世，长达 100 年；第四次在晚清到民国初年，这和前面几次不同，主要是外需加大，内需缩小，西方人开始了大肆掠夺；第五次的形成以 1993 年"嘉德"成立为标志，一直延续至今，收藏者之众、规模之大、领域之广超过了以往任何一次收藏高峰。过去只有富贾权贵才能玩得起的文物收藏，逐渐成为大众的共同爱好。其热效应甚至辐射到文物以外的领域，比如服饰的复古、偶像歌手周杰伦的《青花瓷》一歌的传唱。

对"大众收藏"之说，马未都持保留看法。他此前去深圳讲了一堂关于文物的课，来听课的，只有 5% 的人从事收藏，其余的只是对收藏背后强大的文化感兴趣。严格地说，"大众收藏"指的是收藏文化的大众化，而并不是收藏投资的大众化，绝大部分人的经济实力决定了他是买不起重要文物的，换句话说，他对投资感不成兴趣。

而收藏文化则并不会严格受到经济实力的禁锢。历史上，收藏文化之所以只被士大夫阶层独享，一是因为收藏的私密性，二是因为人和人之间不平等，普通老百姓没有受教育权，他们和精英文化是绝缘的。如今，科教的普及以及商业社会中信息传递的便利，使农村的一个老太太也知道古旧物品值钱。各种收藏知识和市场行情扑面而来，"扫盲"的同时，也极大地刺激了欲望，以致一些人把投资收藏看作是暴富的有效捷径，而赝品恰恰迎合了贪婪、投机的心理，大行其道。目前，"观复博物馆"每周设有一个面向社会的鉴定日，老百姓捧着"宝贝们"前来，却得到了马未都残酷的裁定，十件里面都不见得有一件真品。

马未都将文物分为两类："在库"和"在途"。所谓"在库"至少是一代人不卖，类似存入库房；"在途"是指一直在流转途中。西方收藏界，"在库"的占90%，"在途"的占10%；中国收藏界，"在库"的只有1%，"在途"的却高达99%，从中折射出了文物收藏者急功近利的心态，这容易使市场出现"蛤蟆效应"，有人跳水的时候，大家跟着一起跳下去。

人们对收藏态度不一，有的为乐趣，有的为投资，有的为炫耀。马未都在《百家讲坛》举例时，尽量只说文物不提金钱："我希望把大家的注意力从金钱转移到文化上，钱带来的快乐往往只是一瞬间，文化却能怡情悦性，带来长久的满足。"比如，他讲到中国人生活中最常见的"椅"和"凳"的由来和区别："椅"带有靠背，现在说的"倚靠"，就是从"椅靠"演变而来；"凳"的本意是"蹬"，最早并不是用来坐而是用来踩，比如上马凳，后来才演化为临时的坐具——凳。正因为是临时坐具，凳的等级就比椅的等级低，当家里来了重要的客人，一定要让客人坐椅子，而不是坐凳子，这里面体现了我们民族的礼仪文化与伦理秩序。

仅仅凭借《百家讲坛》这一平台就想把大家从关注金钱

变为关注文化，这显然不太现实。但马未都相信，只要进入收藏领域，总会潜移默化受到文化的熏陶。他拿20世纪80年代认识的小商小贩来举例子：历史上到底有多少朝代，我都说不清楚，可他上来就跟我说"天显、天赞"，我问这是什么年号啊，他就说在辽代。也许一开始，了解这些知识只是他赖以生存的技艺，他的快乐是由钱带来的；但当你作为一个文化人对他知道"天显、天赞"表示吃惊的时候，他的愉悦就全来了。

"不管出于什么目的，最终一定是殊途同归，归于文化。"在马未都看来，文物本身既是文化的表现，同时也是引领你走入文化境界的一扇门。

文物收藏的合法化

人们曾经仇视好看的文物，咬牙切齿砸东西；如今，文物被陈列在博物馆的展柜里，人们隔着玻璃睹其芳容。

有人曾拿乾隆朝的瓶子换取一台电冰箱或者几把折叠椅；如今，这样的瓶子可能比一幢别墅还值钱。

这是一段酸楚的戏剧性经历。在新文化运动对传统文化的批判声中，在"文革"对"四旧"的扫荡之下，携带着古老文明烙印的文物几乎遭遇灭顶之灾；直到1978年十一届三中全会召开，文物的命运才悄然发生转变，先是经历了 15 年的地下交易，1993 年，文物收藏被合法化并随后进入蓬勃发展时期，盛世让文物找回了原来的尊严。

早在 20 世纪 70 年代末就进入收藏领域的马未都，用"十年一代"来形容自己 30 余年的收藏生涯："70 年代是破坏的一代，80 年代是淡漠的一代，90 年代是关注的一代，到了 21 世纪则是蜂拥而起的时代了。"

马未都说自己"可丁可卯"赶上了这么一个机会："文革"结束时，他刚走上工作岗位，有兴趣又有经济能力，文物长时间所处的低谷期，让他用极其低廉的价格收罗到好东西。这是一个前后人都没有赶上的机会，经历十年浩劫的"前"人因为前车之鉴不敢收藏，"后"人当时没有经济能力，等到有钱了，文物价格已经涨得很高，只好望而却步。

今天，当人们对马未都的"发家史"颇感好奇时，他在 2008 年 3 月 23 日写的博客文章也许是最好的回答："我是一介草民，无师承、无家传，平地抠饼，旱地拔葱。我不比别人强，尤其不比前人强，宋元明清至民国，所有收藏大家令我辈高山仰止，望而生畏。收藏这样耗钱财、耗精力、耗知识的雅事，本与草民无关；可谁知几十年对文物的漠视，对文化的敌视，让我在夹缝中得以落脚，而恰恰这夹缝中尚有一点点泥土，又让我生根。我只能说，我是极为幸运的幸运儿，没有可比性。几千年来都值钱的物件，在我刚刚有支付能力时突然不值钱了，并展现在我眼前……"

20世纪80年代初，马未都每天都要在上班之前逛逛菜市场或者爬爬山，玉渊潭公园门口的菜市场、前门菜市场、后海的小山包、潘家园的小土山……满北京跑。他的目的不是买菜或者锻炼身体，而是盯上了古董。那时候的文物买卖是非法的，文物贩子只好混迹在菜市场里面，或者把摊儿摆在山上，早晨8点城管上班之前就得收工，免得东西被抄、人被抓。对马未都而言，天天起个大早看看菜市场里面出现什么稀罕物件就是享受，当然，最兴奋的莫过于每个月花上几块钱，搬回一两件心仪的宝物。

当时的文物贩子有个别称："包袱斋"——铺一块布，摆上东西，在土山上居高临下，远远看见查抄的人过来，就把包袱一系，作鸟兽散。谁会想到，当年偷偷摸摸做生意的潘家园市场今天竟然已发展成全国最大的收藏品市场。马未都笑言："现在北京每天一大早两个地方最热闹：天安门广场，人们在抬头看升国旗；另一个是潘家园，人们在低头寻国宝。"

马未都如今很少去潘家园了，这里已经很难见到他看得上的真东西，更别说像过去那样"捡漏"了。他挺怀念过

马未都正在鉴定文物。

去心醉的时光：文物不仅价格低，而且件件是真品，没人伪造，因为伪造的成本远高于文物当时的价钱，卖家捧着古玩追着买家跑。目前陈列在"观复博物馆"里的绝大部分藏品是在 1995 年以前买的。历史的机遇无法复制，今天的马未都基本上只能通过拍卖会购买文物，价格数十万元至数百万元不等，一年也买不了几件。

　　怀念归怀念，但他心里很明白，他更得感激当今这个时代，因为这个时代帮助他完成了一个人生的终极梦想：办一家博物馆。他至今还记得他在 20 世纪 80 年代去故宫博物院研究古董时的情景，"那里除了工作人员，就只有我一个人。电灯光昏黄，因接触不良时灭时暗，为了要看清文物，我只好自己带一把手电筒。当时大家对文物、对博物馆没有兴趣，每当我兴高采烈地想让大家看看我买的好东西，别人不是漠然就是不解，有的还很不屑。"

人不可能总占着两头的好处。对马未都来说，恢复文物本身的尊严，与众人分享收藏文化，这才是最重要的。

私人博物馆的社会化

"观复博物馆"分上下两层，设有陶瓷馆、家具馆、工艺馆、影像馆、油画馆、门窗馆等展厅，并非是文物的机械罗列，而是被布置成客厅、书房、卧室、茶室……八仙桌、条案、太师椅、贵妃榻、琴桌、茶几、书橱等按古人生活场景一一摆放。它们是你眼里的景，你是它们亦真亦幻的主人。

正当我徜徉于这一独特空间，边上两个中年人在一把"交椅"前站住："我看马未都也算是坐上了民间收藏的头把交椅，你说他得有多少钱啊？"

我把这说给马未都听，他乐了："有很多富商玩收藏比我玩得大，只不过他们是秘密地玩，我是高调地玩。我也没钱，钱都换成了古董，却总是舍不得卖。当然，有人会说，古董就是钱，但大家放心，它们不会被换成钱，因为我不打算留给儿子，而是全部留给社会。"

他的这种姿态，免不了被人说成是"作秀"，即便他的好友也"不信他就不会给儿子留下几件"。马未都总是淡淡回应："有些人喜欢炫耀财富，我喜欢炫耀知识。我如果想凭借收藏让自己过很舒适的日子应该说很容易，但那不是我想要的。"

——马未都对文物的感情好像是天生的：小学的时候，全班去参观博物馆，老师老是催他"跟上，跟上"，而他总觉得看不够，流连忘返。

——他对文物的感情是痴狂的，甚至在外人看来有点神经：调入《青年文学》编辑部后不久的一次搬家，家里失窃，那个年代最贵的电器——彩电被盗，可不识货的窃贼并没有带走他珍爱的钧窑挂屏，这让他舒了一口气。去报案时警察疑惑："你家被偷了，你怎么还那么高兴？"为了琢磨青花如何看出年代，他到摄影器材商店买了最亮的灯装在床头，天天晚上抱着坛坛罐罐，痴痴傻傻看到半夜，睡醒了又继续看，终有一天积思顿释，练就一个绝活——只要一看盘子正面，就能说出背面大概是个什么情况。

——他对文物的感情是难以割舍的：1988 年，有个台湾商人看中了马未都当初花 200 块钱买的碗，开价 1 万美元，

马未都没卖，因为钱是一样的，而古董各有各的美妙；在 20
世纪 90 年代以前，他没卖过一样东西，90 年代以后，因为找
到了类似的更加好的古董，他就用当初买时的原价 230 元卖
出 7 件东西，之所以不去赚那个钱，是源于文人的面子，觉
得赚钱不道德；今天，市场经济的健康发展已经使所有人认
可了低买高抛的生意经，马未都再也不会在"赚钱"和"丢
人"之间画等号，但他还是不愿意卖藏品，偶尔为了博物馆
能买来更好的藏品而处理掉一两件古董，他就心疼："它们跟
自己养的孩子似的……"

——他对文物的感情是一种永不枯竭的好奇：为什么
汉代以前的壶没有壶嘴儿，后来出现的壶嘴儿跟茶文化是什
么关系？交椅只不过是马扎多了个靠背，为什么"交椅"一
词会演化成权位的象征？中国家具方的多，圆的少，为什么
香几却是圆的多，方的少？在马未都眼里，文物是谜、是故
事、是奇迹、是人类文明的坐标。

…………

对文物的与众不同的厚爱，使马未都不可能像其他收藏
者一样沉湎于交易的快乐和秘藏的快乐，他今生最大的乐事
就是在 1996 年末创立了新中国第一家私人博物馆"观复古典
艺术博物馆"。博物馆后来更名"观复博物馆"，其性质也由

私人变成了董事会制。

改制的原动力是感动于儿子讲述的一件事。马未都的儿子去英国读书。入学第一天，老师、校长、舍监把他叫到一个墓碑前说，这里埋着他们学校全部的原始校董，这些原始校董在200年前创立了这所学校。

马未都开始沉思：为什么200年前创办的学校仍然在今天惠及了那么多学子？这种恩惠一定是体制带来的。同样，要把"观复博物馆"做成公共事业，要把它真正完整地留给社会并有效发挥博物馆功能，这就绝不能让它因为马未都个人的某些变故而受到影响。于是，马未都为"观复博物馆"引入了董事会制，由数名董事共同掌管。

马未都打了一个比方："以前呢，博物馆好比一辆公交车，我是司机，累了也必须开，没人替我；现在呢，车上有好几个司机，任何一个司机累了，下车了，车还可以继续往前开。一个良好的制度要比一个优秀的人重要得多。"

辛辛苦苦半辈子收藏，最后全部留给社会，马未都图什么？"别人说我徒有虚名，没错，我'图'的还就是这个虚名，或者说能在历史上留下那么一点痕迹。等到200年以后——"马未都沉浸在憧憬之中，"我们的子孙会说，看，这就是马未都等几个人在200年前创办的博物馆。"

辑四　鸟啼花落处

画画从来都是玩儿

——"鬼才"黄永玉的特立独行

戴领带，细尾巴穗儿的那一头藏在背面，这是常规；他，愣让那根穗儿从一侧绕到前头。2007年4月28日下午，当我看到出席中国美术馆"同一个世界——中国画家彩绘联合国大家庭艺术大展"开幕式的黄永玉这样一副挑战常规的装束，很自然地联想到当天上午在他北京居所"万荷堂"所见识的打扮：从里到外分别是白衬衣、红领带、类似围裙的齐膝的工作衣、无袖的短装皮夹克，充满后现代的意味。

我迟疑地开口："您的领带是故意这样系的吗？"

"哦？不是。"他把探出的穗儿掖进去。呵，就算不是因为疏忽，标新立异的衣着套在他身上，也是很搭的。这样的有意无意，恰如他的绘画——用大红大绿的浓烈色彩，泼出"俗到极处即是雅"的意境；又如他的文字——不过是客串，可远非票友和跑龙套的水平，不少"著名"作家恐怕也会折服甚至汗颜。

正在画画的黄永玉。(陈履生摄,2007年)

他一直在创造奇迹和制造流行:小时候连留五级的逃课大王,中学未毕业就颠沛流离四处谋生的落魄青年,后来却书、画、雕塑、木刻、诗、小说、散文、戏剧无所不通、均有建树;他从没拜过老师,也无门无派,却当上了中央美术学院的教授和中国美术家协会的副主席;他画的猴子放到邮票上,竟成暴涨2000多倍的猴票,信手画的头像和随手扎的麻袋,变成了"阿诗玛"香烟和"酒鬼"酒的品牌符号……种种不可思议叠影出来的这个老头儿,人们爱用一个词儿来形容——"鬼才"。

当天，"鬼才"黄永玉在美术馆的匆匆现身，引发了通常在娱乐圈才会有的追星现象：男女老少垒成的"玉米（"玉迷"谐音）堆儿"让他寸步难行，他尽可能地满足大家索要签名的需求，但对于索要电话，则很干脆地说："不告诉你们，我不喜欢受打扰。"他的司机像保镖一样为他挡驾、开道，护送主人进入一辆红色法拉利跑车，绝尘而去。

无愁汉子愁夕阳

"同一个世界——中国画家彩绘联合国大家庭艺术大展"开幕的那天，三楼展厅正在举办"白头偕老之歌——黄苗子、郁风艺术展"。"白头偕老之歌"六字，取自黄永玉为这对艺术伴侣所撰写文章的篇名。该展览是两天前，也就是2007年4月26日下午开幕的。

那天上午，黄永玉先睹了这一展览。一声叹息，划破许久的沉默："我没有想到，她（郁风）会先走一步。"

16年前，黄永玉用妙趣横生的笔触描绘郁风："漂亮而叱咤一生的英雄到底也成了一个啰嗦的老太婆。你自己瞧瞧，你的一天说之不休、走之不休的精力，一秒钟一个主意的烦人的劲头，你一定会活得比我们之中哪一个都长。那就说好了！大家的故事就由你继续说给后人听了。"

还来不及跟大家商量，郁风已经驾鹤西去。她的故事、黄苗子的故事、黄永玉的故事、黄永玉旧友的故事，都由谁来说给后人听呢？

·为了"无愁河"想戒掉画画

晚年的黄永玉似乎更倾心写作。这些年，他相继出版了散文集《太阳下的风景》、《火里凤凰》、《比我老的老头》，诗集《一路唱回故乡》，并正在写自传体小说《无愁河上的浪荡汉子》。

"'无愁河'，就是没有忧愁的河流。家乡的上游有一条无伤河，我把它改成无愁河。借用这个名称写我从童年到今天看到、听到、体验到的。不是历史，没有编年。"黄永玉自信自己的经历别人很难碰到，或许可以留给后人一些感悟。

《无愁河上的浪荡汉子》写到 4 岁的时候，已经写了 20 万字。可以想象，照这种架势一直写到八九十岁，该是怎样一部洋洋洒洒的巨著。

工程浩大的"无愁河"，让这个一辈子不说愁苦的浪荡汉子生出些许愁绪。当大家给他贺寿的时候，他总拿"倒霉"二字回敬。"为什么不是 50 岁呢？哪怕 60 也行哪！"感觉时间总被人偷走的他，忍痛割爱将画画放到了次要的位置，甚至几度放言要把画画戒掉，"现在不画了也可以，要是这些故事不赶快写出来，就可惜了。"

他写文章，没有提纲，没有结构，事无巨细，一并唠叨。但奇怪的是，看这样的文字，令人着了魔一样地喜欢。比如，他写道士："道士们比较孤僻，有副自高自大脱离群众的神气。孩子们到道观去看点什么马上就给轰了出来。但孩子们好奇，总有办法趴在墙头上看他们过日子，原来他们跟同伴在一起的时候也哈哈大笑，也会骂娘，也谈一些令我们大吃一惊的东西。他们的长相有意思，穿着也令孩子们看了舒服。那一股长胡子留得也确实好玩，和书上画的一模一样。"黄永玉写表叔沈从文的文章，也是我所见过的最好的怀念文字，文笔在情感的操纵下蜂飞蝶舞、一唱三叹、欲言又止、欲走还留。

他的画作或许会夹在时间的册页里泛黄，而他的文字将永远鲜活可爱。

·逆境中像上帝一样看自己

当我们找寻这些灵感的源头，有故乡凤凰的山水，有流离失所的生涯，也有难以尽数的书籍。黄永玉将一本好书看作一位智者："看一万本书，就是和一万个智者对话，多划算！"而今，没有一天不看书的他，随口而说的一些话，已成其他一些人的箴言警句，比如"海是上帝造的，苦海是人造的"，"颠倒常规，好笑；掩盖颠倒，更好笑"，"世上写历史的永远是两个人：秦始皇写一部，孟姜女写另一部"。

由书带来的智慧的循环，恰如那首诗歌：你站在桥上看风景／看风景人在楼上看你／明月装饰了你的窗子／你装饰了别人的梦。

智慧中的大智慧，当属豁达。一个人，若能在书籍中阅尽种种人生，就会用一种超然物外的心态对付所有灾难。黄永玉一直认为，一辈子不那么难过的原因就是有书籍陪伴。

1953年，29岁的他应沈从文之邀，携妻将雏来到北京工作。特立独行的性格，在之后的十年浩劫中给他带去麻烦——因为缺乏政治敏感，他画了一只"睁一只眼、闭一只眼"的猫头鹰，这幅"黑画"让他受尽迫害。

当时，有人在台上批斗他："你这个人创作上从来不严肃，从来都是玩儿！"黄永玉练就一副雷打不动的木然神情，心里却在窃笑："你小子要平时这么说我，我一定请你吃西餐。你算是说出了艺术的真谛，画画当然是玩儿，不快乐的话，画什么画呢？"而此刻，他的脊背已被笞出道道血印。回到家中，妻子看到他那沾满血痂的背心无法揭下来，心疼地哭了，黄永玉安慰道："不会一直这样的。"

而今，当人们问起如何在逆境中保持乐观的心态，黄永玉狡黠地笑笑："谁问我这个问题，我都要收 500 元钱。"然后不等收钱，他就颇为得意地说开了："所有的苦难不是从今天才开始的，也不是从近 50 年、100 年开始的，5000 年来一直有，只是老祖宗们没有留下痕迹，我们是其中一环。你要懂得怎样欣赏它，试想一下，当你面临灾难，你就像上帝一样站在高空看看自己的样子，多好玩！"

·最好的归宿是变成星星

2007 年 4 月 18 日下午，黄永玉来到国务院新闻办参加"同一个世界"艺术展的新闻发布会。他画的一幅肯尼亚火烈鸟被装裱成镜框带到现场。发布会结束后，正欲开溜的黄永玉在画作前被截住，数位摄影、摄像记者拥上来抢镜头。

这时候，有一人跑过去跟他说话。那人站在他的右侧，右耳不好使的他听不清楚，便来个 180 度扭身，把左耳朵冲着对方，这个姿势正好留给摄影、摄像记者们一个背影。众记者希望他转过身来，他大约没听清吧，依旧我行我素，而后疾步如飞地离开现场。记者们望着镜头里的"大屁股"，有点哭笑不得。

向来，被别人当作风景的他，无意去成为别人眼中的风景。当他接受央视《大家》栏目访谈时，他说："鲁迅先生说，如果一个人不活在人的心上，他就真的死了。可见鲁迅想活在人的心上。"主持人问："你想不想？"他反问："活在人的心上干什么你说？"

有一次在老家过年，放烟花的时候，弟弟的孙女问他："烟花是什么？"他回答："这个是李太白，那个是苏东坡，一个一个放。""他们到哪里去了？""放完了，他们就变成星星了。"对黄永玉来说，最好的归宿是变成星星。

将生命终结看作万事皆空的他，自然可以很轻松地谈及对自己骨灰的处理意见："把骨灰冲进马桶，爱人说会阻塞水管，不同意；分送给朋友栽花，花开得正好的时候，可以看见我的影子，有点恐怖；要不就把骨灰和到面里包饺子，等朋友吃完，再宣布这里头是骨灰，他们就会恨我恨到骨子里。"说完，哈哈大笑，像一个顽皮的孩子搞了恶作剧，得意得不行。

如果一定要刻意留下一样呢？那就是墓志铭。黄永玉曾为沈从文刻下碑文："一个士兵，要不战死沙场，便是回到故乡。"他也为自己想好了——爱、怜悯、感恩。

画里画外兼文章

·绘画与鸟叫

2007 年 4 月 28 日上午，我随一群香港画家同去"万荷堂"拜望黄永玉。在他高大宽敞的画室里，一眼瞥见那一幅几近尾声的作品。绘画采用漫画的笔法，画的是一个肌肉健硕、腰肢纤细、手指和脚掌却枯槁骨感的裸体女子，跪着，背对着，两胳膊一上一下反拧过去，那动作与其说是在做瑜伽或伸懒腰，不如说是在洗澡搓背。

原谅我这个经常看画展的记者，居然用如此欠缺美感的语言来形容黄大师的作品。但这应该不算不恭吧，因为在我心头，这幅画显然已经挑起愉悦而美好的情绪。色彩的蓝调与意韵的神秘互为烘托，让人舒畅而遐想联翩。画面上那女子健硕的肌肉，恍惚成一截截的莲藕，而莲花及荷花恰是黄永玉的最爱。

我把这个猜测向黄永玉求证，他笑而不答。

因此我依旧没有看懂这幅画。但这有什么要紧呢？当有人一说到看不懂他的画，黄永玉总爱举这样一个例子——有人去问毕加索："你的画我怎么看不懂啊？"毕加索问："你听过鸟叫吗？""听过。""好听吗？""好听。""你懂吗？"
道理就是这样。

·野食与派别

画界有些人评论，黄永玉画画基本功不行。黄对此并无
异意，"中国画、西洋画都没学过，我就用自己的方式画。"

正是由于没有受到正统教育的束缚，他因而筋骨活络、
心窍洞开、博采众长、吞吐万象。连他都说自己是个打野食
的人，胃口比较好，凡是好的东西他都能加以消化吸收。

他的绘画常常从一个极端走向另一个极端：画纯水墨的时
候，淋漓尽致，不染丝毫丹青；而大多数时候，他对色彩有着
特殊偏好，尤其喜爱大红大绿大紫等特"俗"的颜色，但他的
俗不是拒人的、躲躲闪闪的俗，而是迎人的、一览无余的俗，
一边画一边嚷着"就是要俗"，好比禅宗里的呵佛骂祖。

中国画一般讲究实从虚生，飞白是最显示功力的地方。
黄永玉的画常常反其道而行之，很满，追求虚从实生，让你
从大量的信息中去捕捉隐藏的趣味。"我的画面上没得空，你
要飞白到自己大脑里去飞吧。"

对于他不中不西、自成一派的成就，他的学生建议老师
成立一个"黄永玉派"，结果招致老师一顿臭骂："狼群才需

要成群结党，狮子不用。如果你需要这样的力量的话，艺术的力量就减弱了。画画应该是一种没有纷争、没有是非、旁无他人的艺术追求。"

·主体与跋语

"同一个世界——中国画家彩绘联合国大家庭艺术大展"上，黄永玉画的是 4 只正在飞翔的火烈鸟，巨喙细脖，躬身伸腿。右上有跋语：火烈鸟长得那么怪实在少见。

几个同去参观的记者朋友看到这里忍俊不禁："这个老顽童！"

看黄永玉的画，确实不同于看一般的画。他画上那些智慧、幽默、富有哲思的跋语，有时长篇大论，有时短语小议，时而令人捧腹，时而让人沉思。

有这么一幅鹦鹉的花鸟画，如果就此打住，不会觉得好看。黄永玉题了 8 个字："鸟是好鸟，就是话多。"于是这鸟就不再只是一只鸟，有了黄永玉的评说，色彩就不再只是红与绿，而变成了是与非、亲与疏、爱与憎，以及赞美、欣赏与无奈、叹息。

另有一幅《田家梅》的画本来也没有多少过人之处，妙的也是题跋。黄永玉在题跋里发了几句牢骚，大意是故乡风凰县许多人发财了，把新建的房子贴上白瓷砖，有个大人物去那里看后不解："这么多澡堂子？"于是县里领导要求不贴白瓷砖，所有建筑刷成灰黑色。

在他画的十二生肖册页里，专门附有一张跋："我并不清楚甲子的算法，只是对画十二生肖觉得有趣。很多年前闹过笑话，香港一位朋友请我画一套生肖画，画来画去，居然出了十三张，朋友高兴，我却莫名其妙。原来多画的一张是猫，且特别之可爱。这一次按规矩写下种次，但心里还是舍不得可爱的猫。"

一步一景"万荷堂"

2007年4月28日上午，10余位香港画家从位于故宫东侧的木棉花酒店出发，前往黄永玉在京郊的居所"万荷堂"，我作为唯一的记者搭乘了他们的巴士。于他们而言，"万荷堂"是个"从未亲见、心向往之"的神秘之地；于我而言，算是故地重游——2001年的初冬季节，我有幸随朋友去过一趟。在汽车疾驰的一个多小时里，前一次的访问幻化成一幅幅画面浮现在我眼前：满院子追逐撕咬的大狗，宽敞到有点浪费面积的洗手间，六根刚刚从缅甸运来的巨木，戴着黑毡帽、雪茄不离手的主人……一晃5年半过去，勤于丹青的

"万荷堂"主人，又为这些画面填上哪些颜色？

·堂规

进"万荷堂"之前，最好先温习一遍"万荷堂"堂规。一旦触犯，可别怪黄大师拉下老脸对你不客气。

篇幅所限，仅举几条：

一、本堂系私家宅院，不是公园和自选市场，所有陈列摆设均讨厌别人抚摸，携带可爱或自以为可爱之子女，望各自约束教管，严禁在本堂当众表演背唐诗与唱歌跳舞蛊惑人心。不要以为礼貌所在，本堂主人拉不下脸来当面指责，其实不然，凡有此类行动，迹近打扰旁人兴致，糟蹋浪费他人时间，伤害群体自由之行为，一律予以口头谴责；不听，泼水浇之令其清醒，欢送出堂。

二、本堂花木水果大多带刺，地面石头硬度为七，仅次钻石三度，各界人士尤应注意本堂所喂养之恶狗，因曾接受特种训练，专咬生人之要害处，各种险处不可疏忽大意，如有挨咬、跌倒、刺伤诸般意外，医疗费自理，寄希望本堂津贴者，全属梦想。

三、来客访问，以自带上等茶叶、点心者最受尊敬，本堂热忱免费提供 151 米深井所取极品清泉以敬佳宾。

四、本堂不设解说员,如有问题,每问不答!坚欲解答者,本堂代理电召敝家乡旅游解说人员星夜赶来服务,预约费、定金、介绍费之外,飞机票及食宿往来费用亦由贵客全部负责(另加百分之十五本堂建设费)。

对于求画者,先生也作告示:"当场按件论价,铁价不二,一言既出,驷马难追。纠缠讲价,实时照原价加一倍。再讲价者放恶狗咬之,恶脸恶言相向,驱逐出院。"

·主人和客人

一走进挂满爬山虎的院墙,黄永玉已穿过庭前的小花园迎将出来。他左持烟斗、右握火机,直到两小时后送我们出院门,一直抓着没见撒手。

板烟、酽茶是他的嗜好。他曾为烟斗写过一首诗:这辈子/吻谁也没有吻你多/每天起码一千次/一种冒火的冷吻。目前,他收藏的烟斗已有六七百个。而对于他爱喝浓茶的习惯,我们恐怕也很难附庸风雅。这天,他准备了家乡的好茶招待我们,茶香扑鼻,饮一口,浓到发苦。

板烟酽茶时时陪伴,黄永玉却从不咳嗽、从不失眠。他的生活十分有规律:早上7点钟起床,漱洗完,吃早点。吃完看一会儿电视,然后工作——画画或写作。12时吃午饭,吃完不午休，而是继续画画或写作。18 点钟吃晚饭。晚上看看电视，看看影碟。睡觉之前看看书。

虽然黄永玉对绘画、音乐、舞蹈、诗文无所不爱，大家也爱称他"玩家"，但他并不认为自己会玩儿：不喝酒，不唱卡拉 OK，不打麻将和任何纸牌，不挑食，去国外只知道背个画夹去写生，不热衷于应酬，过去还有丁聪、王世襄、黄苗子、张仃等老友经常过来坐坐，现在老朋友都老了，出门不便不大来了。

对他来说，两件事情最重要：一是读书，没有哪一天不读书；二是画画，没有长时间不画画。一时高兴就画画，且总爱尝试新笔法、新题材。"画完就悔，赶紧画第二幅弥补。不停地后悔，不停地画画。"

虽然黄永玉不好应酬，但"万荷堂"经常有客人拜访。更恢弘的一次当属 2007 年 3 月中旬在这里举行的《当代中国画》创刊宴会，300 来号人来到这个占地 10 亩的园子，好不热闹。

我们前去拜望的这一天，他热情周到，一直用广东话与香港画家聊天。对长他 4 岁的美国堪萨斯大学教授李铸晋，黄永玉更显谦虚尊敬。两人合影时，他坚持让李教授坐他的椅子，自己则站立一旁。

·特殊居民

据不完全统计，在"万荷堂"还生活着20余位特殊居民，它们分别是11条狗、3只猫、2只鹦鹉，数只我叫不上名儿的鸟。

黄永玉爱狗，尤其推崇其"从不嫌贫爱富"的品性。当然，狗在这个园子里发挥的主要作用是看门。据说，黄永玉的画过去曾遭失窃，自从这些狗居民们各司其职把守好每一块"领地"，窃贼们就闻"吠"丧胆了。

上次我来这里的时候，碰到几条狗撕打一处，黄永玉和园子里的另一个年轻人忙着劝架，好不容易才把每条狗赶回各自的活动区域。这一次，管理有方的黄永玉每带我们步入园子里的另一区域，都要确认出入的门关闭无误。"千万不能让它们走串了，要不，又会打起来了。"

但这些狗没法让他足够省心。每隔一段时间，附近医院的医生就会接诊"万荷堂"的客人："怎么又被咬了？"

只有鹦鹉是绝对讨人喜欢且让人无须戒备的，他们冲着我们说："老板，你好！老板，你真漂亮！"鹦鹉学舌的声音，竟然是黄永玉家乡湖南的方言！

·文人雅居

在这处私家宅院里，门楼、角楼、影壁、回廊、水榭虽按传统布局，却一墙一瓦、一花一木、每一副对联、每一尊雕塑都透着主人的灵动和不羁。

黄永玉将盖房当作一种创作。他在意大利佛罗伦萨盖了"无数山楼"，北京盖了"万荷堂"，香港盖了"山之半居"。80岁时，他在故乡凤凰盖了"玉氏山房"。有人戏称他是"生命不息，盖房不止"。

"万荷堂"分为东西两个区域。东边是一片人工挖掘的荷塘。每年夏天，这里将呈现"接天莲叶无穷碧"的美景。

围绕这片荷塘，有六七座门楼、角楼。与颐和园、恭王府等雕梁画栋的古代建筑相比，"万荷堂"的梁柱大多保持原貌，少有斧凿之功，朴实却又浑然天成。据说在盖房子的时候，黄永玉和领班的老师傅产生过分歧。老师傅说这些木头一头粗，一头细，盖起来不成样子，要把梁柱做成光溜溜的样子。主人却坚持要在保持木头原样的情况下盖。等到房子盖好后，老师傅佩服了："你真行，我原认为是不行的，这么一盖还真漂亮。"

虽然这些亭台楼阁本身少有雕琢气息，但他们无一不挂有木刻对联。多为主人刻写，比如取自《菜根谭》的"静夜钟声，醒梦中之梦；澄潭月影，窥身外之身"和由老友黄苗子题写的"斟酒迎月上，泡茶等花开"。

"万荷堂"西边区域是工作、生活区。在院门至画室之间的小庭院里，桃花开得正艳，两尊由主人雕塑的铜像趣味盎然：一尊是两个小孩儿，男孩躬着背，女孩双手撑在男孩的背上，双腿飞起，他们好像在做一种叫"跳马"的游戏，整尊雕塑充满童趣；另一尊则是主人的自画像，光着上身，右手拿着烟斗，左手提着老头裤，咧嘴笑着，眼睛眯缝着。

主人的画室与宅院同名，即"万荷堂"。堂内最吸引眼球的是6根高约3米的树桩子。五六年前从缅甸运来的这"六根"树桩上，主人突发奇想地刻上了"六根不净"的内容。

画室往北的一幢房子题名"老子居"，是黄永玉生活起居的地方。东侧是厨房，南面是会客的厅堂，背靠一屏风，屏风后有一宽敞的居室，居室的左半部分放置着电视、音响，右半部分是主人的床榻。

在"老子居"里，前来参观的香港画家们把更多的目光投注于器皿、绘画等各种收藏上，没想到黄永玉"嘿嘿"一笑："这些都是假的。"原来，2006年末，他将珍藏数十年的100多件珍贵文物和部分艺术作品捐赠给了湖南吉首大学，同时以他名字命名的"黄永玉艺术博物馆"正式落成。专家估计，这些文物折合人民币超过 7400 万元，并且有很大升值空间。当很多人盛赞此举的时候，黄永玉却否认自己是个慈善家："我只是平时喜欢收藏，东西多了，没地方放，就捐赠给家乡，做一个博物馆。这只是艺术行为的延伸。"

黄永玉的表叔沈从文用一辈子的积蓄，到琉璃厂买古董，买回来就送给国家，他常说："有好东西就当作是自己的东西，真是笑话！"黄永玉总在回忆文章里提到这句话。"这话对我影响至深，循着文表叔的路，我只是刚迈出第一步。"

您信不信，我还没开始呢！

—— "画疯子"韩美林的艺术激情

"我恨不得干点什么坏事，好把我关进监狱。"2008 年 1 月 26 日，人民大会堂，《天书》新闻发布会暨研讨会上，韩美林带着哽咽"痴"人说梦，震惊四座。

那会儿他刚刚跨进古稀的门槛，"死也不承认属于老翁辈"。他不输的是精神头儿，但他输不起时间："再给我 50 年也写不完。我要是死了，怕是没人做得了这件事。"

于是也就有了盼望被锁进监狱的一厢情愿。为了尽量心无旁骛写他的"天书"，他只好拱手把丑话说在前头："今后，我得躲着朋友、回绝媒体了。"

自称"快乐大苍蝇"的韩美林，哪里都喜欢"叮"一下，在布、木、石、陶、瓷、草、刻、雕、印、染、铸等领域遍地开花，创作就像打游击。因设计了奥运福娃，他风头更劲，却为何在这当口萌生退隐之心？熟识他的人管他叫"我们的大孩子"，可为何这个兴奋点无常，又率真得有点任性的"大孩子"，偏偏平生第一次"不得不哄自己"，自囿于那不透阳光的画室，与远古先人创造的奇幻字符——现代文明识念不出的"天书"，熬煞人一般沉入通灵的神交？在倾几十年心力、集腋成裘的第一部《天书》之后，还有怎样的恢弘计划和千金承诺，压在他脆弱的、曾经搭过四座"桥"的心血管之上？

当然，疑问还有太多，比如，携数万作品、披一身荣耀的他，为什么总爱说："你信不信，我还没开始呢！"比如，"文革"时期骨被踩折、筋被挑断，他不曾洒落一滴眼泪，而食客嘴边那只手臂被砍折、脑颅被敲开的猴子，为什么可以令他恸哭号啕？比如，对他有所图谋的人，贴上情义的标签，就能赚得他傻里傻气的爱，他屡屡上当受骗之后，为什么还陶醉于不设防的处世态度："我就是不吸取教训！"……

感谢韩美林夫人建萍事先替他做出接受我访问的承诺，他的助手小周和小朱又作了紧凑而周到的安排，这才让"想进监狱"的韩美林关门留缝，我因而走进了他在王府井的居所和北京东郊的工作室。一见面，他说："以后想要再见到我，难了。"

美丽哑女　摇人精魂

"天书"，在现代汉语的语境中，被解释为"难认的文字和难懂的文章"，是一种略含贬义的指称；但当学术泰斗季羡林用带着佛意的经体，为韩美林那厚厚一叠泣血之作题写书名的时候，"天书"回溯到它的本意，一如《天书》中诡谲字符透出的膜拜色彩。

这些文非文、书非书、画非画的文字和符号，并非韩美林的凭空臆造，它们都是我们祖先曾经创造并使用过的，至今还保存在上古的陶片、竹简、木牍、甲骨、岩画、石刻、钟鼎、彝器的铭文中。它们或许是秦代李斯统一文字之前的异体字，或许只是先人标记某些事物的记号，但其中的真正含义，早已被历史忘记得干干净净。

这些遥远而艰涩的符号，却让韩美林着迷，一头扎了进去，耗尽数十载光阴，有心搜集并描摹在随身携带的构思本上，聚沙成塔，竟达 3 万之多！大篷车载着他跑贺兰山、桌子山、阴山、黑山、黄土高坡、海河大漠，找古址、古墓、古碑、古书。大篷车扬起的尘土，漫进了碑文的褶皱，而那被遗忘的碑文，却抖落封尘，齐刷刷地走进了《天书》。

起先，意图很单纯，无非是让线条、结构、形态上具有审美特性的"天书"来愉悦视觉、滋养绘画。但当这些奇文怪字、牛头马面成为韩美林创作的坚实后方，擦亮他无穷无尽、令自己都匪夷所思的艺术灵感时，他惊叹"我的艺术尚未开始！""没有'天书'，就没有我韩美林！"——只有一种解释，"天书"的神奇力量，是一种穿透时空的、文化的力量。

"她就像个聋哑美人，为什么一定要问她姓什么叫什么呢？难道她还不够艳压群芳、摇人精魂吗？"韩美林说，音乐里，C大调F小调可以用"无标题"音乐让人们去听、去品、去联想、去享受，而遗存下来的"天书"，不正是这样的C大调F小调么？

不用它看它行吗？不用它写它行吗？古智慧、古字源，就这样随着韩美林的笔墨，淌来到我们的眼前。在艺术创作中书画通境、无拘无束的韩美林，这一回却恪守"天书"原有的结构和字形，仅仅用艺术家特有的感觉，用韩氏风格的笔意顿挫，去心领神会人类初始的精神与美感。为什么？因为"天书"把你引领到了大艺术、大手笔、大气派，你仿佛站在一座山脚下，心生敬畏，这座山就是中华民族的文化。

韩美林在《天书》自序中感慨：看到它，还用得着到外面去捡拾一些外人的牙慧，拿回中国当"教师爷"吗？《天书》研讨会上，"天书"为我们提示和强调的文化自尊、自信与自觉引起了专家共鸣，国学家冯其庸更是预言："天书"将因此成为永恒的话题。

天意做媒　情定终身

评价《天书》，众学者最爱用的词是：神、鬼、天、佛。黄苗子题诗："仓颉造字鬼夜哭，美林天书神灵服。不似之似美之美，人间能得几回读。"冯骥才作序："如果没有韩美林这样若有神助的画家，何来神奇美妙的'天书'，老天生了一个美林，美林生了这部《天书》。"作家陈祖芬撰文："先有天意，后有'天书'，书人合一，天作之合，佛助，天助，英雄气长，天道有情。"……

连韩美林自己都不敢相信：《天书》一万多字，竟然没有一次悔笔，"莫非真是佛抱着我的手写出来的"？自孩提起，古文字便与他结下奇缘，并经由巧合造化，吟诵出绵长悱恻、波澜壮阔、地老天荒的情歌。这兴许就是天意，也是韩美林所认为的"每个人在世间走一遭的使命"，他的使命就是为失忆的"天书"招魂，在当代展现其摄人心魄的美。

在韩美林只有六七岁时，他意外地在一尊土地爷的屁股后面，掏出了《六书分类》等古书。年龄相仿的孩子们爱打弹子，小美林却"玩"起了古书上"图画"模样的篆书。这

韩美林与他的构思本。摄于 2008 年。

些古书形影不离伴随了他六七年，但在 13 岁那年，韩美林当兵期间，古书被奶奶翻过来订成练习本，给弟弟上学用，用完了就生了火。韩美林得知后，痛不欲生，哭得满地打滚。本以为绝了望也绝了情，但谁会想到，25 年后，"文革"中被打断腿的他回到上海的妈妈家养病，一天，他拄着双拐前去福州路的旧书店，竟又与儿时的"书宝贝们"重逢。其时，正是最"左"的时期，韩美林却不管不顾别人异样的眼光，甩掉双拐，抱起《六书分类》放声痛哭，只觉得此时如果要让他和书一起死，他也绝无二话。

自从断了的情缘再次续上之后，韩美林对古文字的研究一发而不可收。但他是个另类的古文字爱好者——还和小时候一样，把古文字看作"图画"而不是"书法"。这种更注重古文字形态的审美方式，渐渐使他的视野拓展开去，开始搜集散落在历史遗存中"义不明"、"待考"、"不详"、"无考"的异体字、生僻字乃至一些符号、记号。

"无家可归"的"天书"被陆陆续续誊写到韩美林的构思本上。启功看到了这个本子，一句"你这是在办收容所啊"，把韩美林和周围的人都逗乐了。

幽默过后，启功语重心长地说："把古文字描下来，只能说是资料，不能说是艺术。你能把他们写出来就好了，你是画家，又有书法底子，别人还真写不了……"就是这番话，决定了韩美林的终身大事——把"天书"写出来！

韩美林开始加快搜集节奏并动手书写，分批把写好的"天书"送到启功、欧阳中石、黄苗子、冯骥才等前辈和友好手中，"请大家看画"。

但启功先生终于没等到《天书》的出版。追悼会那天，韩美林磕了三个响头之后，抹泪离开。直到今天，他依然深深自责："我太懒了，这本书应该出到他的前头……"

使命感和自责心理的交织之下，韩美林唯一可以做的，就是给自己不断加压。他的目标不仅有来年的《天书》下册，还包括书写《中华古文字大典》，这是一个浩大的工程，整套大典的厚度，估计相当于30部《天书》。"这一般要用20年才写得完，但我打算玩了命去写。"

时间穷人　想被关进监狱

2008年1月26日16时，我去韩美林居所拜访。"韩老师还在午休。"管家端出茶点水果，并招呼我参观这套布满了创作手笔、角角落落都散发着艺术气息的复式单元房。韩家客人不断，最多的一天居然前后来了300来号人，接待礼仪对管家而言，早已是轻车熟路。

大概听到了动静，韩美林很快就下楼来，把我迎进客厅。我问："睡好了吗？"他答："只是闭目养神。最近坏了，我好像成了不需要睡觉的人了。"

为了当天上午的《天书》发布会暨研讨会，他前一个晚上没合眼，乐此不疲给与会的朋友准备《天书》和新春贺卡，并一一签名；研讨会上发言时，他不仅毫无倦态，而且还双手挥舞、情绪激昂；这会儿，坐在我面前的他，依旧兴致勃勃，谈笑风生。

连续一个月来，韩美林每天睡眠超不过两个小时。即使在之前的"正常"情况下，一天也只睡3个小时。他是画坛出了名的"画疯子"，在思如泉涌、灵感迸发的创作过程中，常常是白天连着黑夜地画下去，身体实在吃不消了，就吃点安眠药，强迫自己入睡。

设计奥运福娃时，他曾用"洗冷水澡"和"吃救心丸"的方式连续作战；写"天书"时，他的手指磨出了肉芽，眼睛熬出了眼泪，不能见阳光。冯骥才说："他每一次投入都是大战。"

我们正聊着，管家送来一份传真，是黄苗子对《天书》的评价。韩美林眯眼看着，显得很吃力，我就自告奋勇给他念了。读完最后一句"老天为什么不多生几个韩美林呢"，我接上了我的疑问："韩美林只有一个，可您为什么非要对自己的体力竭泽而渔呢？您心脏搭了四座桥，又有糖尿病，应该悠着点。您还有很多很多时间，书画家活到100岁是不稀奇的。"

"道理我也明白，但我就是歇不下来。我怕我死了就没人写'天书'了，所以一根筋地想把事情快点做完。"

他突然起身去饭厅，叫管家给他烘两份老北京的芝麻饼。然后回到客厅，解释道："糖尿病。一吃饭血糖就高，不吃饭又低。今天一直没好好吃饭，又低血糖了，脑袋开始发晕。"

不一会儿，管家拿来了两份芝麻饼，两碟橄榄菜。韩美林说："那份是给你的，你尝尝，很好吃。"在随意的主人面前，我当然也用不着客气。

我们吃着各自的点心。芝麻饼果真是酥香可口，但他并没有专心享用的意思，而是轻叹一口气："'进监狱'是我的白日梦，我可碰不到这样的好事。时间对我真是吝啬，我是时间的穷人。"

脑子20岁　不是省油的灯

韩美林说话很幽默，总把家人和朋友逗得在沙发上躺倒，笑出眼泪，捂着肚子直喊"哎哟"，猫啊狗啊就在一旁起哄。举个例子吧，他曾好奇地问大家：血吸虫一出生，"男女"就抱一起，一直到死，但为什么人们不说谁和谁爱得死去活来像一对血吸虫呢？他还评价股票：不就是别人从你那里割一块肉，你从别人那里割一块肉，割来割去还是那两块肉。

幽默归幽默，语出惊人归语出惊人，但你不难发现，因为思维太跳跃，他常常是这句话讲了一大半，就讲下一句，被"吃"的词句有不少。你被他拽着，从这个话题跳到那个话题，领会得稍慢一点，就跟不上节奏。

在1月26日上午的研讨会上，10分钟的发言，他就从"天书"说到奥运会、猴脑、希腊文、克林顿、于丹、周杰伦、豆汁、森林、湿地、古文字大典、启功、孔子、文化软实力、教育体制……真是服了他了！冯骥才说，我听进去的怎么全是一些词儿，超级意识流！

"那你说，我讲得精彩不精彩吧？"韩美林颇为得意地问我，明摆着问的时候就已经知道了答案。

"您没看到朱军、王志、敬一丹等那些电视台的'名嘴'都张着嘴，听呆了吗？鼓掌也是最热烈的。"

"那是！对了，你有没有发现我讲话还有一个特点？"他露出期待的神情。

我愣了："什么特点？"

"我不管绕多远，最后都能绕回来。"他像个孩子一样乐得不行，"绕得回来，人家就服了。我是作协会员，当然是有一定表达水平的，可不是省油的灯啊。"

我被他的率真逗乐了。我看过他的《韩美林自述》一书，均是一些散文，很耐读，无需花哨辞藻就可以把情感表达得生动贴切，我也常逛他的博客，里面会贴一些新文章。他的文章和说话都是信马由缰的风格，所不同的是，前者把后者"吃"掉的文字给补了回来。

这样一副好脑子很让他骄傲："我得糖尿病，脑子还那么清楚。如果没病，那不成'精'了！"他告诉我，两年前在美国检查身体的时候，医生大惊：你的脑子只有20岁！

韩美林现在毫不含糊地认为："我的脑子太好使了，艺术生命才刚刚开始。"

据说，他一天最多可创作作品400多件。咱不说作品的

繁简，单说一天产生 400 个创意，就已经是奇迹了。1 月 27
日上午，我前去他在北京东郊的工作室参观，5 个楼层，摆满
了他的各类作品：绘画、雕塑、书法、图案设计、陶瓷、布
艺、琉璃……真让人目不暇接。曾有国外的客人前来参观，
看完后长跪不起，以表达对艺术家的崇拜。

"韩老师真的挺神的，我就没看过他画坏过一张画。"助手
小朱说。有一次，正在作画的韩美林不小心滴了一滴墨，一旁
的小朱本想撤下"被污染"了的宣纸，没想到还未等墨滴洇开
来，韩美林就刷刷两笔，就着滴墨画出了线条，变回了无瑕之
作。小朱说："韩老师脑子特快，画画的功力也很深。"

没心没肺　被骗不长记性

在韩美林家，我们谈起了季羡林、黄苗子、冯其庸、黄
永玉、冯骥才……他们是韩美林的恩师和知交，和我这个小
辈只是几次碰面。但这并不妨碍我们按照各自的理解，来谈
论这些"大家"之所以成为"大家"的人格魅力，互相倾听
交流，气氛平等热烈。

韩美林一点架子都没有。有一次，身为全国政协委员的
他去开一个工作会议，没见过他的工作人员竟把他当成了韩
美林的儿子或秘书，因为"六七十岁的韩美林怎么可能一步

三蹦一脸天真"？前两天，为了慰问正在韩美林艺术馆装修的工人，他竟宴请了大家，还用艺术品相赠，祝大伙儿新年好。

韩美林的朋友很多，虽然性情各不一样，但他只盯着对方身上的优点。他待人掏心掏肺，好东西在家里是搁不住的。导演谢晋前脚刚送来韩美林爱吃的火腿，就被后脚到的姜昆给抬了去。

"韩美林招之即来，来之即战，战之未必胜，但很勇敢。"陈祖芬这样评价老朋友。黄永玉给他下了一个有趣的结论："韩美林认为的好人，不一定是好人；他认为的坏人，一定是坏人。"韩美林自己也承认："我是个有名气没牛气的人，一个小孩两句软话，就能把我哄得叫干啥就干啥。"他的这个特点被不少骗子利用，骗子们满嘴抹蜜，哄得韩美林乐颠颠地把所有好东西都拿给他们看，结果，这些年来，陶瓷被盗千余件，画作被盗近两千幅。最近一次让他伤心的事情是，一群人前来"欣赏"他几十年间的数十本构思本。待客人一走，他再清点，发现竟然少了两大本！

"您总得吸取教训吧？"我问。

"我不吸取。"他回答得竟是那么干脆，"要不就不是我韩美林了。我宁愿人人负我，也不负人。"他有一套活命哲学：没心没肺，能活百岁；问心无愧，活着不累。

这套哲学或许也是他艺术激情喷薄不已的原因吧，冯骥才就是这么认为的："不止一次我看到他为爱狂舞而稀里糊涂掉进陷阱后的垂头丧气，过后他却连疼痛的感觉都忘得一干二净，又张开双臂拥抱那些口头上挂着情义的人去了。然而正是这样——正是这种傻里傻气的爱和情义上的自我陶醉，使他的笔端不断开出新花。"

从不言苦　洒泪只为慈悲

"文革"期间，韩美林因为和邓拓、田汉有牵连而入狱。1972 年年底出狱时，他的双腿被打折了，体重只有 36 公斤，吃饼干都会硌出一嘴的血，那是因为狱中只喝稀粥使他失去了咀嚼能力。

然而，他并没有哭诉悲苦，撒怨世间，而是在身处逆境之时，创作了一帧帧雅致疏朗、清逸隽永的花卉图案，"文革"后汇成一本《山花烂漫》。他用艺术的"山花"，为人生呵护了一份宁静和美丽，寄托己心也慰藉世人。迄今，他的所有作品，没有一件是言苦的，苦难可以塑造韩美林，但绝不可能毁掉他。

可他毕竟是个艺术家，艺术家都敏感，敏感的人易流泪。韩美林也流泪，只是他从不为自己流。

他会为猎人枪口下的小狐狸哭，会为食客筷子下的小猴子哭……他爱所有动物，动物受罪比他自己受罪还让他心疼。按每年的惯例，韩美林会创作新的挂历。动物是主角，画两只猴，写上"当年孙大圣，今日座上餐"；画两只猫头鹰，写上"名声不好，捉耗子还是挺尽力的"；画两只狐狸，写上"狐狸别再谦虚，你没有猎人狡猾"……处处渗透着他的环保理念和对动物的怜惜。他和动物平等相处，家里的猫啊狗啊，起的是人名，称呼起来，就像自己的兄弟姐妹。

人类生存环境的恶化也会让他流泪。大气污染、水土流失、温室效应、森林和湿地面积减少……他见不得恶劣环境给人们带来的灾难。

他为中华民族曾经经历的苦难流泪，为赛场上受伤的体育健儿流泪，为缺乏文化自信、崇洋媚外的文化荒漠现象流泪。在他看来，中国的民间文化是丰富的宝藏，带给人们的艺术享受和精神支撑是无穷无尽的。别人留洋，他选择留"土"，民间文化是他艺术创作的基因，他是"陕北老奶奶的接班人"。

他是一个扎根本土、扎根泥土的人。他流泪，只因大爱，只为慈悲。

妙笔漫画世间百态

——方成见证中国百年漫画史

华君武、丁聪、方成并称"漫画三老"。如今唯有方成健在，问龄九十八。

从 1935 年初次涉水到 1946 年小试牛刀，从 1949 年以画为业到 1980 年首办个展，从 1982 年著书立说到 18 册《方成全集》正在陆续出版，方成和漫画的情缘已延续 80 多年。

他的理性好比时代的多棱镜，画笔好比社会的解剖刀，方成以漫画家的敏锐和透彻，看过落花，走过繁华，嵌入中国漫画发展史的沟和梁，或者说，他本身就是历史，一部充满个性而又处处折射共性的历史。

我有缘翻开这部历史——

再看他《武大郎开店》等脍炙人口的作品，看到的是百年漫画中的历史标杆；

再听他回首 80 年从艺路，听到的是漫画百年中的口述历史。

沉浮

·上海是漫画家摇篮

"小时候，我从乡下来到北京（那时称北平）插班上小学四年级的时候，才看到报上刊登的漫画。记得那时只有《小实报》或《实事白话报》有漫画。画的是连载四格的《毛三爷》谐趣漫画，多年后才知道是漫画家席与承的作品。上中学时，又看到上海出版的杂志《上海漫画》里刊登的各种漫画，其中有时事讽刺画。其他地方刊物和报纸上，平时是见不到这种漫画的。"

从方成关于漫画的早年记忆中，我们可以追溯至20世纪30年代起上海的漫画格局。《时代漫画》、《上海漫画》、《独立漫画》、《漫画生活》、《漫画界》等刊物相继诞生，丰子恺、张光宇、叶浅予、张乐平、米谷、丁聪等漫画大家纷纷发轫。第一部有声动画片《骆驼献舞》一炮打响，随后的动画长篇《铁扇公主》行销欧美。1936年，上海举办第一届全国漫画展览会，堪称漫画界的总检阅。

那个时期的上海，不仅是冒险家的乐园，也是漫画家的摇篮。画家黄苗子曾作总结："（20世纪）30年代在上海的漫画家群，在形式上接受了19世纪末西方美术风气的影响，并从我国绘画的夸张造型与线条中，吸取养料形成了足以与世界漫画同其光辉的艺术成就。"漫画界的热闹景象也引来了鲁迅的叫好，他在《漫谈"漫画"》一文中指出："漫画的第一件紧要事是诚实，要确切地显示事件或人物的姿态，也就是精神。""因为真实，所以也有力。"

"有力"的漫画成为1935年"一二·九"学生运动的"武器"。正读高二、会"画小人"的方成被学校拉去画宣传画。他画了一把大刀，上面滴着很多血，标题是《中国人的刀，哪国人的血？》意思很明了，大刀本来应该用来杀入侵的日本兵的，可蒋介石却拿它砍起了中国人。这幅画是方成的第一张漫画。

不仅是"一二·九"学生运动，在之前和之后的很多政治风云中，寓意直观的漫画都能用无声的线条发出有力的呐喊。历经一次次风云，晚年的方成得以用一览众山小的俯瞰，撰文《漫画在中国》，勾勒出中国漫画百年源流——

"漫画开始出现并流行于18世纪初年的英国，二百年之后才传到中国。在此之前是传不来的，那时中国还在封建王朝统治之下，公开评议是非常危险的。直到辛亥革命推翻封建王朝，建立民国，漫画才传进来，中国的漫画家何剑士、

方成自画像。

张聿光、马星驰等开始在报刊上发表作品……后来，蒋介石实行专制，作时事评议的漫画又不见了……到了国共联合抗日期间，报刊上又见到表现抗日的讽刺画……漫画在中国流行百年之久，历程一直颇为坎坷。新中国成立后，报刊一开始就发表漫画，抗美援朝期间，大批漫画问世……1957年以后，特别是十年动乱时期，报刊上又见不到漫画了。改革开放以后，漫画才又出现在各地报刊上……"

在改革开放的土壤中，曾经几起几落的中国漫画枯木逢春。很多题材均可入画，甚至包括邓小平、胡耀邦、江泽民等领导人活动。1986年3月，文汇报记者、漫画家天呈就曾为出席首届"文汇书展"、时任上海市市长的江泽民作画一幅并公开发表。

天呈是当今漫画界中坚人物，也是方成的故交。10 年前，方成写信给天呈，表达了捐赠部分手稿给上海的心愿，并最终促成 2010 年 4 月上海动漫博物馆的建成。

这不仅是方成对上海的钟情，更是他对中国漫画的郑重交待。

·尽人事，听天命

方成把自己和漫画的结缘归为 6 个字："尽人事，听天命。"

刚开始，漫画只不过是个爱好。他的"科班"是化学，从武汉大学化学系毕业后，方成在四川一家化学研究社谋职。1943 年，冯玉祥将军参观化学研究社，一旁的方成手起笔落，画了张速写。将军大悦："你给我画一张，我也给你画一张。"当即铺开宣纸，用毛笔画出三枚辣椒，一一着色，旁题短诗：红辣椒，绿辣椒，吃起来味最好。大家多吃些，定把倭寇打跑。

第二年，日子又在平淡和满足中继续，日复一日地继续。直到 3 年后的 1946 年，方成决定辞职。

辞职的原因是初恋失败。为了疗伤，方成想换个环境。

去哪里呢？上海怎么样？会不会机会多一点？做什么呢？我不是会画漫画嘛！

"一二·九"学生运动时画宣传画和大学期间办壁报的经历给了他底气，28岁的方成开始闯荡上海滩。

初到上海，生活无着。他从《新闻报》上看到有家广告公司招聘绘图员，便起个大早去应聘，排在了应聘队伍的最前面。接待他的是联合广告公司的绘图室主任——美籍犹太人皮特先生。皮特让方成画一幅画，方成画了几个漫画人物。皮特很高兴，当即拍板录用，对长长的应聘队伍挥挥手："你们回去吧，我们有人了。"

方成把行李搬到公司，住进堆放杂物的小房间。两个月后，皮特偶然看到方成正在画一幅讽刺美国人的漫画，一把抢了过来。方成急了，抓起一只空酒瓶追了过去。方成为他的"冲动"丢掉了刚刚找到的饭碗，但初露才华的他很快又被聘为《观察》周刊漫画版的主编。在充满机会的上海，方成渐渐站稳脚跟。

1947年底，白色恐怖加剧，国民党政府封杀言论，派特务抓捕漫画作家。方成随很多民主人士避居香港，加入了由共产党人组织的"人间画会"，张光宇任会长，游允常、王琦、黄苗子、黄永玉、廖冰兄、丁聪、特伟等都是会员。方成在《大公报》上连载连环漫画《康伯》，忙碌而充实。他回忆道："香港本来没有政治漫画，我们过去以后，政治漫画就起来了，米谷画得最好，他画过一套小人书叫《毛泽东的少年时代》，影响很大。那时候不少香港人还不知道共产党是怎么回事，米谷这套书起到了宣传作用。"

1949 年夏，全国即将解放，方成决定返回上海。吴淞口被沉船堵住，无法停靠，他继续北上，经天津转抵北京，以民主人士的身份参加了 10 月 1 日的开国大典。

经历早年的诸多辗转和意外，方成对漫画的感情，已然从爱好上升为事业追求。他从此扎根北京，在《人民日报》文艺部主任兼美术组组长华君武引荐下，当起了该报的美术编辑。

·《武大郎开店》引起轰动

二战之后，世界进入冷战状态，美苏阵营相互对抗。1950 年夏，美国支援韩国对朝鲜作战，战火烧到中朝交界的鸭绿江边，10 月，中国人民志愿军越过鸭绿江"抗美援朝"。

国际风云的波谲云诡和国人的同仇敌忾为方成提供了丰富的创作题材，用以抨击美帝国主义种族压迫的《卫生拖把》等漫画成为他这一时期的佳作。

从每天晚上9时确定选题，到午夜12时交稿制版，方成只有3个小时的创作时间。"如果没有灵感，就冲冷水澡，把灵感激出来。""有时候画得不满意，编辑说，停一天吧。我不肯，一定要改画，赶着时间改画，哪一天都没耽误。"每天凌晨，下班后的方成骑着自行车，从王府井（人民日报旧址）骑回天桥住处，一路还哼着小曲，"因为太喜欢漫画了，所以不觉得累"。

漫画是敏锐的、痛快的，可以针砭时事，有时却也是脆弱的、悲情的，往往在时事中折戟沉沙。1957年，"反右运动"掀起，丁聪、李斌生等漫画家纷纷被打成"右派"，方成竟然安然无恙，因为他画的是国际时事，讽刺的是外国。但他还是没能躲过"文革"。"造反派"从"积案"中，翻出了方成在1957年为响应"百家争鸣"而发表的批评教条主义的杂文《过堂》，将他投进"牛棚"。方成的妻子、女漫画家陈今言因不堪屈辱和磨难，过早地离开人世，这成为方成永远的痛。

经历多年的沉寂之后，方成的创作欲望被改革开放的号角和邓小平在第四届文代会上的祝词重新唤醒并热烈喷发，从1979年到1980年，短短两年之间，他就画了100多张漫画，《武大郎开店》是其中最著名的代表作。

在这幅漫画中，除了那位格外高大的普通顾客外，店内的所有服务员，甚至账房都被画成了矮子。店内贴着一副对联："人不在高有权则灵，店不在大唯我独尊"，横批是"王伦遗风"。对于顾客的好奇，服务员这样回答："我们掌柜的有个脾气，比他高的都不用！"原来如此！

《武大郎开店》在《工人日报》和《人民日报》相继发表后，方成每天都会收到读者潮水般的来信。"武大郎"本是《水浒传》中备受同情的人物，如今因为方成的妙笔，"武大郎开店"已成"妒贤嫉能"的另一种表达。

《武大郎开店》的成功促成了新中国第一个漫画个展。为方便观众欣赏，方成运用水墨技法，将100多幅漫画画到宣纸上，首创"水墨漫画"。个展引起轰动，各地纷纷向中国美术馆借展，由此拉开巡展序幕。

但方成不敢有丝毫得意。每当别人送上赞美，他都不忘强调："华君武先生曾对《武大郎开店》提出过建设性的宝贵意见。他说：'画是不错，只是那副对联太一般化了。'他的意见很中肯。画上的对联原是'生意兴隆通四海，财源茂盛达三江'，陈腐得很，而且与画的主题无关……我冥思苦想了三天，终于从《陋室铭》中获得灵感，把对联换成'人不在高……'"

"漫画不是算术，它没有唯一的正确答案，在一个好主意背后，一定还有另一个更好的主意藏着，就看你愿不愿意琢磨。"方成琢磨了80年，还没琢磨透呢！

·为动漫创作把脉

方成做客央视"艺术人生"时，《喜羊羊和灰太狼》的"老爸"、动漫设计师黄伟明向他请教了一个问题："每天都要做漫画，有时候一定会遇到一个瓶颈，编不出来想不到的时候，怎么解决？"

"在大街上转。"方成回答得很干脆，"在生活中找故事。"

在方成看来，幽默虽然出人意料，而又是合乎情理的，它存在于生活中，你只需带着慧眼去寻找便是，闭门造车是不行的。

目前，我国大力推行动漫产业，但方成对一些动漫作品并不买账："名为'动漫'，实际上是模仿日本传来的那种连环故事画，仅仅是为了讲清楚故事，而忽视了讽刺和幽默的表现力，因而并不是真正的动漫。动漫是制作原始动画影片的脚本。美国动画影片《大力水手》、《米老鼠》，都是根据报纸上发表的脚本制成的。我国著名的动画影片《大闹天宫》、《哪吒闹海》、《小蝌蚪找妈妈》、《三个和尚》、《牧笛》等，也全都是经过漫画家之手制作的。现在，制作这些动画的漫画家有的行动不便，有的已经作古。如今的年轻人并没有从他们身上取到真经。"

方成对漫画人才的培养机制深感忧虑。很多大学都开设了动漫课程，学员们精通电脑，制作出来的东西视觉效果不错，但画上的人往往被程式化了，笑起来眼睛嘴巴三个弯，哭起来泪珠四溅，生气起来鼓着腮帮，老头戴顶帽子，小孩三绺头发……更别说在故事情节上的创意了。为什么会这样？"他们不缺电脑技巧，缺的正是对生活的观察和提炼。"方成主张，"要在青年漫画工作者和老年漫画家之间引入对话机制，最好成立一个漫画俱乐部，大家都坐到一起，让'漫画'为'动漫'出出创意。"听听那些经典的金点子是怎么来的，看看同一个选题老漫画家们是怎么画的。通过启发、点拨和灵感的碰撞，把对创意的追求渐渐内化为漫画创作者的行为方式和思维方式。

幽默

方成和相声大师侯宝林相交 30 多年。1979 年，侯宝林向方成抱怨："现在很多演员不懂幽默，不会抖包袱。哎，你说，幽默到底是怎么一回事？"

侯宝林的这个问题让晚年的方成开始致力于幽默理论研究。从 1982 年至今，已出版数十部著作，包括《笑的艺术》、《方成谈幽默》、《幽默·讽刺·漫画》、《滑稽与幽默》等等。

用画笔影射世间百态，用文字梳理幽默源流，用乐观笑对苦短人生。

他的漫画、著述和生活，皆是幽默。

·漫画中的幽默

方成的漫画艺术，被公认为以构思奇特、意念鲜明见长。他的不少作品，都能够让读者会心一笑之余，久久回味。

《"公仆"》中的那位"七品芝麻官"，一边用"肃静"的牌子为自己的坐轿开路，一边闭着眼睛吩咐下属："不要叫我'老爷'，叫'公仆'！"尽管画面的场景是古代的，却极有现实的讽刺意义。

《观点不同》中的四位人物，以不同的角度、不同的姿势、不同的态度，对同样的事物发表意见，这很容易让人联想到"盲人摸象"，但其中蕴含的深意又似乎更加宽广。

《卫生拖把》里的美国警察面露喜色，正在用一杆拖把清理地上一摊血迹，墩布条上，分别写着"平等"、"文明"、

"自由"、"咱们是血亲",警察的腰后别着一支还在淌血的电警棍,棍上写着:"种族压迫",而这样的鲜血如何能够擦干净。

《不堪一击》中的那位"干部",尽管时时刻刻把《革命》、《为人民》等书籍带在身边,却还是一下子就被金钱的弹弓击倒。

《官商》中,锦衣华服的官商坐在摊位前目中无人,脚边放着苹果和梨,买东西的布衣老汉作揖恳求:"求您卖给我一斤苹果,两斤梨,挑大的。"到底谁是上帝?

《裁小鞋》中有一位手持剪刀、坐在藤椅上的"鞋匠",边上放一个敞开的意见箱。"鞋匠"的膝头上摊着一张纸,上面画着大小不同的鞋样,地上是不同型号的小鞋;他正在眯着眼,看着那些意见书,以便决定"裁制的小鞋是稍大些还是更小些";更妙的是,他的嘴里还衔着三根鞋钉呢!该漫画借用"穿小鞋"的典故,来比喻听不得批评、暗中制裁人的领导。

《伯乐相马》中,两个人正在相马,其中一个肥头大耳,胸前挂了"伯乐"两字,另一位戴着眼镜斯文得很,胸前挂了"副伯乐"三个字。他们对着一匹马左瞧右看,煞有介事。这是匹什么马?竟是一声不吭、绝对听从摆布的"木马"。

《活菩萨》中，方成只是借用了老百姓的俗话"活菩萨一个"，画了一个坐在庙堂里微笑的官吏，面前摆着贡品，旁贴对联："不求有功麻烦少，但求无过好处多"，横批是"为人民服务"。《活菩萨》给这样的官僚以辛辣讽刺。

《神仙也有缺陷》的画面就更简单了，就画"八仙过海"中的铁拐李，寓意不言自明。

·著作中的幽默

"各国学者们，包括德国的伊曼纽尔·康德、英国的托马斯·霍布斯、法国的亨利·柏格森等，只提到'幽默'这个词来源于希腊文。他们都是哲学家，看了喜剧然后写怎么逗笑，没有自己的实践经验。既然查不出学者们对幽默的解释，我只好自己来研究了。

"我们现在提到的'幽默'，是林语堂先生从英文译来的。西方人习惯上把逗笑的一切都叫'幽默'，正和我们把逗笑的都叫'滑稽'一样。其实'逗笑'可分两种：一种是出于人的智慧，另一种是无需智慧就逗得人发笑的，比如猴子嗑花生。我就借'幽默'和'滑稽'这两个词，把两种不同的逗笑加以区分。

"幽默属于一种文化素养，也是一种艺术方法，在许多文艺创作中是离不开的。

"政治家的幽默有助排忧解难，教育家的幽默有利于诱导，而文艺家的幽默有助彩笔生花。

"幽默是一种语言方式，在人类社会发展到一定文明程度后，自然会产生这种语言方式。幽默不是直接告诉你什么，而是间接地说一句话，让你体会，让你回味，让你琢磨。比如人家问你：你生活怎么样？你回答：一人吃饱，全家不饿。人家就明白你是单身。再比如，你的自行车太旧了，你就调侃：除了铃不响，它哪都响。尤其在外交场合中，很多话不好直接说，得用幽默的语言来表达。陈毅就碰见过一次，有人问他，你们是怎么把人家的飞机打下来的，他答，'我老实告诉你，是用竹竿捅下来的'，你一乐不就完了嘛。侯宝林也碰到过一次，他到美国去，人家问他：'里根原来是演员，现在当总统了，您是演员，是不是也可能当个国家主席啊？'侯宝林说：'里根先生我知道，我们俩不一样，他是二流演员，我是一流的。'回答得多好啊。

"为了强化话语的效果，人们说话时常常大幅度夸张，如热了就说'热死了'，等人等了几分钟，就说'等半天了'。为了达到幽默效果，漫画也要采用夸张的手法，比如有人在公用电话亭里把着话筒没完没了地说，别人不得不在亭外排队等候。画成漫画就有几种表现方法：有的画成男人头发胡子都长得很长；有的画上蜘蛛网；有的画上人们带着张床，躺在上面等候；还有的画成打电话的人因为站的时间长，脚下生根，扎进地里……

"幽默来源于生活。1976年，'四人帮'倒台，一得到这个消息，菜市场里就出现一幕幽默的小'喜剧'。出售螃蟹的小贩把三只公蟹一只母蟹捆成一串，大声吆喝'仨公一母'，逗得人大笑，很快就卖光了。顾客不问价，高高兴兴地掏钱把这'仨公一母'买回去，另买一瓶酒，享受这顿美餐，借此出一口积郁多年的闷气。"

· 生活中的幽默

方成说：幽默归根到底是对生活的热情。

有次去山西一家酒厂，厂长听说方成光临，出门相迎说："久闻大名。"方成颇显机智，回礼道："大闻酒名。"

方成在70岁前还没有白头发，有人问他："你怎么没有白头发？"他说："白的都掉了。"

有人夸赞他"著作等身"，他立即反驳："我可没有那么矮！"

方成接打电话时声音特别洪亮。有个记者想采访方成，电话打过去，方成接了，记者听着是个挺年轻的声音，就误以为是方成的儿子，问："你爸呢？"方成诧异："我爸爸早死了，你找他呀？"

方成常年吸烟。外出旅游时，别人吃雪糕，他抽烟。问他为什么不吃雪糕，他理直气壮："那点不着！"

有人请方成题字，他很为难："我没练过字呀！"推辞不过，干脆挥毫泼墨，写道："没正经临过帖，下笔歪歪斜斜，横不像横撇不像撇，谁敢要我敢写。"

他去参加朋友的生日会，朋友让"每人"说句话，方成站起来就说："我不是'美人'，不用说了。"

1999年，方成在镜泊湖游玩，客船上印有"黑镜客"字样，意为"黑龙江镜泊湖客运"。方成乐滋滋地动员所有戴墨镜的都到"黑镜客"旁拍照留念。

很多人问他养生之道，他写打油诗一首，配上骑自行车的自画像。诗曰："生活一向很平常，骑车书画写文章。养生就靠一个字——忙！"

不老的歌

——词作家阎肃"敢问路在何方"

阎肃，大家并不陌生。中老年人知道他，是因为他写过歌剧《江姐》，写下了《红梅赞》、《绣红旗》、《五洲人民齐欢笑》等传唱至今的经典歌词。半个多世纪以来，《江姐》已经演出 1000 多场，创造了中国歌剧史的奇迹。

年轻人知道他，是因为一年年的春晚、一届届的青歌赛和一场场的红歌赛。嘉宾席或评委席上的他常常穿一身军装，不说话时"严肃"得很，一开口却旁征博引、妙语连珠。"超女"、"快男"节目也看上了他，发出邀约，他摆摆手，自有分寸。

他明白自己的身份。身为军人，他最广阔的战场在"前线"，最远大的抱负在"前线"，最深厚的情怀也在"前线"。他一次次奔赴"前线"：上高原、下海岛、走边防、赴岗哨……腿脚不便又何妨！他照样来到航空兵师的演兵场、指挥所，照样登上执行训练任务的预警机，照样探访航天员出征前的"问天阁"……

直到 2015 年 10 月突发脑梗，他再也不能整装待发。2016 年 2 月 12 日，空军政治部文工团创作员、著名词作家阎肃走完了 86 年的人生。

但他留下了歌。

歌声中，他并未走远，永不老去。

红梅

> 红岩上红梅开，千里冰霜脚下踩，三九严寒何所惧，一片丹心向阳开。
>
> （摘自阎肃歌词《红梅赞》）

"阎肃"，很有特色的名字，好记。今天已不大有人知道阎肃的原名叫"阎志扬"，更让人惊讶的是，他居然还有过一个洋名：彼得。

那得回溯到 1934 年，他 4 岁的时候。身为天主教徒的父母请来传教士为儿子洗礼，赐下教名"彼得"。

不久，抗战打响。阎肃随家人颠沛流离来到重庆，在教会学校读书。钟楼下、高墙里的生活并没有淡化民族危亡时刻的少年忧愁。"共产党"、"毛主席"、"延安"、"八路军"、

"新四军"……这些不时振动耳膜的新名词，叩击着年轻的心。1946年，正当修道院准备把小彼得当做未来的"精深教父"重点培养时，他毅然报考了重庆南开中学。

外面的世界让阎肃眼界和心胸大开：传阅《共产党宣言》、《新民主主义论》等革命书籍，学唱《山那边哟好地方》、《兄妹开荒》、《你是灯塔》、《跌倒算什么》等进步歌曲，参加反饥饿、反内战学生游行。极具文艺天分的阎肃成了学运骨干。重庆解放后，还在读大学的他被选调到了西南团工委青年艺术工作队。

1952年前后，阎肃两次入朝慰问演出。从这个阵地转到另一个阵地，要翻越一座山，突然，前方惊现漫山遍野的烈士墓碑。墓碑上方镶着一颗红五星，朝着祖国的方向，碑身刻着姓名、年龄、机关、部队代号、入伍、牺牲时间，三两行字写尽了一个曾经活蹦乱跳的战士的一生，有的墓碑上甚至连牺牲者的姓名都没有。看到这一切，阎肃落泪了：都是一样的血肉之躯，都有一样的骨肉亲情，是什么力量支撑着他们远离故乡、战死他乡？为了共产主义事业，为了新中国，为了和平，他们奉献了年轻的生命，我还有什么不可以奉献的呢？

从朝鲜战场回来，阎肃加入了中国共产党，穿上了军装。在党旗下，他立下誓言："军装要穿一辈子，今生铁心跟党走。"

2010年7月，阎肃夫妇与作者合影。

　　11年后的1964年，阎肃又在一位伟人面前许下"我一定好好努力"的承诺。那是当年11月，《江姐》正在热演。一天晚上，阎肃刚从戏院出来，突然一辆吉普车在他身边停下，车上人喊道："阎肃，找你半天了。快上车，有紧急任务。"阎肃一愣，随口说："什么任务啊？我可没穿军装。"阎肃那天只裹了件破旧的黑棉袄，裤腿沾满了石灰，一条大围脖耷拉在胡子拉碴的下巴前。车子开进中南海，阎肃才恍然大悟，原来是毛主席看过两次《江姐》后深为感动，要接见他。

　　见到毛主席，阎肃激动不已，他先鞠了个躬，又赶紧握住主席的手。阎肃听不懂主席的湖南话，只记得主席一番鼓励后，还送他一套《毛泽东选集》。当时阎肃坚定地说："我一定好好努力！"

今生铁心跟党走！好好努力！不管是无声的誓言还是响亮的承诺，阎肃都将它们化作了火热的创作激情。多年来，他已收获累累硕果：百余部作品荣获"文华奖"、"五个一工程奖"、全国征歌奖、全军战士最喜爱歌曲等全国、全军大奖。新中国成立50周年的欢庆典礼上，有三部歌剧登上了游行彩车，他创作的《江姐》和《党的女儿》是其中两部。

但他并没有沉浸在荣誉的糖罐里。常挂在他嘴边的一句话是：一个人要成功，要靠天分、勤奋、缘分、本分，其中，勤奋和本分最重要。他说："只有守着本分，更加勤奋，才能践行我与中国共产党和人民军队之间永远的约定，同时也让我的人生多一些精彩、少一些遗憾。"

蓝天

我爱祖国的蓝天，云海茫茫一望无边，春雷为我敲战鼓，红日照我把敌歼。

（摘自阎肃歌词《我爱祖国的蓝天》）

新中国 60 华诞的阅兵典礼上，伴着《我爱祖国的蓝天》的歌声，飞行梯队在天安门上空画出道道"彩虹"。此时的阎肃正在观礼台上，仰望蓝天，他行了一个军礼。

这首歌创作于 1959 年，流行了半个多世纪，空军官兵个个会唱，是《江姐》之外阎肃创造的又一个奇迹。

我们耳熟能详的由阎肃作词的军旅歌曲还有很多：《军营男子汉》、《长城长》、《风雨同舟》、《连队里过大年》、《天职》、《打赢歌》……在他 1000 多个作品中，有三分之二是写军队、写空军的。他说，我的一切拜军队所赐，我的根在军营，爱兵、写兵、励兵是我的天职。

阎肃创作的军歌，加上其他词曲家创作的《团结就是力量》、《打靶归来》、《当兵的人》、《小白杨》、《说句心里话》、《边关军魂》等军歌，不可谓不多。和平时期的军队需要这么多军歌吗？

"当然需要！"阎肃说，"不过，年代不同，需要的风格不一样。烽火岁月更需要催征的歌，扯着嗓子喊，士气大振；当今是太平盛世，军人的文化水准提高了，不光满足于'喊'，还唱起了《当你的秀发拂过我的钢枪》。虽然士兵瞄准的时候，身旁绝不可能有一个长发飘飘的姑娘，但这首歌非常流行，这在过去是不可想象的。"

"当代军人最爱唱什么样的军歌？"

"阳刚、时尚、贴心。"阎肃给出的答案是几个关键词。

"您写的军歌里，有哪些是'阳刚、时尚、贴心'的呢？"

阎肃答："这不归我说了算，由士兵们说了算。"空军航空兵某师飞行员张昊、李小松曾对他说："唱着《我爱祖国的蓝天》，好潇洒。我就是听着这首歌参军的。"很多官兵们对他说："《军营男子汉》带着摇滚味儿，唱起来真带劲儿，给我们当兵的找回了尊严，看谁还叫我们'傻大兵'。"

一首军歌是否受欢迎，最终当然由士兵来评判，但在创作之初，这取决于创作者能否用最合适的音乐语言说出士兵们的心声。

《我爱祖国的蓝天》就是这样的——1959年春节一过，阎肃来到空军航空兵某部当兵锻炼。在与飞行员长达一年的朝夕相处中，他学会了擦飞机、充氧、充冷、充气、加油、分解轮胎、钻飞机进气道，体会着飞行员对飞机、对祖国领空的感情。有一天傍晚，别人的飞机都回来了，而阎肃他们机组的一架飞机却还没回来，大家全都直勾勾瞪着天边的晚霞。阎肃心里一动："地上的他和天上的他，心都在天上。对，我们都爱这片蓝天。"当晚，阎肃就把激情和感动倾注进了《我爱祖国的蓝天》的歌词。作曲家羊鸣谱曲，用了过去不常用的三拍子，"飞一般的感觉"和阎肃的设想不谋而合——"我写的时候，就想象着自己正在飞翔，歌词的韵律也是三拍子。"

《军营男子汉》也是这样的——1986年，阎肃来到沈阳空军瓦房店场站采风。他和战士们同吃同住，战士们对他掏出了心里话："常常觉得憋屈。"原来，当时社会上常把当兵的叫做"傻大兵"。"我们怎么傻了？需要有人让座了，谁摔了病了，哪里闹灾荒了，这时候大家都想起我们，把我们说成最可爱的人。可平常呢？'傻大兵'，谁叫你没钱，谁叫你太普通。唉，真是来气！"阎肃顿时感觉到了责任："我必须要为战友们撑撑腰、壮壮气。"一首《军营男子汉》很快脱手："我来到这个世界上没有想去打仗，只是因为时代的需要我才扛起了枪。失掉多少发财的机会丢掉许多梦想，扔掉一堆时髦的打扮换来这套军装。我本来可能成为明星到处鲜花鼓掌，也许能当经理和厂长谁知跑来站岗，但是我可绝不会后悔心里非常明亮，倘若国家没有了我们那才不可想象。真正的标准男子汉大多军营成长，不信你看世界的名人好多穿过军装，天高地广经受些风浪我们百炼成钢……"很快，这首歌在全军火了起来。

阎肃写歌，写一首"扔"一首，不保存文本。"自己保存有什么用？拿来自恋吗？有生命力的歌，自然会流行，自然会传唱。历史会帮我记住。"

问路

一番番春秋冬夏，一场场酸甜苦辣。敢问路在

何方？路在脚下。

（摘自阎肃歌词《敢问路在何方》）

阎肃偶尔练练书法，写得最多的是"英雄"二字。他说他有英雄情结，他给"英雄"的注解是：承担苦难，把胜利留给别人；只管耕耘，把收获交给别人。边哨那些可爱的军人啊，你们就是英雄！

他最艰苦的一次采风，是 1964 年为创作歌剧《雪域风云》去西藏体验生活。在海拔四五千米、气温零下 40 多摄氏度的唐古拉山口一个兵站，他钻进用 9 床军被包裹的被窝，感觉仍然像光着身子躺在雪地里一样。极度寒冷和高原反应，让他度日如年。第二天一早，一名小战士端来一盆洗脸的温水。阎肃随口问："你来多久了？""两年。"阎肃惊呆了，行了个军礼，说："你真是英雄！"直到今天，当有人问起这段采风经历，阎肃的第一个回应就是敬一个军礼——这

是送给远方那位战士的。

对边哨战士、基层官兵的敬意从此涨满了阎肃的心房。每次采风或慰问演出，他争着去最艰苦、最边远、最基层的营地。看着战友们灿烂的笑容和含着热泪的双眼，他跟着笑、跟着哭，他知道，这群可爱的兵娃子既是他创作的源泉，也是他甘愿一辈子俯首服务的亲人。即使在别人看来"功已成、名已就"，他还是上路，路就在脚下。

"敢问路在何方？路在脚下。"这是《西游记》主题歌《敢问路在何方》中的经典名句。它的跃然纸上，归功于阎肃精益求精的艺术追求——艺术道路上的跋涉。

那是1983年，阎肃一接下《西游记》主题歌的作词任务，脑海里就冒出了情景交融的美文："你挑着担，我牵着马，迎来日出送走晚霞，踏平坎坷成大道，斗罢艰险又出发；一番番春秋冬夏，一场场酸甜苦辣……"但如果止步于此，缺了点深度——接着该怎么写呢？阎肃苦恼地说："逼得我满屋子转，从卧室走到客厅，又从客厅走到卧室。"脚底下的棉拖鞋擦着地毯，发出单调的声响，几天下来，居然将地毯踩出一条白印。这条白印让他灵光一现，他猛然想起鲁迅先生的名句"地上本没有路，走的人多了，便成了路"。"有了！"阎肃在稿纸上落下了最后的点睛之笔，"敢问路在何方？路在脚下。"

"路是没有止境的。即使唐僧师徒四人得到真经凯旋，难道就没有新的目标了么？"这首歌对于创作者阎肃，也是激励。路无止境，路上的他，从不言老。他是永不退伍的老兵。

——1998 年，他 68 岁，前往抗洪一线，参与组织《我们万众一心》、《携手筑长城》、《同舟共济重建家园》等大型抗洪赈灾义演募捐晚会。

——2008 年，他 78 岁，再次请缨抗震救灾。组织上考虑到他腿脚不便，没有批准。他只好看电视，当他看到空降兵 15 勇士冒着生命危险从 5000 米高空跳伞营救灾区人民的事迹报道后，连夜创作歌曲《云霄天兵》。

——2010 年，他 80 岁，空政文工团下基层巡演，为"保护"阎老，没把他列入名单。他急了：我的腿虽然不能蹲，但还可以走，带上一个坐便器，我哪里都能去！

他说他这辈子到过除台湾以外的每一方国土，一直在走啊，看啊，想啊，写啊……行有路，思无涯，何处不通达？

看花

雾里看花水中望月，你能分辨这变幻莫测的
世界；涛走云飞花开花谢，你能把握这摇曳多姿的
季节。

（摘自阎肃歌词《雾里看花》）

总有人问阎肃的老伴："嫁给阎肃，一定很幸福吧？"

老伴心里，涌起怪怪的滋味。

在别人眼里，阎肃真是好：有才气，不仅军歌写得好，
还能写京剧戏歌《唱脸谱》和京味歌曲《故乡是北京》、《前
门情思大碗茶》、《北京的桥》，甚至写出了特别流行的《雾里
看花》和《梦里水乡》；有政治头脑，常给各种晚会出出主意
把把门儿，在大型音乐舞蹈史诗《复兴之路》的创作中，担
当文学部主任；时尚，知道天下时事，知道"囧"、"雷人"、
"玉米"、"rap"等网络热词，还知道花边新闻；热心、乐
观、公正、干活卖力；最难得的是具备"怕老婆"的美德，
工资卡全都交给老伴……

但在老伴眼里，阎肃是个无法改造的顽固分子：手总也
洗不干净，毛巾最黑；喜欢吃掉所有剩菜，喝掉所有菜汤，

以致越来越胖；不干家务，买米买油这类体力活也不干，还总唠叨、瞎指挥；家人想开文化经纪公司，他给否了；儿媳是专业唱歌的，想去空政文工团工作，他又给否了；单位给分套将军楼，他说用不着，能住就行了，最后是家人劝了又劝，并在许诺不让他插手装修等任何琐事的前提下，才把家给搬成了。

瞅着相守五十多载的老头子，她想想：也不容易。虽说老头子不实用，但还能拿来"欣赏"。"他老了，长得也不漂亮，人家还总爱用他，说明是真喜欢他。既然大家高兴，我就跟着高兴吧！"

不知道是不是出于亏欠心理，阎肃在老伴面前，气势上会矮掉半个头。他嘴甜："文革"初期，我受到一些冲击，怕连累她。她说："你就是发配到北大荒，也得有人给你做饭啊。"她都这么说了，我可得多让让她。

她的心里还是怪怪的，但一定是怪怪的幸福。她珍藏着老头子写给她的一首词：

《伴君行》

一叶扁舟浪花中，

去年海北，今岁江南，明朝河东，

任黄花碧水，青山红叶，白发秋风，

随你奔波这久，也算是五彩人生。

咽下了千杯喜，百盅泪，万盏情，

仍留得一颗心，七分月，三更梦，

淡定从容伴君行。

缘分早注定，心海已相通，

携手坎坷路，遥对夕阳红。

…………

如今，这首词连同那个写词的憨老头儿，都成了她的回忆。

本色文丛·名家散文随笔系列（柳鸣九主编）

第一辑

《奇异的音乐》　　　　　　屠　岸／著

《子在川上》　　　　　　　柳鸣九／著

《往事新编》　　　　　　　许渊冲／著

《飞光暗度》　　　　　　　高　莽／著

《岁月几缕丝》　　　　　　刘再复／著

《榆斋闲音》　　　　　　　张　玲／著

《信步闲庭》　　　　　　　叶廷芳／著

《长河流月去无声》　　　　蓝英年／著

第二辑

《母亲的针线活》　　　　　何西来／著

《青灯有味忆儿时》　　　　王春瑜／著

《神圣的沉静》　　　　　　刘心武／著

《坐看云起时》　　　　　　邵燕祥／著

《花之语》　　　　　　　　肖复兴／著

《花朝月夕》　　　　　　　谢　冕／著

《纸上风雅》　　　　　　　李国文／著

《无用是本心》　　　　　　潘向黎／著

第三辑

《散文季节》	赵　园 / 著
《美色有翅》	卞毓方 / 著
《行色》	龚　静 / 著
《秦淮河里的船》	施康强 / 著
《春天的残酷》	谢大光 / 著
《风景已远去》	李　辉 / 著
《好女人是一所学校》	梁晓声 / 著
《山野·命运·人生》	乐黛云 / 著

第四辑

《一片二片三四片》	钟叔河 / 著
《哲思边缘》	叶秀山 / 著
《心自闲室文录》	止　庵 / 著
《四面八方》	韩少功 / 著
《遥远的，不回头的》	边　芹 / 著
《向书而在》	陈众议 / 著
《蛇仙驾到》	徐　坤 / 著
《春深更著花》	江胜信 / 著